文雄画杰

中西文坛艺坛人物

冯骥才／著

作家出版社

图书在版编目（CIP）数据

文雄画杰：中西文坛艺坛人物 / 冯骥才著 . -- 北京：作家出版社，2020.5

ISBN 978-7-5212-0812-2

Ⅰ.①文… Ⅱ.①冯… Ⅲ.①随笔–作品集–中国–当代 Ⅳ.①I267.1

中国版本图书馆 CIP 数据核字（2019）第 283481 号

文雄画杰：中西文坛艺坛人物

作　　者：冯骥才
责任编辑：钱　英　杨新月
装帧设计：合和工作室
出版发行：作家出版社有限公司
社　　址：北京农展馆南里 10 号　　邮　　编：100125
电话传真：86-10-65067186（发行中心及邮购部）
　　　　　86-10-65004079（总编室）
E-mail: zuojia@zuojia. net. cn
http://www. zuojiachubanshe. com
印　　刷：河北鹏润印刷有限公司
成品尺寸：148×210
字　　数：233 千
印　　张：11.375
印　　数：001-10000
版　　次：2020 年 5 月第 1 版
印　　次：2020 年 5 月第 1 次印刷
ISBN 978-7-5212-0812-2
定　　价：48.00 元

我送给冰心老人一幅小画，名为《大海》

1979年与巴老合影于北京

"扶我上马"的恩人韦君宜

那一天,与王蒙在湖边合影。王蒙自五七年被放逐到新疆二十年,刚刚回到北京,略带一点不习惯与矜持

在聂华苓和保罗·安格尔家的阳台上

在韩美林的画室里

与吴冠中先生闲话。我为吴冠中先生写过两篇文章，一次是为他的假画案鸣不平，一次是悼文《进天堂的吴冠中》

人间的情义，温暖的回忆

2002年与谢晋导演在蓟县盘山选外景

托尔斯泰与索菲亚的合影，看上去有点"不和"了

契诃夫在莫斯科的小楼

安徒生剪纸的童话人物

二十世纪九十年代李福清院士来访

在圣彼得堡又见到司格林教授

梵·高《自画像》（1889年）

画家列维坦（1861—1900）

老柴的工作室兼客厅

文坛艺坛人物记

别人写作家与画家是一个角度，我写作家与画家是另一个角度，因为我也写作也画画。

出于同行，我关心他们的艺术，更关心他们的性格、气质、命运、家庭、生活，乃至习惯、嗜好，种种人的细节与小节。我知道这是他们的艺术独特性的内因。可惜我们当下的评论，大多盯住作家的文本，很少关心作家的人本。这个话题太大，留待以后深说。

我写这些同行，有时是有意的观察，有时是不经意的感受。至于下笔来写，完全出于偶然。我写他们，与写小说或一篇理论文章是不一样的，感性多于理性。

这些同行自然都是杰出的人。有的是前辈，写他们时心怀敬仰；有的是同行，写他们时由衷欣赏；有的是故人，写他们时带着很深的怀念。还有一些是外国人，都是我喜欢的作家或艺术家，多不在世，每到海外，便会到他们的故居、美术馆或墓地中流连一番。那里是他们"活着的空间"，依然可以感受到他们独有的生命气息，还能发现到一些珍贵的细节。回来后如果正好有时间，便会用游记的方式写一写我所感知到的他们。

当然我还会用画家的眼睛看作家，用作家的心灵感知画家。

这样的写作有点特殊，现在编成一本书之后，这种特殊也就更明显了。

还有一点要说明，由于这种写作有很强的即兴的性质，许多同样印象深刻的同行至友，却没有诉诸笔端，是为遗憾。今日的遗憾，不能永远留给明天，今后应该多写一些我所喜爱的文坛和艺坛的人物才是。

写至此，权作序。

2019.8.31

目　录

壹

茅盾老人

　　刚刚茅公亲属来告，久病的茅公于昨日凌晨遽然长逝。初闻时心中怦然一动，随之潸潸泪下而全不自知。哀痛未尽时，却不由得想起两件小事来。

　　第一件事是在 1977 年。我和李定兴同志所著的长篇小说《义和拳》由人民文学出版社定稿待发。茅公从他亲属那里得知这部《义和拳》是出自两个青年人之手的处女作，欣然给我们题了书名。初题时是用繁体字，而出版社规定要用简体。我觉得为了一个字（"义"字）再去麻烦老人很不合适。经出版社研究，只好由总编辑韦君宜同志出面去请茅公改写。没过几天，负责封面的编辑来找我，给我一张纸，上面写了十多条"义和拳"三字，都用了简体，字迹清劲，俊逸洒脱，笔笔又着意而不苟，一望而知，这是茅公的手迹。这位编辑说："茅盾同志说，多写了几条，叫你们看哪条好，用哪条，随你们挑。"我听罢深受感动……茅公于三十年代就在文坛享有盛名，我们此时还都是默默无闻的文学青年；据我知道茅公右眼患眼疾，写这样的桃核大小的字颇为吃力。他何以这样认真和尊重我们？我于此间感受到的，除去老前辈的爱护与鼓励之外，还有一种伟大的文学家都具有的平等待人的高尚品德，如同璀璨的光照透我的心灵，使我学到了对于一个人民的作家来说比知识更为重要的东西。由此，我便生出要拜识茅公一面的渴望。

第二件事是1979年。我见到了茅公。

那是在人民文学出版社举办的"全国部分中长篇作者座谈会"上，茅公来讲话。

当时，新旧观念激烈抗争，多年来"左"的思潮正在受到"拨乱反正"的时代新潮流的猛烈冲击。出版社收到了三部中篇小说，其中包括我的《铺花的歧路》。这三部以十年动乱为题材的小说，都涉及当时尚未明朗化的对"文化大革命"的评价问题，故此众说纷纭。出版社为了促进出版和创作两方面解放思想，事先把这三部中篇的梗概打印出来，请文艺界的领导同志发表意见。那天，在北京友谊宾馆大会议厅，茅公在讲话中再次热情和率直地肯定了这三部中篇的创作倾向和立意。由于我的中篇的结尾部分尚未定局，韦君宜同志叫我上台讲讲这部中篇，以求教于茅公。我到台上，严文井同志引我到茅公身前说：

"这就是您给题书名的《义和拳》的作者冯骥才。"

我终于见到这位渴慕已久的当代文学大师。在台上大灯的强光里，看到了他苍老而慈祥的面容，连颗颗老年痣与一脸皱痕都看得清清楚楚。头顶上那历尽沧桑而稀疏的发丝银白闪亮。老人和我握手，让我坐在他身旁，叫我面对大厅内在座的人们讲话。我一口气说了二十分钟。说话间，我时而扭头看看身旁的茅公，他却一直把目光凝聚在我脸上，仿佛要把他衰老的并不旺盛的精力全部集中在我所讲的内容里。偶然间偏过耳朵，为了听清我的每一句话，待我讲过，他肯定了我的创作意图，并即刻给我小说的结尾一个在艺术上颇有见地的修改意见。就这样我改好了小说。小说出版后，在我收到许许多多读者来信时，就想起了茅公。在当时"左"的思潮仍在禁锢人们的大脑、束缚着人们的手脚时，这位风烛残年、体弱神衰的老人的思想锋芒仍然是犀利的；他像怀着一颗童心那样，直截了当、无所顾忌地打开自己的心扉。青年们勇敢的尝试多么希望得到老一辈这样鲜明有力的支持呀！

此后，我去过茅公家几次。他总是在待客。听说老人正在写回忆录，整理旧作和旧稿，每日来访者又是接踵不绝。为此，我一直未去打搅他，怕侵占老人宝贵而有限的时光。在我与他的亲属谈话时，隔窗见到老人踩着蹒跚的步子，穿过那花木繁茂的小院，忙忙碌碌地迎客送客。想到他的为人，看到他的为人，感受过他的为人，我那心中便盈满了对老人的敬重之情……

以他的成就，人们完全可以用"中国文坛的明星""当代文学巨人"去称呼他。而我此时感受到的，却又是一位宽厚可亲的长者，一个慈爱、平和、通达的老人离开了我们。他带去了多少宝贵的东西，他又留下了多少宝贵的东西，谁能计量？

在此悼念茅公之际，这两件小事重现眼前。重温往事，想到从此再不能见到老人，聆听教诲，痛切万分。但转而又想，自己一个才刚开端写作不久的青年，有幸接触到与我年龄相隔半个世纪的文坛巨匠，受过他的关切，仅见一面，却留下了这两桩值得记下的事情，也算是一种慰安吧。

作此小文时，想到茅公，年高八旬之上，在经历了十年劫难过后，于辞世之前，已然眼见自己为之奋斗的文学事业正在复兴昌盛，也是他老人家最后的福分了。写到这里，心中感慨万端，不由得住笔。默默祈望老人在九泉之下，宽心而含笑地长眠吧！

1981.3.28

致大海

为冰心送行而作

今天是给您送行的日子，冰心老太太！

我病了，没去成，这也许会成为我终生的一个遗憾。但如果您能听到我这话，一准会说："是你成心不来！"那我不会再笑，反而会落下泪来。

十点钟整，这是朋友们向您鞠躬告别的时刻，我在书房一片散尾竹的绿影里跪伏下来，向着西北方向——您遥远的静卧的地方，恭敬地磕了三个头。然后打开音乐，凝神默对早已备置在案前的一束玫瑰。当然，这就是面对您。本来心里缭乱又沉重，但渐渐地我那特意选放的德彪西的《大海》发生了神奇的效力，涛声所至，愁云扩散。心里渐如海天一般辽阔与平静。于是您往日那些神气十足的音容笑貌全都呈现出来，而且愈来愈清晰，一直逼近眼前。

我原打算与您告别时，对您磕这三个头。当然，绝大部分人一定会诧异于我何以非要行此大礼。他们哪里知道这绝非一种传统方式，一种中国人极致的礼仪，而是我对您特殊的爱的方式，这里边的所有细节我全部牢牢记得。

八十年代末，一个您生命的节日——10月5日。我在天津东郊一位农人家中，听说他家装了电话，还能挂长途，便抓起话筒拨通了您家。我对着话筒大声说：

"老太太，我给您拜寿了！"

您马上来了幽默。您说："你不来，打电话拜寿可不成。"您的口气还假装有点生气。但我却知道在电话那端，您一定在笑，我好像看见了您那慈祥的并带着童心的笑容。

为了哄您高兴。我说："我该罚，我在这儿给您磕头了！"

您一听果然笑了，而且抓着这个笑话不放，您说："我看不见。"

我说："我旁边有人，可以作证。"

您说："他们都是你一伙的，我不信。"

本来我想逗您乐，却被您逗得乐不可支。谁说您老，您的机敏和反应力能超过任何年轻人。我只好说："您把这笔账先记在本子上。等我和您见面时，保证补上。"

这便是磕头的来历，对不对？从此，它成了每次见面必说的一个玩笑的由头。只要说说这个笑话，便立即能感受到与您之间那种率真、亲切，又十分美好的感觉。

大约是九二年年底，我在中国美术馆举办画展期间，和妻子顾同昭，还有三两朋友一同去看您。那天您特别爱说话，特别兴奋，特别精神；您一向底气深厚的嗓音由于提高了三度，简直洪亮极了。您说，前不久有一位大人物来看您，说了些"长寿幸福"

之类吉祥话。您告诉他，您虽长寿，却不总是幸福的。您说自己的一生正好是"酸甜苦辣"四个字。跟着您把这四个字解释得明白有力，铮铮作响。

您说，您的少时留下许多辛酸——这是酸；青年时代还算留下一些甜美的回忆——这是甜；中年以后，"文革"十年，苦不堪言——这是苦；您现在老了，但您现在却是——"姜是老的辣"。当您说到这个"辣"字时，您的脖子一梗。我便看到了您身上的骨气。老太太，那一刻您身上真是闪闪发光呢！

这话我当您的面是不会说的。我知道，您不喜欢听这种话，但我现在可以说了。

记得那天，您还问我："要是碰到大人物，你敢说话吗？"没等我说，您又进一步说道，"说话谁都敢，看你说什么。要说别人不敢说又非说不可的话。冯骥才——你拿的工资可是人民给的，不是领导给的。领导的工资也是人民给的。拿了人民的钱就得为人民说话，不要怕！"

说完您还着意地看了我一眼。

老太太，您这一眼可好厉害。您似乎要把这几句话注入我的骨头里。但您知道吗？这也正是我总愿意到您那里去的真正缘故。

我喜欢您此时的样子，很气概，很威风，也很清晰。您吐字和您写字一样，一笔一画，从不含混。您一生都明达透彻，思想在脑海里如一颗颗美丽的石子沉在清亮见底的水中。您享受着清晰，从来不委身于糊涂。

再说那天，老太太！您怎么那么高兴。您把我妻子叫到跟前，您亲亲她，还叫我也亲亲她。大家全笑了。您把天堂的画面搬到大家眼前，融融的爱意使每一个人的心情都充满美好。于是在场的朋友们说，冯骥才总说给冰心磕头拜寿，却没见真的磕过头。您笑嘻嘻地说我："他是个口头革命派！"

我听罢，立即趴在地上给您磕了三个头。您坐在轮椅上无法阻拦我，但我听见您的声音："你怎么说来就来。"等我起身，见您被逗得正在止不住地笑，同时还第一次看到您挺不好意思的表情。我可不愿意叫您发窘。我说："照老规矩，晚辈磕头，得给红包。"

您想了想，边拉开抽屉，边说："我还真的有件奖品给你。今年过生日时，有人给我印了一种寿卡，凡是朋友来拜寿，我就送一张给他作纪念。我还剩点儿，奖给你一张吧！"

粉红色的卡片精美雅致，名片大小，上边印着金色的寿字，还有您的名字与生日。卡片的背面是您手书自己的那句座右铭："有了爱便有了一切"。

您说，这寿卡是编号的，限数一百。您还说，这是他们为了叫您长命百岁。

我接过寿卡一看，编号 77，顺口说："看来我既活不到您这分量，也活不到您这岁数了。"

您说："胡说。你又高又大，比我分量大多了。再说你怎么知道自己不长寿？"

我说："编号一百是百岁，我这是 77 号，这说明我活七十七岁。"

您嗔怪地说："更胡说了。拿来——"您要过我手中的寿卡，好像想也没想，拿起桌上的圆珠笔在编号每个"7"字横笔的下边，勾了半个小圈儿，马上变成 99 号了！您又写上一句"骥才万寿，冰心，1992.12.20"。

大家看了大笑，同时无不惊奇。您的智慧、幽默、机敏，令人折服。您的朋友们都常常为此惊叹不已！尽管您坐在轮椅上，您的思维之神速却敢和这世界上任何人赛跑。但对于我，从中更深的感动则来自一种既是长者又是挚友的爱意。可使我一直不解的是，您历经那么多时代的不幸，对人间的诡诈与丑恶的体验较我深切得多，然而，您为何从不厌世，不避世，不警惕世人，却对人们依然始终紧拥不弃，痴信您那句常常会使自己陷入被动的无限美好的格言"有了爱便有了一切"？这到底是为了一种信念，还是一种天性使然？

我想到一件更远的事。

那时吴文藻先生还在世。那天是您和吴先生金婚的纪念日。我和楚庄、邓伟志等几位文友去看您。您那天新裤新褂，容光焕发；您总是这么神采奕奕，叫人家无论碰到怎样的打击也无法再垂头丧气。

那天聊天时，没等我们问您就自动讲起当年结婚时的情景。您说，您和吴文藻度蜜月，是相约在北京西山的一个古庙里。

您当时的神气真像回到了六十年前——

您说，那天您在燕京大学讲完课，换一件干净的蓝旗袍，把随身用品包一个方方正正的小布包，往胳肢窝里一夹就去了。到了西山，吴文藻还没来——说到这儿，您还笑一笑说："他就这么糊涂！"

您等待时间长了，口渴了，便在不远的农户那儿买了几根黄瓜，跑到井边洗了洗，坐在庙门口高高的门槛上吃黄瓜，一时引得几个农家的女人来到庙前瞧新媳妇。这样直等到您的新郎吴文藻姗姗而来。

您结婚的那间房子是庙里后院的一间破屋，门关不上，晚上屋里经常跑大耗子，桌子有一条腿残了，晃晃荡荡。"这就是我们结婚的情景。"说到这儿，您大笑，很快活，弄不清您是自嘲，还是为自己当年的清贫又洒脱而洋洋自得。这时您话锋一转，忽问我："冯骥才，你怎么结的婚？"

我说："我还不如您哪。我是'文革'高潮时结的婚！"

您听了一怔，便说："那你说说。"

我说那时我和未婚妻两家都被抄了，结婚没房子，街道赤卫队队长人还算不错，给我们一间几平方米的小屋。结婚那天，我和我爱人的全家去了一个小饭馆吃饭。我父亲关在牛棚，母亲的头发被红卫兵铰了，没能去。我把劫后仅有的几件衣服叠了叠，放在自行车后架上，但在路上颠掉了，结婚时两手空空。由于我们都是被抄户，更不敢说"庆祝"之类的话，大家压低嗓子说：

"祝贺你们！"然后不出声地碰一下杯子。

饭后我们就去那间小屋。屋里空荡荡，四个房角，看得见三个。床是用砖块和木板搭的。要命的是，我这间小屋在二楼，楼下是一个红卫兵"总部"。他们得知楼上有两个狗崽子结婚，虽然没上来搜查盘问，却不断跑到院里往楼上吹喇叭，还一个劲儿打手电，电光就在我们天花板上扫来扫去。我们便和衣而卧。我爱人吓得靠在我胸前哆嗦了一个晚上。"这就是我们的新婚之夜！"我说。

我讲述这件事时，您听得认真又紧张。我想完事您一定会说出几句同情的话来。可是您却微笑又严肃地对我说："冯骥才，你可别抱怨生活，你们这样的结婚才能永远记得，大鱼大肉的结婚都是大同小异，过后是什么也记不住的。"

您的话出其不意。

一下子，您把我的目光从一片荆棘的困扰中引向一片大海。

哎哎，您没有把我送给您那幅关于海的画带走吧？

那幅画我可是特意为您画得那么小，您的房间太窄，没有挂大画的墙壁。但是您告诉我："只要是海，都是无边的大。"

我把您那本译作《先知》的封面都翻掉了。因此我熟悉您这种诗样的语言所裹藏的深邃的寓意。我送给您一幅画，您送给我这一句话。

我在那幅蓝色的画里，给您画了许多阳光；您在这个短句中，给了我无尽的放达的视野。

在与您的交往中，我懂得了什么是"大"。大，不是目空一切，不是做宏观状，不是超然世外，或从权力的高度俯视天下。人间的事物只要富于海的境界都可以既博大又亲近，既辽阔又丰盈。那便是大智、大勇、大仁、大义、大爱，与正大光明。

德彪西的《大海》全是画面。

被狂风掀起的水雾与低垂的阴云融成一片，雪色的排天大浪迸溅出的全是它晶莹透明的水珠。一束夕照射入它蓝幽幽的深处，加倍反映出夺目的光芒。瞬息间，整个世界全是细密的迷人的柔情的微波。大海中从无云影，只有阳光。这因为，它不曾有过瞬息的静止；它永远跃动不已的是那浩瀚又坦荡的生命。

这也正是您的海。我心里的您！

我忽然觉得，我更了解您。

我开始奇怪自己，您在世时，我不是对您已经十分熟悉与理解了吗？但为什么，您去了，反倒对您忽有所悟，从而对您认识更深，感受也更深呢？无论是您的思想、气质、爱，甚至形象，还有您的意义。这真是个神奇的感觉！于是，我不再觉得失去了您，而是更广阔又真切地拥有了您；我不再觉得您愈走愈远，却感到您从来没有像此刻这样的贴近。远离了大海，大海反而进入我的心中。我不曾这样为别人送行过。我实实在在是在享受着一种境界，并不知不觉在我心里响起少年时代记忆得刻骨铭心的普希金那首长诗《致大海》的结尾：

再见吧，大海！我永远不会忘记

你庄严的容光，

我将久久地久久地听着

你黄昏时分的轰响；

我的心将充满了你，

我将把你的山岩，你的海湾，

你的光和影，你浪花的喋喋，

带到森林，带到寂寞的荒原。

1999.3.19 深夜，天津

文坛的节日

    中国文坛终于盼到一个灿烂的节日的到来——巴金百岁。古今有几位作家能够享受百岁寿辰？又有哪位作家的生日被文坛和文学视为一个节日？而文坛的节日不只属于作家，也属于读者。百岁的巴金有几代读者？今天，起码有四世读者，同贺作家金子一般的生命超越了一个世纪。

    我们为巴金的祝寿是一种由衷的感激。因为由《家》到《随想录》，他一直是社会良心的象征。作家是生活的良心。它纯洁、正直、敏感、悲悯，且具先觉性。在封建迷雾笼罩世人时，他呼唤着觉醒的青年一代从令人窒息的封建之"家"冲出去；当"文革"暴力刚刚灰飞烟灭时，他不是跳出苦难开怀大笑，而是紧皱眉头，拿起世界上最沉重的器具——笔，写出心底思之最切的两个字：忏悔。他不饶恕"文革"，也不饶恕自己。因为他希望心灵的工作首先是修复，包括道德和人格的修复。他知道只有人健全，社会的发展才可能健全。

    真正的作家总是忧患的。他们的工作更接近于医生而不是美容师。他们的目光盯在生活的病兆、人性的缺欠与社会的痼疾上，然后痛下针砭。他们不会在真理面前对自己打折扣的，因为他们心中怀着崇高的社会理想。

由于这样的作家的存在，使我们觉得生活和文学中一直有一种良心可以实实在在地触摸到。这种良心是忠于生活和忠于文学的。它使我们相信生活，紧拥不弃；也信任文学，牢牢捏紧自己手中的笔。那就不必搭理那些乱嘈嘈的商品文字和花拳绣腿的文本游戏。

作家的良心是文学的魂。魂是一种精神生命。我们从巴金的作品一直可以摸到这生命的脉搏。它始终如一、强劲有力地跳动着。

为此，我们尤其在乎巴老的长寿。在他九十岁以来的每一个生日里，我们都默默为他祈福，祝他健康，与他结伴，一路而来，终于今天与他一起度过这整个文坛都感到欢乐的百岁诞辰。并且又一次感受到他的真诚的灵魂和对大地与人民不竭的激情。

我们感激巴金。他至今还在影响着我们。

2003.11.18

致哀曹禺

死亡，对于逝者是一种无法述说的体验；对于世人却往往是一种深刻的暗示或启示。

我和谢晋、吴祖强、尹瘦石、夏菊花、才旦卓玛、董良辉站在曹禺灵前深深鞠躬，默然致哀。由于厅堂太小，只能两人一排，分作几批。距离"文代会"召开只差几步，他却一步踏入过往不复的时间里。如今他在何处，谁人能说？

想到昔日里每次与他见面，他那柔软却紧紧握着的手，那总带着一点冲动而亮闪闪的目光，还有那些由衷的话语，眼睛一热便湿了。

也许他去得太匆匆，曹家的灵堂显得仓促单薄。几只最先送到的鲜花花篮簇拥着一张小木桌，不过两碟水果，以及与逝者终日不离的两件遗物——磨旧了的眼镜和磨旧了的钢笔；还有赫然入目的一大套《曹禺文集》，用红丝带系着，摆在中央。有了这些就有了一切；不必再看他这陈旧的四壁、廉价的小铁床、不成套而杂样的家具以及三间普通又狭小的居室……冰心、柯灵、吴冠中和远在兰州的段文杰家居都是三室的单元而已。艺术家从来不用物质装点自己，而是用自己创造的精神财富去充实世界。小桌上那皇皇的文集告诉我什么叫富有，什么叫贫困，什么叫死亡，什么叫永存和永生。艺术家的生命是用他作品的生命来计算的。他死去后，生命依然有声有色地留在作品里；不信就翻开这文集的每一页看看！

自己享受的只能是短暂此生，留给后人享受的才叫作永世不绝。

世上最难做的事，莫过于劝慰一位亡故者的亲人。我无法把悬挂在曹禺床头那幅书轴读下来，耳听着李玉茹大姐的哀诉——

她说，曹禺在去世前几个小时还看电视。夜里三时四十分左右，查房的护士发现他的呼吸不对头。唤来医生紧急抢救，却无力回天。十分钟过去，反映曹禺心率的监视器的屏幕已经成为一条直线。

直线象征着辽阔的平静。只有眺望大漠荒原尽头的地平线时，才能有如是的感受。

然而李玉茹大姐说，当她赶到曹禺的床榻前，大声呼叫时，那条直线居然又跳了两下。她还以为把曹公呼喊回来了呢。但最终还是归复于那永远而冷漠的直线。

我真有点惊异。我问吴祖强这直线怎么会"又跳了两下"呢。吴祖强的回答也是个问号。音乐家能够说清线谱上的一切奥秘，却无法解释这一神奇的生命现象。我也不想去请教任何生命科学的学者，宁愿把它视为一种心灵上的生死相关……

李玉茹大姐还说，她的心愿是为曹禺留两间纪念堂，把他的遗物放进去。她提到曹禺出生在天津，创作高潮在四川，而生活最长的城市是北京。在这个城市里，处处有过他的足印与身影。现在，把曹禺的痕迹留下来便成了她终生的愿望了。也许人陡然地失去，太急，太快，太空，无所凭借和依傍，她感觉一切一切都不复存在。我便告诉她，曹公的痕迹早由他自己留下了。他不仅留在戏剧史上，还将是辞典中一个条目。在辞典上成为一个条目的人，世上无多。

我这话似乎有了效应。在失去曹公的空茫茫的时间里，大家都得到些许的安慰。过后思索自己这话，原是在向曹公致哀——特别是面对着《曹禺文集》时所感受到的。那便是——

作家全部的分量都在自己的作品里，没有一点分量在作品之外。

1996.12.20 于北京

爱在文章外

记孙犁与方纪一次见面

一

外地通晓些文坛事情的人，见到我这副标题便会感到奇怪：孙犁与方纪都是天津的老作家，同居一地，相见何难，还需要以文为记吗？岂非小题大做？

这话说来令人凄然。经历十年磨难，文坛的老作家尚有几位健壮如前者？孙犁已然年近古稀，体弱力衰，绝少参加社会活动，过着深居简出、贪闲求静、以花草为伴的老人生活，偶尔写一写他那精熟练达的短文和小诗；方纪落得右边半身瘫痪，语言行动都很困难，日常穿衣、执物、拄杖，乃至他仍不肯丢弃的嗜好——书法，皆以左手为之。这便是一位以清新隽永的文字长久轻拨人们心弦，一位曾以华丽而澎湃的才情撞开读者心扉的两位老作家的现况。虽然他们之间只隔着十几条街，若要一见，并不比分居异地的两个健康朋友相会来得容易。他们是青年时代的挚友，至今感情仍互相紧紧拴结着，却只能从来来往往的客人们嘴里探询对方的消息。以对方尚且安康为快，以对方一时病困为忧。

在这忧乐之间，含着多少深情？

二

方纪现在一句话至多能说五六个字，而且是一字一字地说。一天，他忽冲动地叫着：

"看、孙、犁！"

方纪是个艺术气质很浓的人，往往又纵情任性。感情叫他做什么，他就做什么。看来他非去不可了。

他约我转天下午同去。第二天我们乘一辆小车去了。汽车停在孙犁住所对面的小街口，我们必须穿过大街。方纪右脚迈步很困难，每一步都是右脚向前先画半个圈儿，落到半尺前的地方停稳，再把身子往前挪动一下。他就这样艰难地走着，一边自言自语、仿佛鼓励自己似的说：

"走、走、走！好、好、好！"

他还笑着，笑得挺快活，因为他马上就要来到常常思念的老朋友的家了。他那一发感触便低垂下来的八字眉，此刻就像受惊的燕子的翅翼，一拍一拍，我知道，这是他心中流淌的诗人易激动的热血又沸腾起来之故。

孙犁住在一个大杂院里，有许多人家。房子却很好，原先是个气派很足的、阔绰的宅子。正房间量很大，有露台，有回廊，院子中间还有座小土山，上边杂树横斜，摆布一些奇形怪状的山石，山顶有座式样浑朴的茅草亭。由于日久年长，无人料理，房舍院落日渐荒芜破旧，小山成了土堆，亭子也早已倒掉而废弃一旁。大地震后，院中人家挖取小山的土筑盖防震小屋，这院子益发显得凌乱和败落不堪。那剩下半截的、掏了许多洞的小土山完全是多余的了，成为只待人们清理的一堆废墟。

我搀扶方纪绕过几座防震屋，忽见小土山后边，高高的露台上，一片葱葱的绿色中，站起一个瘦长的老人。头戴顶小檐的旧草帽，白衬衣外套着一件灰粗布坎肩，手拄着一根细溜溜的黄色手杖。面容清癯，松形鹤骨，宛如一位匿居山林的隐士。这正是孙犁。他见我们便拄着手杖迎下来，并笑呵呵地说：

"我听说你们来，两点钟就坐在这里等着了。"

我看看手腕上的表，已经三点半了。年近七十的老人期待他的朋友，在露台的石头台阶上坐等了一个多小时呵……

三

孙犁的房间像他的人，沉静、高洁，没有一点尘污。除去一排书柜和桌椅之外，很少饰物，这又像他的文章，水晶般的透亮、明快、自然，从无雕饰和凿痕。即使代人写序，也直抒胸臆，毫不客套。他只在书架上摆了一个圆形的小瓷缸，里边用清水泡了几十颗南京雨花台的石子。石子上的花纹甚是奇异，有的如炫目的烟火，有的如迷人的晚霞，有的如缩小了的画家的调色板。这些石子沉在水里，颜色愈加艳美，颗颗都很动人。使我不禁想起他的文章，于纯净透明、清澈见底的感情中，是一个个奇丽、别致、生意盈盈的文字。

孙犁让方纪坐在一张稳当的大藤椅上，给方纪倒水，拿糖，并把烟卷插在方纪的嘴角上，划火点着。两人好似昨天刚刚见过，随随便便东一句西一句扯起来，偶然间沉默片刻也不觉尴尬。有人说孙犁性情孤僻，不苟言笑，那恐怕是孙犁的崇敬者见到孙犁时过于拘谨而感受到的，这种自我感觉往往是一种错觉。其实孙犁颇健谈，语夹诙谐，亦多见地。今天的话大多都是孙犁说的。是不是因为他的朋友说话困难？而他今天的话里，很少往日爱谈的文学和书，多是一般生活琐事、麻烦、趣闻。他埋怨每天来访者不绝，难于应酬，由于他无处躲避，任何来访者一推门就能把他找到。他说这叫"瓮中捉鳖"。然后他从抽屉里拿出一个小木牌，上面写着"现在休息"四个字。他说："我原想用这小牌挡挡来客，但它只在门外挂了一上午，没有挡住来客，却把一个亲戚挡回去了。这亲戚住得很远，难得来一次，谁知他正巧赶上这牌子，这一下，他再也不来了！"说着他摇着头，无可奈何地笑了。逗得我们也都笑起来。

随后，他又同方纪扯起天津解放时刚入城的情景。那时街上很乱，他俩都是三十多岁，满不在乎，骑着车在大街上跑。一个敌人的散兵朝他们背后放了一枪，险些遭暗算。他俩身上也带着枪，忙掏出来回敬两下，也不知那散兵跑到哪里去了。"我们都是文人，哪里会放枪？这事你还记得吗，老方？"孙犁问。

"记得，记得，好、险、呀！"方纪一字一句地说。两人便一阵开心的哈哈大笑。

真险呢！但这早已是过去的事了。谈起往事是开心的，还是为了开心才谈起那些往事？此刻他俩好像又回到那活泼快乐、无忧无虑、生龙活虎的青年时代。

那时，他俩曾在冀中平原红高粱夹峙的村道上骑车竞驰；在乡间驻地的豆棚瓜架下，一个操琴，一个唱戏；在一条炕上高谈阔论后抵足而眠；一起办报，并各自伏在案上不知疲倦地写出一篇又一篇打动读者的文章……

精力、活力、体力，你们为什么都从这两个可爱的老人身上跑走了呢？谁能把你们找回来，还给他们，使他们接着写出《铁木后传》《风云续记》，写出一个个新的、活生生的、连续下来的《不连续的故事》，他们还要一个重返白洋淀，一个再下三峡，用他们珠玑般的文字，娓娓动听地向我们诉说那里今日的风情与景象……

四

坐了一个多小时，我担心两位老人都累了，便搀扶方纪起身告别。走出屋子，孙犁喂养的一只小黄鸟叫得正欢，一盆长得出奇高大、油亮浓绿的米兰，花儿盛开，散着浓浓的幽香。

孙犁说："你们从东面这条道儿走吧，这边道儿平些。我在前面给你们探路。"说着他就戴上草帽，拿起手杖走到前面去了。

我帮着方纪挪动他瘫软了的半边身子，一点点前移。孙犁就在前面几步远的地方，用手杖的尖头把地上的小石块一个个拨开。他担心这些碎石块成为朋友行动的障碍。他做得认真而细心，哪怕一个栗子大小的石子，也嗒的一声拨到小径旁的乱草丛里去……

这情景真把我打动了，眼睛不觉潮湿了，还有什么比爱、比真诚、比善良的情感更动人么？这两个文坛上久负盛名的老人，尽管他们的个性不同，文章风格迥然殊别，几十年来却保持着忠诚的友情。世事多磨，饱经风霜，而他们依然怀着一颗孩童般纯真的心体贴着对方，一切仿佛都出自天然……此刻，庭院里只响着方纪的鞋底一下下费力地摩擦地面的声音，并伴随着孙犁的手杖把小石块一个个拨出小径的清脆的嗒嗒声。在这两种奇特声音的交合中，我一下子悟到他们的文章为什么那么深挚动人。不禁想起一位不出名诗人的两句诗：

爱在文章外，便在文章中。

无意间，我找到了打开真正的文学殿堂的一把金钥匙。

1981.11

留得清气满乾坤

悼孙犁先生

忽闻孙犁先生辞世，一阵痛惜过后，却有一种异样感觉产生。静下心想，心中无声地冒出王冕那题画诗中最后的两句：不要人夸颜色好，只留清气满乾坤。

在我热爱继而从事文学的几十年里，不断地读到孙犁先生的作品。先是他那种风格独具的小说，他的乡土情感与真诚的人民性，那种风格一如白洋淀里的水光荷影，明亮透彻；后来便是他的散文随笔，亦是一样的清纯；其练达的文字，尤具古典文学的功力，仿佛荷叶上的颗颗露珠，晶莹闪烁。孙犁先生在中国当代文学史上自然居位甚高。那么，他身后给我们留下的除去作品本身还有什么呢？

我想，是他为人为文一种明澈的个性，一种纯净的境界，一个惟其独有的审美空间。

我至今还记得他在鞍山道那两间老式平房，一排书柜从中隔开，外边待客，里边起居。房子几乎没有什么装饰。方桌上一个圆圆的水仙盆，用清水养着十来枚各色的雨花石。那清澈而沉静的水与石头上不变的花纹，便是他个性的象征。记得他每收到外边寄来的刊物，则用裁刀在一边整齐裁开。取出刊物后，收起空信封，以便反过来再用。他的勤俭是认真的。做事如做人一丝不苟。

他不爱热闹，自然更不善应酬，与人谈话时也是说得少。现在只记得一些关于沈复和李后主的谈话，那恐怕还和我偏爱这二位文人有关。他很少谈外国作家。当时我想，可能是"文革"才过不久，老人们心有余悸，尤慎于言吧！然而他在"文革"中从不苟合时污，不迎合权势，这在那个充斥着政治淫威的时代是极难做到的。由此看，不正是一种坚硬的骨气支持他这个外表儒弱的知识分子周身不染地度过了那风雨十年吗？

他不喜欢世俗的纷争与打扰，他甚至更喜欢寂寞一些，逢事辄必退避三舍。但是他又不会对社会的症结视而不见，往往忽出一纸言辞犀利的檄文；他既出世又入世，前者出于他的天性，后者出于他的社会良心。而其前者应视作为人高洁，不落俗；其后者则是他思想原则上的黑白分明、刚正不阿。

孙犁先生的美学是讲究距离感的。即便是他写那些抗战时代的小说，对自己十分投入的生活，也保持审美的距离。审美距离的最终成果是审美的升华，这也是他那些名篇今天还很迷人的关键。同时，距离使他冷静，深入，不被激情误导，所以孙犁的作品不煽情，不造势，不媚俗；看似很淡实际很深。他用生活本质的情感与美征服人。能使他如此自信地写作，来源于他为人为文的真实、透彻与纯粹。为了这种纯粹，他甘于寂寞。孙犁的寂寞才是彻底的、不打折扣的、真正的寂寞。他只要文学之内的东西，不要文学之外的任何东西。他终生守住自己的个性，也守住了自己的文学。

他给文坛留下的既是一种风格，更是一种性格。把这种风格与性格合在一起，便是孙犁的文学空间。孙犁是当代文坛特立独行的"惟一"。他是不可模仿也无法模仿的，这便是他至高的价值。也许我们的理论界过于钟情于种种舶来的新潮，对孙犁的空间还远远没有开掘。而且，在今天市场化中充满世故与故事的文坛艺坛中，由于孙犁这种为人为文的存在，使我们觉得清气犹在，呼吸起来，沁人心脾。

然而，此刻我还是有一种伤感。

记得十多年前，我陪方纪先生去看望孙犁。此后我还写过一篇《爱在文章外》的文章，记下他们见面时年轻人般无瑕的情谊。那一次以及后来的一幕幕都在眼前……还有在梁斌家看梁老一任天真地作画，在方纪家看方老用左手执着地写字。但这一切都已过往不复，成为历史。他们各自的那间书房于今安在哉？

文学的一代先贤去了，历史的巨手把一个文学时代一下子翻了过去。这一代人中有多少昔日的才俊与文豪，都已化为一片虚幻，宛如远去的帆影。站在历史的面前，我们深深感到无奈与茫然。谁也无法把过去的时光拉回来。

但历史也不会空空而去。孙犁的一代不是把美好的有特殊意义的东西留给了我们？

我们因他们而骄傲。我们会珍惜他们留下的一切的。

2002.7.11

记韦君宜

> 我不知道为什么，对一个人深入的回忆，非要到他逝去之后。难道回忆是被痛苦带来的吗？

1977年春天我认识了韦君宜。我真幸运，那时我刚刚把一只脚怯生生踏在文学之路上。我对自己毫无把握。我想，如果我没有遇到韦君宜，我以后的文学可能完全是另一个样子。我认识她几乎是一种命运。

但是这之前的十年"文革"把我和她的历史全然隔开。我第一次见到她时，并不清楚她是谁，这便使我相当尴尬。

当时，李定兴和我把我们的长篇处女作《义和拳》的书稿寄到人民文学出版社。尽管我脑袋里有许多天真的幻想，但书稿一寄走便觉得希望落空。这因为人民文学出版社是公认的国家文学出版社。面对这块牌子谁会有太多的奢望？可是没过多久，小说北组（当时出版社负责长江以北的作者书稿的编辑室）的组长李景峰便表示对这部书稿的热情与主动，这一下使我和定兴差点成了一对范进。跟着出版社就把书稿打印成厚厚的上下两册征求意见本，分别在京津两地召开征求意见的座谈会。那时的座谈常常是在作品出版之前，绝不是当下流行的一种炒作或造声势，而是为了尽量提高作品的出版质量。于是，李景峰来到天津，还带来一个身材很矮的女同志，他说她是"社领导"。当李景峰对我说出她的姓名时，那神气似乎等待我的一番惊喜，但我却只是陌生又迟疑地朝她点头。我当时脸上的笑容肯定也很窘。后来我才知道她在文坛上的名气，并恨自己的无知。

座谈会上我有些紧张，倒不是因为她是"社领导"，而是她几乎一言不发。我不知该怎么跟她说话。会后，我请他们去吃饭——这顿饭的"规格"在今天看来简直难以想象！1976年的大地震毁掉我的家，我全家躲到朋友家的一间小屋里避难。在我的眼里，劝业场后门那家卖锅巴菜的街头小铺就是名店了。这家店一向屋小人多，很难争到一个凳子。我请韦君宜和李景峰占一个稍松快的角落，守住小半张空桌子，然后去买牌，排队，自取饭食。这饭食无非是带汤的锅巴、热烧饼和酱牛肉。待我把这些东西端回来时，却见一位中年妇女正朝着韦君宜大喊大叫。原来韦君宜没留意坐在她占有的一张凳子上。这中年妇女很凶，叫喊时龇着长牙，青筋在太阳穴上直跳，韦君宜躲在一边不言不语，可她还是盛怒不息。韦君宜也不解释，睁着圆圆一双小眼睛瞧着她，样子有点窝囊。有个汉子朝这不依不饶的女人说："你的凳子干吗不拿着，放在那里谁不坐？"这店的规矩是只要把凳子弄到手，排队取饭时便用手提着凳子或顶在脑袋上。多亏这汉子的几句话，一碗水似的把这女人的火气压住。我赶紧张罗着换个地方，依然没有凳子坐，站着把东西吃完，他们就要回北京了。这时韦君宜对我说了一句话："还叫你花了钱。"这话虽短，甚至有点吞吞吐吐，却含着一种很恳切的谢意。她分明是那种羞于表达、不善言谈的人吧！这就使我更加尴尬和不安。多少天里一直埋怨自己，为什么把他们领到这种拥挤的小店铺吃东西。使我最不忍的是她远远跑来，站着吃一顿饭，无端端受了那女人的训斥和恶气，还反过来对我诚恳地道谢。

　　不久我被人民文学出版社借去修改这部书稿。住在北京朝内大街 166 号那幢灰色而陈旧的办公大楼的顶层。凶厉的"文革"刚刚撤离，文化单位依存着肃寂的气息，揭批查的大字报挂满走廊。人一走过，大字报哗哗作响。那时"伤痕文学"尚未出现，作家们仍未解放，只是那些拿着这枷锁钥匙的家伙们不知跑到哪里去了。出版社从全国各地借调来改稿的业余作者，每四个人挤在一间小屋，各自拥抱着一张办公桌，抽烟，喝水，写作；并把自己独有的烟味和身体气息浓浓地混在这小小空间里，有时从外边走进来，气味真有点噎人。我每改过一个章节便交到李景峰那里，他处理过再交到韦君宜处。韦君宜是我的终审，我却很少见到她，大都是经由李景峰间接听到韦君宜的意见。李景峰是个高个子、朴实的东北人，编辑功力很深，不善于开会发言，但爱聊天，话说到高兴时喜欢把裤腿往上一捋，手拍着白白的腿，笑嘻嘻地对我说："老太太（人们背后对韦君宜的称呼）又夸你了，说你有灵气，贼聪明。"李景峰总是死死守护在他的作者一边，同忧同喜，这样的编辑已经不多见了。我完全感觉得到，只要他在韦君宜那里听到什么好话，便恨不得马上跑来告诉我。他每次说完准又要加上一句："别翘尾巴呀，你这家伙！"我呢，就这样地接受和感受着这位责编美好又执着的情感。然而，我每逢见到韦君宜，她却最多朝我点点头，与我擦肩而过，好像她并没有看过我的书稿。她走路时总是很快，嘴巴总是自言自语那样嗫嚅着，即使迎面是熟人也很少打招呼。可是一次，她忽然把我叫去。她坐在那堆满书籍和稿件的书桌前——她天天肯定是从这些书稿中"挖"出一块桌面来工作的。这次她一反常态，滔滔不绝；她与我谈起对聂士成和马玉昆的看法，再谈我们这部小说人物的结局，人物的相互关系，史料的应用与虚构，还有我的一些语病。她令我惊讶不已，原来她对我们这部五十五万字的书稿每个细节都看得入木三分。然后，她从满桌书稿中间的盆地似的空间里仰起脸来对我说："除去那些语病必改，其余凡是你认为对的，都可以不改。"这时我第一次看见了她的笑容，一种温和的、满意的、欣赏的笑容。

这是我永远不会忘记的一个笑容。随后，她把书桌上一个白瓷笔筒底儿朝天地翻过来，笔筒里的东西哗地全翻在桌上。有铅笔头、圆珠笔芯、图钉、曲别针、牙签、发卡、眼药水等，她从这些乱七八糟的东西间找到一个铁夹子——她大概从来都是这样找东西。她把几页附加的纸夹在书稿上，叫我把书稿抱回去看。

我回到五楼一看便惊呆了。这书稿上密密麻麻竟然写满她修改的字迹，有的地方用蓝色圆珠笔改过，再用红色圆珠笔改，然后用黑圆珠笔又改一遍。想想，谁能为你的稿子付出这样的心血？

我那时工资很低。还要分出一部分钱放在家里。每天抽一包劣质而辣嘴的战斗牌烟卷，近两角钱，剩下的钱只能在出版社食堂里买那种五分钱一碗的炒菠菜。往往这种日子的一些细节刀刻一般记在心里。比如那位已故的、曾与我同住一起的新疆作家沈凯，一天晚上他举着一个剥好的煮鸡蛋给我送来，上边还撒了一点盐，为了使我有劲熬夜。再比如朱春雨一次去"赴宴"，没忘了给我带回一块猪排骨，他用稿纸画了一个方碟子，下面写上"冯骥才的晚餐"，把猪排骨放在上边。至今我仍然保存这张纸，上面还留着那块猪排骨的油渍。有一天，李景峰跑来对我说："从今天起出版社给你一个月十五块钱的饭费补助。"每天五角钱！怎么会有这样天大的好事？李景峰笑道："这是老太太特批的，怕饿垮了你这大个子！"当时说的一句笑话，今天想起来，我却认真地认为，我那时没被那几十万字累垮，肯定就有韦君宜的帮助与爱护了。

我不止一次听到出版社的编辑们说，韦君宜在全社大会上说我是个"人才"，要"重视和支持"。然而，我遇到她，她却依然若无其事，对我点点头，嘴里自言自语似的嗫嚅着，匆匆擦肩而过。可是我似乎已经习惯了这种没有交流的接触方式。她不和我说话，但我知道我在她心里的位置；她是不是也知道，我虽然没有任何表示,在我心里她却有个很神圣的位置?

在我的第二部长篇小说《神灯前传》出版时,我去找她,请她为我写一篇序。我做好被回绝的准备。谁知她一听,眼睛明显一亮,点头应了,嘴巴又嚅动几下,不知说些什么。我请她写序完全是为了一种纪念,纪念她在我文字中所付出的母亲般的心血,还有那极其特别的从不交流却实实在在的情感。我想,我的书打开时,首先应该是她的名字。于是《神灯前传》这本书出版后,第一页便是韦君宜写的序言《祝红灯》。在这篇序中依然是她惯常的对我的方式,朴素得近于平淡,没有着意的褒奖与过分的赞誉,更没有现在流行的广告式的语言,最多只是"可见用功很勤","表现作者运用史料的能力和历史的观点都前进了",还有文尾处那句"我祝愿他多方面的才能都能得到发挥"。可是语言有时却奇特无比,别看这几句寻常话语,现在只要再读,必定叫我一下子找回昨日那种默默又深深的感动……

韦君宜并不仅仅是伸手把我拉上文学之路。此后"伤痕文学"崛起时,我那部中篇小说《铺花的歧路》的书稿在人民文学出版社内部引起争议。当时"文革"尚未在政治上全面否定,我这部彻底揭示"文革"的书稿便很难通过。七九年冬天在友谊宾馆召开的"中长篇小说座谈会"上,韦君宜有意安排我在茅盾先生在场时讲述这部小说,赢得了茅公的支持。于是,阻碍被扫除,我便被推入了"伤痕文学"激荡的洪流中……

此后许多年里,我与她很少见面。以前没有私人交往,后来也没有。但每当想起那段写作生涯，那种美好的感觉依然如初。我与她的联系方式却只是新年时寄一张贺卡，每有新书便寄一册，看上去更像学生对老师的一种含着谢意的汇报。她也不回信，我只是能够一本本收到她所有的新作。然而我非但不会觉得这种交流过于疏淡，反而很喜欢这种绵长与含蓄的方式——一切尽在不言之中。人间的情感无须营造，存在的方式各不相同。灼热的激发未必能够持久，疏淡的方式往往使醇厚的内涵更加意味无穷。

大前年秋天，王蒙打来电话说，京都文坛的一些朋友想聚会一下为老太太祝寿。但韦君宜本人因病住院，不能来了。王蒙说他知道韦君宜曾经厚待于我，便通知我。王蒙也是个怀旧的人。我好像受到某种触动，忽然激动起来，在电话里大声说，是呀、是呀，一口气说出许多往事。王蒙则用他惯常的玩笑话认真地说："你是不是写几句话传过来，表个态，我替你宣读。"我便立即写了一些话用传真传给王蒙。于是我第一次直露地把我对她的感情写出来，我满以为老太太总该明白我这份情意了。但事后我知道老太太由于几次脑血管病发作，头脑已经不十分清楚了。瞧瞧，等到我想对她直接表达的时候，事情又起了变化，依然是无法沟通！但转念又想，人生的事，说明白也好，不说明白也好，只要真真切切地在心里就好。

尽管老太太走了。这些情景却仍然——并永远地真真切切保存在我心里。人的一生中，能如此珍藏在心里的故人故事能有多少？于是我忽然发现，回忆不是痛苦的，而是寂寥人间一种暖意的安慰。

1998.4.7

草婴先生

三年前的春天里意外接到一个来自上海的电话。一个沙哑的嗓音带着激动时的震颤在话筒里响着："我刚读了你的《一百个人的十年》，叫我感动了好几天。"我问道："您是哪一位？"他说："我是草婴。"我颇为惊愕："是大翻译家草婴先生？"话筒里说："是草婴。"我情不自禁地说："我才感动您一两天，可我被您感动了几十年。"

我自诩为草婴先生的最忠实的读者之一。从《顿河故事》《一个人的遭遇》到《复活》，我读过不止两三遍，甚至能背诵那些名著里一些精彩的段落。对翻译家的崇拜是异样的。你无法分出他们与原作者。比如傅雷和巴尔扎克，汝龙和契诃夫，李丹和雨果，草婴和托尔斯泰，还有肖洛霍夫。他们好像是一个人。你会深信不疑他们的译笔就是原文，这些译本就是那些异国的大师用中文写的！记得二十世纪七十年代末我住在人民文学出版社写长篇小说时，刚刚开禁了世界名著，出版社打算出一本契诃夫的小说选，但不知出于何故，没有去找专门翻译契诃夫的翻译家汝龙，而是想另请他人重译。为了确保译本质量，便从契诃夫的小说中选了《套中人》和《一个小公务员之死》两个短篇，分别交给几位俄文翻译家重译。这些译者皆是高手。谁知交稿后都不如汝龙那么传神，虽然译得像照片那样准确无误，但契诃夫本人好像从这些译文里跑走了。文学翻译就是这样——如果请汝龙来翻译肖洛霍夫或托尔斯泰，肯定很难达到草婴笔下的豪迈与深邃。甚至无法在稿纸上铺展出托尔斯泰像江河那样弯弯曲曲又流畅的长句子。然而契诃夫的精短、灵透与伤感，汝龙凭着标点就可以表达出来。究竟是什么可以使翻译家与原作者这样灵魂相通？是一种天性的契合吗？他们在外貌上也会有某些相似吗？这使我特别想见一见草婴先生。

几个月后去南通考察蓝印花布，途经上海。李小林说要宴请我。我说烦你请草婴先生来一起坐坐吧。谁想见面一怔。草婴竟是如此一位瘦小的老人。年已八旬的他虽然很健朗，腰板挺直，看上去却是那种典型的骨骼轻巧的南方文人。和他握手时，感觉他的手很细小。他静静地坐在那里，动作很小，说话的口气十分随和，无论如何与托尔斯泰的浓重与恢宏以及肖洛霍夫的野性联系不到一起。

朋友间伴随美酒佳肴的话题总是漫无边际，但我还是抓空儿不断地把心中的问题提给草婴先生。

从断续的交谈里，我知道他的俄语是十几岁时从客居上海的俄国女侨民那里学到的。那时进步的思想源头在北边的苏联，许多年轻人学习俄语为了直接去读俄文书，为了打开思想视野和寻找国家的出路。等到后来——可能是1941年吧，他为地下党和塔斯社合作的《时代》周刊翻译电讯与文稿，就自觉地把翻译作为一种思想武器了。当时许多大作家也兼做翻译，都是出于一个目的：把进步的思想引进中国。比如鲁迅、巴金、郭沫若、冰心等。我读过徐迟先生四十年代初在重庆出版的《托尔斯泰传》，书挺薄，纸张很黑，很糙。他在这本书的后记中说，当时正处于抗战时期，纸张奇缺，《托尔斯泰传》总共有五百页，无法全部出版，最多只能印其中的一百多页。他之所以把这部分译稿印出来，是为了向国人介绍一种"深刻的思想"。

这恐怕就是那一代翻译家的想法了。翻译对于他们是文学事业的一部分，也是一种重要的精神和思想的方式。

八十年代初，"文革"后文艺的复苏时期，出版部门曾想聘请草婴先生主持翻译出版工作，被他婉拒，他坚持做翻译家，立志要翻译托尔斯泰的全部作品。

"我们确实需要一套经典的托尔斯泰全集。"我说。

他接下来讲出的理由是我没想到的。他说："在十年'文革'的煎熬中，我深刻认识到缺乏人道主义的社会会变得多么可怕。没有经过人文主义时期的中国非常需要人道主义的启蒙和滋育。托尔斯泰作品的全部精髓就是人道主义！"是啊，巴金不是称托尔斯泰是"十九世纪世界的良心"吗？

他选择做翻译的出发点基于国人的需要，当然是一个有见地的知识分子眼中的国人的需要。

原来翻译家的工作不是"搬运"别人的作品，不仅仅是谋生手段或技术性很强的职业，它可以成为一种影响社会、开启灵魂、建设心灵的事业。近百年来，翻译家们不常常是中国思想史的主角吗？

在自己敬重的人身上发现新的值得敬重的东西，是一种收获，也是满足。我感到，我眼前这个瘦小的南方文人竟可以举起一个时代不能承受之重。在我和他道别握手时，他的手好似也变得坚实有力了。

我感谢他。他叫我看到翻译事业这座大山令人敬仰的高处。

2006 年夏日

双倍的悼念

没想到我竟用一篇文章，同时悼念两位心中敬爱的长者——王昆和周巍峙。这样薄薄一纸，何以能承住我此刻沉重的心！

两个月前，在圣彼得堡接到周巍峙去世的噩耗，拜托民协的同事罗杨送上花圈，并给王昆捎去切切的劝慰。因为我知道周巍峙与王昆一生的相依、相扶和相惜，更知道年近九十的王昆失去周老意味着什么。回国后，正想着赴京之时去看看王昆，谁知随即王昆也走了。

在年龄上，我和二位长者相差二十岁甚至还多，然而他们既无长辈的居高临下，更没有因担任过很高职务而与你不舒服地拉开距离；平易、祥和、真心，还有那种温馨感，一如他俩和你相握时柔和的手。可是，再也找不到那种握手的感觉了。

经典的歌曲最容易把人带回过往的岁月，使我们被往事感动，因而我们对这样的歌唱家与音乐家总是心怀敬意和神往。一唱周老的《中国人民志愿军战歌》，就立即被唤起心中五十年代明快和铿锵的节奏；王昆唱响《南泥湾》时，与我不是在同一个生活的时空里，然而她那些唱得又美好又纯粹的歌，却叫我们感受到那个时代理想主义的虔诚与纯真。他们带着这些歌走了吗，还是永远留给了我们？

当然永远地留下了。任何历史都不会空白的，一定会留下一些文化经典见证自己和表达自己。比如《白毛女》《中国人民志愿军战歌》《兄妹开荒》《上起刺刀来》《南泥湾》，等等。

早在二十世纪八十年代中期，我们就曾投身周老主持的"中国民间文艺十大集成"中民间文学的收集和整理。老实说，当时虽然在做这件事，却没有完全认识到这项文化工程包含的历史眼光与深远意义。直到二十一世纪初我们进行全国民间文化遗产抢救时，回过头看，才领略到周老当年所做的"十大集成"贡献之大。倘若当年没有存录下来那些海量的民间文化宝藏，今天再去找，早已荡然不存。

为此，周老曾经一个一个省去跑，磨破嘴皮子为经费化缘。这和我们后来做的事非常相像。我曾对一位领导说：支持一下周老吧，他都八十多岁了，还要跑到各个省，去请当地政府赞助。

我对周老更深的敬意源于对他的理解。

也许为此，他也理解我们，因而常常出席我们的会议和活动，发表演说，支持我们；甚至不顾高龄，参加我们的田野考察。他八十九岁生日那天，正赶在我们一起从南昌驱车去往赣中考察古村落的路上，还是我们给他买花度过的呢。

两位老人从来都是话不多，表情含蓄，但他们的感情却让我深切地感到。朋友们——白淑湘、韩美林、陈晓光、王铁成、姜昆、资华筠、魏明伦，等等，都说他俩待人真诚，真好。我曾想，他俩是用什么方式把感情传递给我们的？

前年，我在北京画院举办名为"四驾马车"（文学、绘画、文化遗产保护和教育）的展览。开幕那天，很多朋友来祝贺，我忽然发现周巍峙和王昆竟坐在台下，我很慌张，怎么能叫二位老人坐在台下。据说周老是从医院来的，还坐在轮椅上呢。但是，谁也没办法把他俩请到台上去，只听周老说了一句："我高兴和大家坐在一起。"再一看，周围全是作家艺术家，李光羲、胡松华、张抗抗、濮存昕、刘兰芳、冯英、谭利华、郁钧剑，等等。

为此，轮到我上台致词答谢时，我拉着话筒站到台的一端，侧对着台上和台下说："我之所以站在这里讲话，是因为今天没有台上和台下。今天来出席我这个展览的，都是我的好友、我敬重的人。我表示心中的谢意！"跟着，把手伸向二老那边，示意。

二老看到了，笑了，还是那样的温和与温馨。

那一刻，我明白了，虽然他俩都做过文化领导，但出身于艺术家；更重要的是在他们心里艺术比职务重要。所以他们——他们的责任与感情——始终在艺术也在艺术家中间，在生活也在人民中间；在文艺家之间，所看重的不是你的地位，而是你的作品和你是不是真正热爱艺术，所以在文艺界中他们是深受爱戴的长者和朋友。

当二位长者几乎同时离我们而去，心中的哀痛自然是双倍的，悼念之情也是双倍的、加倍的。然而，我忽发奇想，想到他俩怎么会一前一后，如此接近，几乎是一起走的？这是生前一个太浪漫的约定，还是一种美好到极致的生命的偶然或必然？

　　在人间结伴一生，然后携手去天堂。还有比这更好的生死同盟吗？

　　若是如此，天慰我也。

2014.11.22

话说王蒙

一

王蒙写了《夜的眼》等几篇背叛文学传统的小说，不知是祸是福，一下子掉进议论的漩涡。因为，几十年来，中国文坛不曾在艺术方面展开过如此广泛和激烈的辩论。

在报刊上，一些评论家热烈地赞助王蒙，文章写得由浅入深，想尽办法把王蒙这些作品解释明白；他们像一群认真得有些发迂的外科医生，细心解剖王蒙，恨不得把这头怪物身上每一根末梢神经和毛细血管，都加上明明白白的注脚。另一些评论家则对王蒙提出批评、劝诫、警告，这并非是冷淡，而是恼火，原来也动了感情！

他正在征服一座无名高峰。奋力攀登吧，小伙子！

他已经走到悬崖边缘了。一失足成千古恨，该回头了，浪子！

议论的另一个中心在读者中间。作家更关心这个中心。这里也更加激烈。评论家往往要给作家留点面子，下笔时有委婉之处；读者的话却都是直接感受，不讲究措辞。他每天从邮递员手里接过一叠叠信，来自天南地北，褒贬皆有。有的是通篇真诚的赞美词，有的则写满被激怒的言语——

"《深的湖》是文学的堕落！"

"看《风筝飘带》，文字懂，意思不懂。看《海的梦》，文字和意思全不懂。结论：王蒙的作品，等于对大脑的惩罚！"

"你具有很高的格调！"

"在我所了解的中国当代作家中，很少像你这样富于历史感！"

"我看你还是多写一些《说客盈门》那样的作品，以便让更多的人接受。"

"请问，意识流是不是坐在家里瞎'流'？"

"读你的作品时，常常产生一种似曾相识的感觉。你写出我无法形容的内心感受。"

"我们去订阅杂志时，先要问一问这杂志是否登载王蒙的作品。如果登载你的作品，我们就坚决不订！"

这些话无处争鸣，却在王蒙这里无声地打架。

王蒙笑了，笑中的含意是多样的，无人猜得。他并没有给这漩涡搅昏，反而从容不迫地接连写出《杂色》《如歌的行板》《温暖》《相见时难》，等等。这么一来，漩涡愈转愈急，他处处听到喝彩，也处处挨骂。

一家报纸向王蒙要一篇关于他本人作品的文章，他就把一封批评他作品的读者来信拿出来，推荐在报上发表。他把这位好心读者的严厉批评公开了。他自己也来推动这漩涡的转速。为此，人们便纷纷议论他这一举动。有人说他自找挨骂；有人说他非常聪明，因为对于作家来说，批评也是一种宣传，批评过重，还能取得善良读者的同情；有人则说他胸怀开阔，一个真正能肚子里跑轮船的人。

"你呢，你认为呢？"有人问我。

我听到这问话，首先有种快感。我对于可以自由发表自己意见的事物，总是十分感兴趣的。

二

我对王蒙讲述关于拳王阿里的一段事：阿里每逢比赛，总要事先出钱收买一些人，作为自己的反对者。在比赛时，给他起哄，骂他，羞辱他。这样，阿里的搏斗欲望才被刺激起来，力量鼓满全身，肌肉膨胀，精神达到最佳的竞技状态……

"他需要挑战。"我说。

此时王蒙的眼睛灼灼发光。他似乎说：我也一样！

强者欢迎挑战，弱者害怕攻击。强者在挑战中，情绪得到激发，力量接受反作用力的补充。

一次会议后，我对他说："你今天的话不够精彩。"因为他讲话一向风趣十足，充满灵感，时出犀利的警句。他说："今天在座的没有反对者，我兴奋不起来。"

文学艺术的历史，每每向前迈一步，首先都会碰到挑战。勇士是在战场上厮杀出来的，运动冠军是在比赛场上拼搏出来的。

如果你要大胜一场，赢得光彩，就要带着全副本领昂然地去迎接最强有力的挑战！

但是，王蒙所遇到的并不完全是挑战。还有对他的困惑、担心和猜疑。

他在玩弄形式？在有意回避尖锐的社会问题？在做文字游戏？在制造迷阵？在装腔作势？在用洋笔墨唬弄中国人？

作家从来不应该为自己的作品辩解。哪怕有人把你的作品歪曲变形，也没有必要更正。这一点，作家应当像大自然——它创造山林、平原、江河、泥石流、火山、潮汐、花草、飞雪、微风和斜雨……但它始终沉默不语。一边任由人们享受和利用，一边听凭人们埋怨与责怪。

把解释权、评定权、裁决权，永远留给别人。作家的天职便是创造和再创造。

那么谁来解释清楚王蒙——这个当代文学的叛徒，不肯循规蹈矩，搞坏人们文学胃口的狂人，戏弄读者的文学魔术师？

谁来说明：他的小说为什么人物不鲜明，看不出主题，结构不清晰，语言东一句西一句，没情节，有头没尾或没头没尾，他的创作思维是否发生了紊乱？那些自称他的读者，又是些什么人？赶时髦？不懂装懂？精神错乱者？

三

他的两只眼都近视，一只四百度，另一只四百二十五度。他配了一副度数精确的眼镜，为了把这缤纷复杂的世界、千变万化的生活和形形色色的人全都看得一清二楚。

他不肯把注意力固定在某一个范围内。作家理应对周围存在的和存在过的一切都发生兴趣，好奇心超过儿童，视角三百六十度；大脑像一架大型计算器，敏捷地储存下从大千世界中感受来的每一个信息；目光跟踪所发现的所有人和事。

中国太大了，人太多了，历史太曲折了；生活如同大海一样莫测深浅与吉凶。忽而水波不兴，一碧万顷；忽而大浪滔天，樯倾楫摧。这个人，不满十四岁就"地下"加入新中国缔造者的行列，少年的布尔什维克。当他眼瞧着天安门广场被胜利的红旗遮盖时，理想仿佛一条宽阔的光带铺在脚下。其实，理想还在心中，现实却在脚下。三十年来他走过一条异常艰辛的路，许许多多人都一同走过这条路。有的跌倒，有的停下，有的从来不肯止步不前；有的抱怨，有的呻吟，有的默不作声；有的凭惯性，有的靠意志。大多数人一直走到今天，心里边装满酸甜苦辣。有的灰心丧气，有的依旧气宇轩昂。王蒙是后边这一种。在这一种中，他还是结实的一个。

有位美国人问他："五十年代的王蒙和七十年代的王蒙，哪些地方相同，哪些地方不同？"

他回答："五十年代我叫王蒙，七十年代我还叫王蒙，这是相同的地方；五十年代我二十多岁，七十年代我四十多岁，这是不同的地方。"

乍听是句玩笑话，话里却包含着千言万语难以穷尽的广泛内容。

生涯坎坷的人，如同生在绝顶、日日风吹的树。脆弱的枝条最容易折断；根深蒂固才得以生存下来。苦难里可以找到生活的蜜汁，困境中可以发现真正生活的通途，失败中可以求得避免失败的经验。谁能用痛苦制造出医治痛苦的良药，在锤打中练就一副坚硬的身骨，谁才能说：我获得了生活的真谛。

作家的责任，还要把这一切告诉给人们。惩恶扬善，化凶为吉，去伪存真。唤醒生活的幻想者，同时给过分现实的人一点幻想。还要给那些颓唐、沉沦、迷惘的人一服有效的精神补剂。

1964 年，他被放逐到遥远的新疆，抵达乌鲁木齐的当夜，写了一首七言绝句：

死死生生血未冷，风风雨雨志弥坚。

春光唱彻方无憾，犹有微躯献塞边。

将近二十年过去了，王蒙还是王蒙。依旧是布尔什维克，但是一个清醒的、经过各种磨炼的布尔什维克。依旧是一个赤子，但是一个成熟的赤子；依旧心头热血奔流，但他不会再为生活中美丽而晃眼的假象所迷惑，单纯又傻气地冲动起来；依旧充满社会责任心，但他更懂得这种责任的严峻性和怎样去尽自己的职责。

经历了数十年风云变幻，岁月的锋刃在他脸颊上刻下两条垂直的皱痕，如今他把皱痕变成半圆形的曲线，现出笑容。

笑不一定都是轻松的，叹息也不一定是绝望。最明亮的地方，灰尘反而看得一清二楚。最黑暗的地方，一小块碎玻璃碴反而会发亮。眼泪的味道更不相同，酸的、甜的、苦的、涩的，还有混在一起的。

他说："作家的积累，除去生活的积累之外，还有情绪的积累。"

如果快乐、辛酸、甜美、忧虑、愤慨、感叹，沉思与回忆，过去与现在，历史与现实，一时都涌在心中呢？百感交集！这个内心异常丰富的人，时时处在这种百感交集之中！

他说："我如果用原先的写法，只能把这些感受和情绪一种一种写出来，但写到三种以上，就会有人以为我是在'意识流'了！"

他还说："在表现生活上，我要'全方位'。"但哪有一种这样现成的手法？单单"意识流"也不够用呢！

四

艺术为内容去寻找形式。当内容发生变化，旧形式就成了束缚、陈规和锁链。咬不破茧套的蚕儿，最终会僵死在套里，活的生命干缩成一块可怜巴巴的无机物。这使我想起裹脚的老奶奶，她那硬给传统习惯捆束得模样可怕的一双小脚。

社会变迁，艺术受生活内容的逼迫而面临变革。二十世纪以来，音乐的节奏明显地受生活的节奏影响；照相技术的精益求精，轰毁了西方绘画中写实主义的统治宝座；光、电子、宇宙探索的迅速发展，在人们的思维、意识和审美中产生深刻又微妙的作用。彩色音乐、太空美术和有形的文字——电影出现之后，人们对于文学艺术概念的理解不同往昔了。科学的昌明，还使社会结构愈来愈复杂，大脑愈精致，个性更突出，包括艺术在内的表达方式也就更加多样。

中世纪的田园牧歌虽美，只是旧生活迷人的遗迹，供怀古者发一发幽情而已。现代建筑师不会再去建造金字塔和长城，他们要在地球上留下能够标志本世纪特征的事物。

艺术史从来不记载模仿者的姓名。它干脆就是一连串拓荒者的姓名连缀一起的。在创新的道路上，失败和成功的比例，大约是一万比一。模仿的事情容易又稳妥，革新之举艰难又冒险。成功了，就被尊崇为某某开山鼻祖；失败了，便被斥为异想天开的狂夫。清朝三百年，中国画坛是泥古不化的"四王"的天下，绘画则有退无进，几乎滞绝。为此，我于此道，向来不敬渊博的守旧者，宁肯听信雄心勃勃的狂夫们的！在最难获得成功的地方，应该是最允许尝试和失败的。

艺术形式的变革，有它自身的规律。它不因朝代的更迭而划分。它是受科学、哲学、社会生活的变化不断的影响，最后表现在审美内容和方式上的一个飞跃。这个飞跃，要靠一些具有非凡艺术胆识的人去创造。

奇怪的是，艺术家们创造出最符合时代特征的美，往往并不马上被人们所承认。在绘画中，扬州八怪和印象主义都在它诞生时被相当一部分人视为艺术怪胎，一时耻笑和怒骂淹没了少许的赞赏，但过了一段时间，这种反感的情绪便渐渐平静下来。人们从适应到承认，从承认到公认，终于看出其中最贴切的时代感，这才惊讶地发现艺术家超乎寻常的才气。而"时代感"在当时就是"现代感"。现代感中包含审美内容。真正划时代的艺术家，都是站在时代最前头，凭着艺术慧眼，敏察生活中蕴藏的现代感的。他的成就之一，就是把这种人人都隐约觉得的现代感捕捉到，具象之后，摆在人们面前。

每个时代有两个脉搏。一个生活的脉搏，一个美的脉搏。作家就是要同时准确地摸到这两个脉搏。一个化为内容，一个化为形式；但这个时代巨人的脉搏究竟在哪里？没人告诉，只有自己去寻找和摸索。

二十世纪初开端的现代文学思潮，大多具有尝试性。作家为了表现各自的艺术主张和精神内容，甩开习惯的羁绊，朝着各自方向努力，也难免各走极端。费解的事物并非不可理解，正如荒诞派作品的本意并不荒诞。是否有人故意制造怪诞和迷阵去欺弄读者，这也难免。但是我想，作家大都是希望读者了解自己的。失掉读者的作家就像孤岛上的鲁滨逊。谁要去做鲁滨逊？王蒙吗？

王蒙认为自己自从写过《夜的眼》，仿佛如鱼得水，游刃自如，他找到了自己最恰当的座位，最合身的服装和最舒适的鞋子，还有翅膀和鳍，同时也留下一条尾巴给人。这条尾巴就是：不懂。

一部分人不懂。

一部分人懂。

一部分人只懂一部分。

他无法使所有的人一下子都弄懂自己的作品；他更没有权利责怪不懂他作品的人，但他也不愿意丢掉刚刚获得的不少知己和一大批倾心相与的读者。

"在当今中国作家中，王蒙是采用西方意识流写作的吧？"

"不，我不这样认为。"

"噢？王蒙的作品形式不属于意识流？"

"对不起，先说意识流，我不认为是一种形式，而是一种方法，或叫手段。其次，意识流手法不是西方独有的专利权，中国古代诗词就有类似意识流的手法。它以人的意识活动的方式，从作家或作品的人物主观出发，去揭示人物的内心活动和感受，由此多层次地、立体地、真切地表现生活。东西方作家都采用过。尽管王蒙所用的意识流主要是受西方现代文学影响，但在他的作品中，意识流只是其中一个有机的组成部分，不是全部，否则就容易把王蒙误解为西方现代文学的仿效者，那就低估了王蒙的价值，也不符合王蒙创作的实际。"

"请问你，除去意识流，王蒙还有什么？"

"我希望不要把王蒙分解开，而要合在一起研究，否则就难以看到他的特点。"

上面是我和英国一位汉学家的对话。

王蒙至今对几位"意识流"大师，如乔伊斯和福克纳等人的作品，并非狂爱，相反很难读下去。

他不否认，他动用了"意识流"。《春之歌》《风筝飘带》和《蝴蝶》中就有较多"意识流"。《买买提处长轶事》含有某些超现实主义成分。《相见时难》中的"主食"是现实主义，又是各种手法的大杂烩。

他对西方各种文学手法，采取拿来主义。十八般武器，哪个得用就操起哪个，有时几样同时用。生活不为艺术设置内容，艺术却给内容设计形式。他主张一个作家要有几套笔墨。不要为了自己事先定好的调子，去捏着自己的喉咙发声。

他厌恶窄，狭隘，局限，自己捆缚自己的手脚；他喜欢宽，开阔，宽容，敞开自己的胸怀和情怀。

中国艺术之所以光华灿烂，正由于中国人曾经创造过无穷无尽、千奇百怪的艺术形式。中国人对艺术的理解力不低于世界任何民族。当西方艺术家设法打破戏剧舞台上的第四堵墙时，中国戏剧早不存在这一恼人的问题了。中国的书法艺术家，比任何西方抽象艺术都更加抽象，并专一地注重形式的表现。中国绘画从理论到技巧，都是二十世纪以来西方画家才开始触及的。

在历史上，从晋唐时期对东南亚佛教艺术的吸收，到二十世纪以来苏俄文化的涌入，外来文化对中华民族文化的形成多次发生影响，但还没有一个民族的文化取代华夏文化。悠久的历史是民族的精神资本，民族精神又是自己艺术的重心。自己的艺术磅礴有力，对于外来文化（包括各种艺术形式）就有很强的消化力。在当今世界上，不善于吸取其他民族文化的优点和不善于保护自己民族文化的特点，同样是愚蠢的。民族特色也在不断地装进时代内容，染上时代色调。

至今我还没有读过任何一个外国作家的作品与王蒙的作品类似。他穿上西装，在爱荷华的大街上溜达，人家还要把他当作中国人。他也以自己为中国人而自豪，毫无装一装洋人之意。

他深知，面对世界，中华民族的文化为他提供一个得天独厚、占据优势的高地。但他在这高地上的工作，不是把成堆的珍奇的古董搬来搬去，而是要在这峰顶添加几枚鲜活的，哪怕是小小的石子。加高它！

在地球上，风是流动的，云彩到处飘，太阳和月亮轮流在东西半球值班；如今，通信卫星和无线电波把世界上每一角落、每一小时发生的事情传来传去；艺术不再相互隔绝，而成为各民族之间互相沟通、不需要翻译的往来交流的桥梁……

日本人喜欢雕刻一种三个并排而坐的猴子。一个双手捂着眼睛，一个捂嘴，一个捂耳朵。俗称"不听不说不看"。据说过去日本人很信奉这种与世隔绝的哲学，真不知这种哲学怎么使人受益。如果当今世界各国人都"不听不说不看"，日本的以出口为主的家用电器工业肯定马上垮台。故此，今天的日本人也抛弃这种哲学，那三个猴子便成了没有任何训诫意义、纯粹日本特色的小工艺品了。

世上其他地方，不知还有没有这种"不听不说不看"的小猴子，或是老猴儿。

五

我们在谈论各自喜欢的颜色。据说从一个人偏爱的颜色能看出他的性格来。

蒋子龙："我爱大红。"这条每个字都蘸着灼热激情的文学大汉，爽快地说。

张抗抗："我喜欢淡蓝。"远天和薄雾中的海，都是这种颜色。她说得饶有诗意。

我告诉大家："有位心理学家说，喜欢黄颜色的姑娘大多有点妒忌心理。"

王蒙来了，我们问他，他眨了眨眼："杂色。"

杂色？杂色包括一切颜色，是世间万物、芸芸众生呈现的外观，为此画家的调色盘不拒绝任何一种颜色，钢琴家的键盘不能缺少任何一个音。哪怕最脏的颜色和最弱的音。

王蒙很少排他性。他总想包罗万象！胃口和食欲都极大，以至他的作品有时给人一种"袋子要被撑破"的感觉。

世界是他矛盾的混合体，难以统一的纷杂的集合。人也一样，优点、缺点、弱点，混在一起。你真诚、正义、善良、认真、讲卫生、不浪费、做过许多好事……对！但你从来没有过失、内疚、自私？说过谎话和假话？当然，在这中间，你还有倾向、追求和侧重面，否则人人都会不清不白，世事也就没有是非可言。

如果你想真正了解王蒙，最好先看全他身上的杂色。生活的多磨，使他外凸的棱角不多；过早的不公平遭遇，使这个机敏聪明的人早熟；八面逼来的社会应酬，又使他锻炼得善于八面应酬。这就难免被人误解为一个圆滑的精鬼儿。实际上，他的大脑经常陷入严峻的沉思，说话时不乏锋芒毕露而入木三分的议论；他和女儿逗笑时，会不知不觉现出他所怀恋的少年时代的纯真；他以对待艺术兼容并包的宽宏态度，对待不同性格的朋友和不同风格的同行们。他在多年来同甘共苦的妻子身边，好比刘备一样温存，但当他找不到东西时，恨不得把满屋的抽屉全都扣在地上；一个勇气填满胸膛的男人，待客备宴，宰鸡时却怎么也下不了手，搞得鸡在手里嘎嘎乱叫。他到底坚强还是软弱？一个事业上练达的干将，个人生活上的糊涂虫！一边预备好布票和钱，要去为自己买绒裤，一边正要给远在内蒙古的妹妹寄信，糊里糊涂把布票塞进信封寄走。他在商店选好绒裤后却找不见布票。不多天，妹妹来信说："我这里布票足够用，请你不要再寄了！"他经常把自己搞得啼笑皆非！

生活中经常出笑话，他偏偏也最喜欢说笑话。在最困窘的岁月里，他很少哭丧着脸，如今到了最严肃的场合，他还是忍不住说几句笑话。

笑话，能减除痛苦，抵消伤感，缓和紧张，松弛精神，健脾养胃，还能加强生活的信心。

他说："幽默感是智力上的优越感。"

中华民族本来是个富于幽默的民族。为此，戏曲中还有一种专事逗笑的丑角儿。也许近几十年的生活过于庄严和沉重，幽默感在人与人之间陌生起来。文学艺术中正剧和悲剧，便大大超过喜剧。

天性幽默的王蒙忍受不了这种天天一脑门子官司。人们都用自己的能耐对付生活，他则时时刻刻拿出擅长的幽默去迎战生活中的消沉与反常。幽默使他放松，也使他振奋；幽默使人不觉得他有"架子"，也使人无法对他摆出"架子"。幽默还使他与周围的人很快建立一个舒适而亲切的关系。

他说："幽默感是平等的表现，是对于等级观念的抗议，是对自负、病态的自尊、威严观念的一种矫治。旧中国，父子、君臣、师生之间都不能开玩笑，因为尊卑之别太甚。夫妻在闺房里是可以开玩笑的，出门之后就要做正经。"

对于一个成熟的作家，他本人个性中的各种因素，都会自然而然地反映到作品中去。王蒙更无保留，化灵魂为文字。缺陷也和优长一样显现出来。你可以看到，他内心情绪的表现长于形象刻画，大量又过多的鲜活的感觉搅乱了人物的具体性；没有轮廓而有核心，他似乎把哲学埋得太深，让人找起来有点费劲……当然，缺陷有时正是优长的另一面，同时存在。

文学不是文物，难做鉴定，谁也做不成文学法官，全凭读者自由选择。对于内涵丰杂的作品，读者总是从中各取所需，各取所好。难怪王蒙的赞成者，有的忽然变成他的反对者。

有个传说，王蒙在美国住了四个月，就能用英语讲课。去掉某些神奇色彩，他的英语足可以在国外应付一气。只不过在外国人听来，有些"口吃"罢了。但他能说一口流畅的维吾尔族语言。在新疆，有些维吾尔族人，不知他是作家，却只知他是个好翻译。他的口译能力，几乎能和两边说话的人同步。他的维吾尔语，是十年前在新疆伊犁背诵维吾尔文的"老三篇"时得到的意外收获。他的笔译有文为证。他译成汉文的维吾尔族作家合木提·买合买提的《奔腾在伊犁河上》已经出版。至于他将来是否翻译英文小说，那就看他的兴趣了。王蒙大概会回答："可能！"

这个世界上什么都有可能。

六

《不如酸辣汤及其它》出版了。有人认为王蒙要朝着黑色幽默走去。

《相见时难》出版了。有人认为他又向现实主义退回一大步来。

他究竟走向哪里？王蒙说："不知道，既可以走得更远，也不妨回去转转，还可以另开别的路。"

他不能为自己预卜，别人的占卜则更不可信。

作家往往能看透社会，却无法看清自己。

当人人说他是"意识流"时，他在杏花村饮酒，即兴赋了四句诗，同行们看了无不大笑：

> 有酒方能意识流，人间天上任遨游。
>
> 杏花竹叶情如梦，大块文章乐未休。

原来是四句玩笑话！话里分明含着另一层意思。他是在嘲笑别人，还是嘲笑自己？他常常自嘲，而只有自信心很强的人才敢于自嘲。他似乎又是胸有成竹的。

世上的事，有的应该尽快找到答案，有的则以不急于下断语为好。对于作家，我们只有把问号留在心里，把答案留给他本人，把尝试权交给他本人，何况我们的社会已经给作家们展开一个自由驰骋的创作天地。

1982.5.16 于天津

怀念老陆

近些天常常想起老陆来。想起往日往事的那些难忘的片断，还有他那张始终是温和与宁静的脸，一如江南的水乡。

老陆是我对他的称呼。国文和王蒙则称他文夫。他们是一代人。世人分辈，文坛分代。世上一辈二十岁，文坛一代是十年。我视上一代文友有如兄长。老陆是我对他一种亲热的尊称。

我和老陆一南一北很少往来，偶然在京因会议而邂逅，大家聚餐一处，老陆身坐其中，话不多，但有了他便多一份亲切。他是那种人——多年不见也不会感到半点陌生和隔膜。他不声不响坐在那里，看着从维熙逞强好胜地教导我，或是张贤亮吹嘘他的西部影城如何举世无双，从不插话，只是面含微笑地旁听。我喜欢他这种无言的笑，温和、宽厚、理解。他对这些个性大相径庭的朋友们总是抱之以一种欣赏——甚至是享受。

这不能被简单地解释为"与世无争"。没有一个作家会在思想原则上做和事佬。凡是读过他的《围墙》乃至《美食家》的，都会感受到他的笔尖里的针芒。只不过他常常是绵里藏针。我想这既源自他的天性，也来自他的小说观。他属于那种艺术性的作家，他把小说当作一种文本的和文字的艺术。高晓声和汪曾祺都是这样。他们非常讲究技巧，但不是技术的，而是艺术的和审美的。

　　一次我到无锡开会，就近去苏州拜访他。他陪我游拙政、网师诸园。一边在园中游赏，一边听他讲苏州的园林。他说，苏州园林的最高妙之处，不是玲珑剔透，极尽精美，而是曲曲折折，没有穷尽。每条曲径与回廊都不会走到头。有时你以为走到了头，但那里准有一扇小门或小窗。推开望去，又一番风景。说到此处，他目光一闪说："就像短篇小说，一层包着一层。"我接着说："还像吃桃子，吃去桃肉，里边有个核儿，敲开核儿，又一个又白又亮又香的桃仁。"老陆听了很高兴，禁不住说："大冯，你算懂小说的。"

　　此时，眼前出现一座水边的厅堂。那里四边怪石相拥，竹树环合，水光花影投射厅内，厅中央陈放着待客的桌椅，还有一口天青色素釉的瓷缸，缸里插着一些长长短短的书轴画卷。乃是每有友人来访，本园主人便邀客人在此欣赏书画。厅前悬挂一匾，写着"听松读画堂"。老陆问我，为什么写"读画"不写"看画"，画能读吗？我说，这大概与中国画讲究文学性有关。古人常说的"诗画相生"或"诗是无形画，画是有形诗"。这些诗意与文学性藏在画中，不能只用眼看，还要靠读才能理解到其中的意味。老陆说，其实园林也要读。苏州园林真正的奥妙是这里边有诗文，有文学。我听到能对苏州园林做出如此彻悟的只有二位：一是园林大师陈从周——他说苏州园林有书卷气；另一位便是老陆，他一字道出欣赏苏州园林乃至中国园林的要诀——读。

读，就是从文学从诗角度去休会园林内在的意蕴。

记得那天傍晚，老陆在得月楼设宴招待我。入席时我心中暗想，今儿要领略一下这位美食家的真本领究竟在哪里了。席间每一道菜都是精品，色香味俱佳，却看不出美食家有何超人的讲究。饭菜用罢，最后上来一道汤，看上去并非琼汁玉液，入口却是又清爽又鲜美，直喝得胃肠舒畅，口舌愉悦，顿时把这顿美席提升到一个至高境界。大家连连呼好。老陆微笑着说："一桌好餐关键是最后的汤。汤不好，把前边的菜味全遮了；汤好，余味无穷。"然后目光又是一闪，好似来了灵感，他瞅着我说，"就像小说的结尾。"

我笑道："老陆，你的一切全和小说有关。"

于是我更明白老陆的小说缘何那般精致、透彻、含蓄和隽永。他不但善于从生活中获得写作的灵感，还长于从各种意味深长的事物里找到小说艺术的玄机。

然而生活中的老陆并不精明，甚至有点"迂"。我听到过一个关于他"迂"到极致的笑话。那是二十世纪八十年代中期，老陆当选中国作协副主席。据说苏州当地政府不知他这职务是什么"级别"，应该按什么"规格"对待。电话打到北京，回答很模糊，只说"相当于副省级"。这却惊动了地方，苏州还没有这么大的官儿，很快就分一座两层小楼给他，还配给他一辆小车。老陆第一次在新居接待外宾就出了笑话。那天，他用车亲自把外宾接到家来。但楼门口地界窄，车子靠边，只能由一边下人。老陆坐在外边，应当先下车。但老陆出于礼貌，让客人先下车，客人在里边出不来，老陆却执意谦让，最后这位国际友人只好说声"对不起"，然后伸着长腿跨过老陆跳下车。

后来见到老陆，我向他核实这则文坛逸闻的真伪。老陆摆摆手，什么也不说，只是笑。不知这摆手，是否定这个瞎诌的玩笑，还是羞于再提那次的傻实在。

说起这摆手，我永远会记着另一件事。那是1991年冬天，我在上海美术馆开画展。租了一辆卡车，运满满一车画框由天津出发，车子走了一天，凌晨四时途经苏州时，司机打盹，一头扎进道边的水沟里，许多画框玻璃粉粉碎。当时我不知道这件事，身在苏州的陆文夫却听到消息。据说在他的关照下，用拖车把我的车拉出沟，并拉到苏州一家车厂修理，还把镜框的玻璃全部配齐。这便使我三天后在上海的画展得以顺利开幕，否则便误了大事。事后我打电话给老陆，几次都没找到他。不久在北京遇到他，当面谢他。他也是伸出那瘦瘦的手摆了摆，笑了笑，什么也没说。

他的义气，他的友情，他的真切，都在这摆摆手之间了。这一摆手，把人间的客套全都挥去，只留下一片真心真意。由此我深刻地感受到他的气质。这气质正像本文开头所说的一如江南水乡的宁静、平和、清淡与透彻，还有韵味。

作家比其他艺术家更具有生养自己的地域的气质。作家往往是那一块土地的精灵。比如老舍和北京，鲁迅和绍兴，巴尔扎克和巴黎。他们的心时时感受着那块土地的欢乐与痛苦。他们的生命与土地的生命渐渐地融为一体——从精神到形象。这便使我们一想起老陆，总会在眼前晃过苏州独有的景象。于是，老陆去世那些天，提笔作画，不觉间一连画了三四幅水墨的江南水乡。妻子看了，说你这几幅江南水乡意境很特别，静得出奇，却很灵动，似乎有一种绵绵的情味。我听了一怔，再一想，我明白了，我怀念老陆了。

2005.8.8

爱荷华的生活

  1985 年春天中国作协通知我，应美籍华裔作家聂华苓和她的先生美国诗人保罗·安格尔的邀请，我将在 8 月份赴美到爱荷华的国际写作中心去交流与写作，为期四个月。我很高兴，那时代去美国是一个梦。更因为与我同去的作家是张贤亮。我们要好，我俩结伴再好不过。叶圣陶先生有句话：在外旅行最重要的是伙伴。

  后来才知道，其实这是聂华苓对我发来的第二次邀请。头一年她曾邀请过我，恰巧苏联的一份重要的文学刊物《文学生活》发表了一篇文章，是著名的汉学家李福清（鲍里斯·弗里京）写的我的访问记，篇幅很长，里边有我自述"文革"的遭遇。那时对老外说"文革"还有点犯忌的。不知给什么人看到了，举报给作协。这封举报信恰巧与聂华苓的邀请函同时放在作协书记冯牧的桌上，冯牧犯愁了，他为难地说："这叫我怎么办？"反正不能批准我去了，只好对聂华苓说我有事去不成，聂华苓便改请谌容去爱荷华。

  据说原先与我搭伴的不是贤亮，是徐迟。我十分尊敬徐迟，很早就读过他四十年代在重庆出版的译作《托尔斯泰传》。那时正是抗战期间，重庆是陪都，物资匮乏，他这本译作是用一种很廉价的又薄又黑的糙纸印制的。他说他出版这本书完全是为了向读者"介绍一种伟大的精神"。我对这种为纯精神而工作的人向来心怀敬意，再加上八十年代以来他那几篇关于陈景润和常书鸿的报告文学都感动过我，如果和他有一段共同出访的交情当然不错。与徐迟同伴虽好，贤亮更好，我和贤亮是无话不谈、相处随便、互不拘束的朋友。不拘束最舒服。

因"祸"得"福"的是，李福清给我惹出的麻烦使我访美的时间后错了一年，这叫我把《神鞭》和《感谢生活》写出来了。我曾想，如果当时我没出那件事，与徐迟一同去了美国，我的文学会变成什么样子呢？肯定会变了一种格局，说不定是完全不同的一种格局。那么人生到底是偶然还是必然的呢？

当时看全是偶然，过后全都变成必然。

爱荷华的聂华苓——在我的印象里，真美好。

8月底我和贤亮经旧金山到达了美国中部的小城爱荷华。聂华苓来到机场迎接我们。一见面就彼此觉得像"老友相逢"。她亲热、真切、文气、柔和，好似老大姐一样，而且充满活力。我们怎么会像"老友相逢"？是因为早就都读过对方的书，还是性情相投，天性使然？华苓没有直接把我们马上送到住地，而是开车带我们去到一家用昔时的水泵房改建成的别致的小饭店，吃一顿地道的本地饭菜，然后驱车进入这小城的市区。

爱荷华的城区松散地散布在一片大自然里。人在城中开着车，有时会进入一片簇密的林间，于是在车里可以闻到很浓重的木叶的气息。如果汽车窗外全是绿色，你会觉得绿色融进了车内。华苓一边缓缓地驾车行驶，一边向我们介绍爱荷华这座小城和国际写作计划的工作，好像散步聊天。每到路口逢到红灯，虽然周围一个人也没有，她都会停下车等候绿灯，叫你感受这座小城固有的秩序与文明。忽然华苓指着车窗外叫我们看，原来是被路灯照亮的树上出现一片红叶，红得像花。华苓叫着："哎呀，这是我今年看到的第一片红叶，真好，你们和秋天一起来了。"

　　我忽然体会到华苓的用心，因为我们要在这里生活四个月，她第一天就用这样的"接待"方式，让我们很舒服又自然地进入了这个美好的小城。

　　我和贤亮住在爱荷华大学的学生公寓——五月花公寓的八层。我的房间是 D824，贤亮住在同层的另一间。我和一位印度作家共同使用一个卫生间和餐室。我不用我的餐室，去到贤亮的房间做饭吃饭。贤亮在 1978 年以前坐牢二十年，吃的都是"大锅饭"，不但不会做饭，连炒鸡蛋都不行。这种事我会做，于是烧菜煮饭就是我的差事了。每每到了该吃饭的时候，我就去他房里"上班"。如果我写东西误了时间，他饿了——前边说过，他特别怕饿——就打电话催我，说话口气却挺婉转："骥才，你还不饿吗？"我过去就笑骂他："你这个老财主真会用长工。"贤亮是个厚道人，我天天做饭给他吃很不好意思，后来他竟然学会用电饭煲烧饭——这样好平衡自己心里的不安。这家伙确实有可爱的地方。

刚到爱荷华的时候天天就是写作。我出国前已经把《神鞭》之后的另一部小说《三寸金莲》写出了初稿。我把初稿带到爱荷华做修改。爱荷华大学举办这样的国际计划，将各国作家聚在一起，除去提供好的写作条件，更为了相互间进行交谈和交流。可是我和贤亮那一代人都不会外语，我上学时只有少数学校有俄语课，不学英语，后来反修，俄语课也停了。自学外语便有"企图"里通外国做特务之嫌。我知道自己不会外语寸步难行，就让在外语学校学英语的儿子冯宽给我写了一沓卡片，扑克牌大小，每张卡片上，写一句中英文对照的日常用语，如："多少钱？""请问这地方在哪儿？""借用电话行吗？"等等，以备不时之需。出国前贤亮请了一位"家教"，恶补了几个月英语，自以为比我强，常嘲笑我"哑巴加聋子"，可是他没有实战经验，逢到大家交流的场合说上几句就接不上话茬，只有干瞪眼，那就轮到我取笑他了。在国际写作计划的作家中，能够与我们"说上话"的人只有新加坡的诗人王润华、台湾作家杨青矗和诗人向阳。那时候，两岸作家还很少碰面，初识时找不到话题不免尴尬，熟了就说说笑笑起来。我和贤亮不仅健谈，而且喜欢幽默调侃好开玩笑，天性都不拘束，那时我们年轻，只有四十岁出头，又都个子高高，风华正茂，与海外传说的大陆作家唯唯诺诺、藏头缩尾、谨小慎微全然不同，很快彼此打成一片。王润华在大学任教，是一位学者型诗人，谦谦君子，妻子淡莹也是诗人，性情文雅，大家很合得来。常常晚饭前华苓会打来电话，约我们几个人一起去半山上她家里聚餐。

聂华苓的小楼在五月花公寓后边的小山坡上。我的房间朝南，面对爱荷华河，贤亮的房间朝北，隐约可以从满山大树的缝隙里看到华苓那座两层画一般的木楼的影子。只要华苓相约，我们就从公寓出去，由道边一侧沿着一条舒缓的山路向上走，二十多分钟就走到她家。这座带点乡村别墅风格的两层木楼的四周全是野生的花树。楼后边看不到人家，有时会有梅花鹿或浣熊出现在她家的楼前觅食。小楼的一层是车库、杂物间和一间地上铺满白羊皮的书房。爬上楼梯才是一间很大的客厅和餐厅。容得下三十多位国际的中心全体人员一同聚会。人太挤时，推开门就是一个带柱廊的大阳台，从这里可以眺望爱荷华河，可以一直望到它在远处转向一片烟霭中美丽的远景。华苓在这个廊子上挂一个由长短不同的钢管组成的风铃，样子像个乐器，有风的时候，离她家很远的地方就能听到清脆的铃声。

诗人的房间不尚豪华，却陈设着各种艺术品，到处是书。保罗喜欢面具，一面大墙挂满各国奇异的面具。出国前我听说华苓的先生——诗人保罗·安格尔酷爱面具，便给他带来一个陕西宝鸡民间粉底墨绘的狮面，他喜欢得不得了，转天便挂在墙上。

我们与安格尔语言不通，但能从他打招呼时的音调里感受他天性的热情率真。我们与他一起聚会时，不会因为语言不通而拘束。他高兴时会对我喊一声："Feng！"然后大笑。我从中感受和享受他的情意。我后来把这种感觉写在一篇散文《一次橄榄球赛》中。他外表像个结实的壮汉，性格却像老顽童，感情外露，驾车很莽撞，做事喜欢自己动手。那时年纪已经不轻，屋顶漏雨，便爬到屋顶掀砖弄瓦，自己动手修理。他在屋顶上爬来爬去的样子像个胖大的猿猴。

他和华苓的家充满了他们各自的天性——他真率的诗性与华苓的优雅。

在他家我结识了许多朋友。比如韩国的诗人许世旭，他用中文写的诗相当有味道。台湾的诗人非马、楚戈；我很喜欢楚戈，他是台北故宫博物院的研究员，诗和画俱佳，有文人的浪漫气质。九十年代一个春天还来到天津看我，在我的画室作画。画了一枝桃花，题了郑愁予的一句诗"我是北地忍不住的春天"。有很浓郁的文人情怀。可惜楚戈已经不在了。

一天华苓准备一桌美食——她家的中餐之精美是我在美国任何餐馆吃不到的，那天她邀请贤亮和我与美国记者、《长征——前所未闻的故事》的作者索尔兹伯里见面。我们聊得比吃得还好。索尔兹伯里最关心的话题是我们怎么看邓小平和中国向何处去。我们各抒己见，把当时对中国的希望与担忧都说得很充分。这位曾经作为中国革命见证的美国记者对中国的由衷的感情，给我的印象很深。

爱荷华写作中心组织过一系列很有价值的活动。比如到城郊农家参观当地盛产的玉米的收割，比如参观德梅因一家用数以千计的当代艺术作品装饰起来的保险公司的办公大楼，再比如游览密西西比河，我和贤亮还代表中国作家协会向汉尼堡的马克·吐温故居赠送了一套十卷本张友松翻译成中文的《马克·吐温全集》。这期间，我个人外出跑了两个地方：一是去纽约看包柏漪，那时包柏漪的丈夫温斯顿·洛德正要来中国做大使。我在她家住了一周，看到我1979年送她的那幅用了整整一年时间临摹的《清明上河图》挂在她客厅一个巨型的镜框中。唉，这辈子我没时间再画这样一张如此繁复的巨型长卷了。

我还乘坐一架小飞机跑到印第安纳去看我的小说翻译陈苏珊。那时这本厚厚的中短篇小说集《菊花及其它故事》刚刚由纽约的哈克·布瑞赤出版社出版，她给了我五本，并给了我刚刚刊在《纽约时报》《洛杉矶时报》等报刊上的一些书评。我拿着这本紫色和透亮的封皮的新书，满心高兴。这可是新时期最早在美国出版的中国当代文学呵。

回到爱荷华不久，我便与贤亮开始应邀四处讲学。实际上一边游历一边演讲。芝加哥大学、哈佛大学、耶鲁大学、纽约大学、明尼苏达大学、洛杉矶大学、柏克莱大学、旧金山大学，等等。其间结识了不少华裔学者作家和美国的汉学家。印象深的有李欧梵、郑愁予、郑培凯、非马、夏志清，还有在《华侨时报》工作的王渝。八十年代在美国见到的华人作家与学者多是从台湾去的。

他们讲"国语"，写繁体字，有很好的中华文明的教养，人多有情有义，与我和贤亮都合得来，甚至成了朋友。在美国的汉学家葛浩文和林培瑞两位称得上奇人。葛浩文似乎有英汉两种母语，翻译也就"易如反掌"了，手心手背一面英文一面中文，可以像翻来覆去那样自如。林培瑞在洛杉矶大学，他能用天津话说相声，却不告诉我从哪儿学的天津话。

爱荷华国际写作计划是美国新闻局资助的，我们对所去之处可以提出自己感兴趣的地方，他们事先做好安排，这样使我们的美国之行充分又自由。我去过并给我留下较深印象的地方有：凰凰城印第安人居留地、波士顿的欧尔德·斯特布里村、大都会博物馆和哈佛艺术博物馆等地。这些地方给我的启发很深，以至运用到我在二三十年后国内的文化与教育工作中。比如印第安人居留地与中国少数民族村寨的保护，欧尔德露天博物馆的理念在绍兴胡卜古村重建中的运用；还有爱荷华州德梅因保险公司将当代艺术品收藏融入企业文化的创举，被转化到我的"学院博物馆化"的建院思想中；而在哈佛艺术博物馆里我认识到"文化存录"在大学教育中的重要意义。这是爱荷华国际写作中心"无意间"附加给我文学之外的收获。

在与美国社会广泛的接触中，使我愈来愈清楚地观察到中美之间不同甚至相反的生活观、社会观、生命观、文化观、历史观和价值观。此时，正当我修改《三寸金莲》之时。当我开始自觉地用这种不同的文化视角反观"三寸金莲"时，我对其本质看得就更深刻与入木三分，批判也就更犀利。此中的道理，我会在后边细说。

大约 10 月底，我和贤亮回到爱荷华。其他国家的一些作家在外边跑了不少日子，也陆续返回五月花公寓，再有不到一个月就要离开这里了。

这时候，出了一件事。

我们在出国时，贤亮将他新写的一部小说《男人的一半是女人》交稿给《收获》，这小说发表在《收获》第五期时，我们正在美国，但它在国内却引起极大反响。那时一部作品的社会效应，是今天无法想象的。10 月底李小林在与我的通信中说贤亮的这部小说"在读者中引起了轰动，使《收获》创了一天销光的纪录"。可是在文学界的"反响"却是强烈批评，批评的一部分来自文学界，女作家批评得尤其尖锐，骂这部小说"黄色"，甚至一些老作家也接受不了，还写信给巴老，叫巴老管管《收获》。那时，巴老是《收获》主编，李小林是责编，这股过于猛烈的批评势头弄不好就会招来更大的麻烦。小林也感到担忧了，她在信中问我："贤亮也有所准备了吧?"

小林和我与贤亮都是挚友，从信中我看出她的担忧以及国内文坛有些反常的"异象"。

那时"文革"刚过去几年，虽然春回大地，但人们依然心有余悸。尤其文艺上的事。过去哪场批判不是从文艺上开始的? 尤其是贤亮，他五七年被打成右派不就因为一首诗《大风歌》吗？并因此落难二十余年，如今贤亮的感受自然敏感和深切得多。

尽管平时看他挺自在，随性亦随意，乐乐呵呵；他的文学正处在上升期，好作品不断拿出来，外人以为他一定是志得意满呢。可是我和他在一起时间多，往往能看到他潜在和深藏的一面，有时他静下来，会长叹一口气，脸上变得阴沉起来，和公开场合里的风流倜傥完全换了一个样。我想此时的他多半回到了过去。我不去问他，不愿意叫他回忆。可是他有时会不自禁对我说几句当年苦难中的什么人、什么事和什么细节。比如他黑夜在死人坑里摸到一些死人脸时的感觉，比如他做过的女人梦。他说后来他见过的女人没有一个比那时他梦里的女人美。他讲过的一些细节和片断后来出现在他的散文或小说中，但也有一些没有。

他自五七年被打成右派，直到七八年解放平反长达二十二年间，前后五次被关进牢房。他说记忆最深的不是挨打受罚，而是饥饿。他讲过一件关于饥饿的事，给我的印象深刻——

一天深夜，号子里二十多人全都饿得难受，特别是隔壁是个厨房，大锅里边正在熬糖稀，熬糖的味儿从墙壁上方一个很小的窗洞飘进来。饥饿的人最受不了这种熬糖的香味儿，馋得饿得嗷嗷叫。他们受不住了，想钻过窗去偷吃，但是窗洞太小钻不过去，恰巧号子里有个少年犯，瘦得一把骨头，大家就托举着这少年钻过去，谁料这少年过去竟然发出惨叫，原来下边是熬糖锅，他从高高的窗洞掉下来，正掉进滚烫的糖稀里。惨叫声惊动监狱的看守，把这孩子从锅里拉出来，连打也没法打了，就又把号子的门打开，把这孩子扔进号子。

下边一幕惊人的场面出现了。号子里所有囚犯像饿虎一般扑上去，伸着舌头去舔这少年身上的糖稀，直到把这少年小鸡儿上边的糖稀也舔净了。

贤亮的心里有太多这样匪夷所思悲惨的事，太多的阴影，当《男人的一半是女人》出了问题，他陷入了困顿，不说笑话了，天天在屋里抽烟。我有时过去，有些情况不好告诉他，连小林信上的话也没全让他知道，更多时间是陪他抽烟。那时我一个人在异国他乡太久，感到寂寞，把烟又拾起来了。

贤亮有他得到国内信息的渠道。他天天打电话给他爱人冯剑华，想念他的儿子小小，总在电话里与小小说话，一声声喊小小，看他那样子好像从此要天各一方了。此时，贤亮的作品要在国内挨批的事已经在五月花公寓传开。大家关心他，华苓也找他去，安慰他。大家都知道"文革"时政治批判的厉害，都想对他伸以援手，有人劝他在外边留一阵儿。

毕竟中美相隔太远，难以知道更多国内真实的情况，那时还没有私人电话，只有公家电话，与国内联系完全靠越洋的信件。我一方面担心国内文艺界真会出现什么风波，贤亮回去会挨批；一方面又怕事情并不严重，贤亮误判不敢回去，反而会给文艺界造出事端。我便给王蒙打一个电话试探着问问。王蒙接到我的电话挺高兴，问我俩在美国生活得如何。他也曾参加过爱荷华的写作计划。我说一切都好，只是听说国内大批贤亮，我们有点担心。王蒙一听就说，哪有什么批判，争论呗。咱们的作品不是常有争议吗？然后他用他惯常的开玩笑的口气说，告诉贤亮这家伙，愈批愈火，这下子他的小说畅销了，有大笔稿费等着他回来领呢！

听了王蒙的话和说话的口气我放心了，王蒙是最接近官方高层的作家，他的话是绝对靠谱的。后来我回国后才知道，《男人的一半是女人》惹起的风波确实不小，但官方吸取了"文革"的教训，并没有要搞批判的迹象。《收获》是发表这篇小说的刊物，李小林和《收获》受到的批评压力不比贤亮小。为此，巴老还写过一段文字，表达他对这部小说的看法："这是部严肃的作品，也没有商业化的倾向。黄香久写得很感人，有点像陀思妥耶夫斯基笔下的人物。最大的缺点是卖弄，那段关于马克思、老子和庄子的对话，叫人受不了，也不符合人物的身份。最后那笔，可能有人会认为'黄色'，但写得确实好。"这段话没有发表，是后来李小林给我看的，由此可以看出当时这部小说争议确实很大。巴老的话实际是把他的态度白纸黑字写了下来。他文学立场的纯正、思想的勇气、对真理的坚持，确实令人敬佩。

我与王蒙通过话，就赶紧跑到贤亮房间把王蒙的话告诉他。贤亮眼睛冒出光来，问我："王蒙真是这么说的？"我说："我能蒙你？"我把我和王蒙的对话照实又说一遍。

第二天贤亮就对华苓说，他有一份声明要念给大家听。转天晚间华苓约请国际写作计划的各国作家到她家里，大家都关心贤亮，所以去的人很多。贤亮向大家说，他对大家的关心表示感谢，并说他的作品在国内引起的争论是正常的文艺批评，现在中国不会搞大批判了，他是安全的，请大家放心。又说这些天有的朋友出于关心，要他留下。他说将来中国好起来，他有可能到美国来住上一阵子。

他的"声明"叫大家释怀，纷纷笑呵呵举杯祝他好运。

这一场风波便过去了。

11月我俩就整理行囊准备返程。返程很长，先要去科罗拉多的大峡谷、拉斯维加斯，过后经西海岸的洛杉矶和旧金山，抵夏威夷，再往回飞。

行前头一天中午在聂华苓那里吃饭时，我们居然莫名其妙地没有话说，其实心情有点复杂，还有心中太多感情与谢意拥在一起不好表达。饭后我和贤亮走到她屋后一片林子里，这林子全是爱荷华一种特有的枫树，入秋变黄，并非金黄，而是鲜黄，叶片很大，在阳光里纯净耀目。爱荷华人种这种树像种花一样，很多人家在院里种上一棵，就是为了每到秋天像种花看花一样看树。我和贤亮从地上各拾了几片大黄叶子带回去。

第二天离开爱荷华时，又是华苓送我们直到上机。待我们进了玻璃相隔的候机室，华苓忽把两只手放在玻璃的外边，我和贤亮各把自己的手放在玻璃的里边，对齐手指，这时才感到一种由心里发出的很热的东西穿过挺凉的玻璃彼此传递着。

有的地方即使再好，但命运中你只会去一次，像爱荷华。尽管它很多次出现在我的怀念里，但我已找不回昨天，我今生今世大概很难再去爱荷华了。

十天后我们一路奔波到达夏威夷。在夏威夷大学做一次演讲。行前，美国新闻局的官员在一间面对蓝蓝的大海的房间宴请我们午餐。他问我："美国——怎么样？"

我说："美国是个裸体。"

他一怔，笑道："很性感吗？"

我说："能叫我看见和不能叫我看见的，我都看见了。"

他问我："你回去准备写吗？"

我说："会写。"

他说："这是我们期望的。你怎么写都好。"然后端起红葡萄酒和我碰了一下酒杯。

他的话叫我一怔。我挺佩服他们，他们挺有气魄，不怕你说他们什么，只要你关心他们。

回到天津，我以中西文化的比较的思维方式，写了彼此观念的不同。题目就用了我对美国新闻官员那句话——《美国是个裸体》，还自绘了漫画式的插图。其中一节写了美国人的"电脑购物"，这就是我们今天的淘宝，美国人三十多年前就这么干了。

转过一年，华苓来了一封信，这封信还带着我们在爱荷华的气息，也带着那时的文坛与文学。

骥才：

收到信，正是忙的时候。我在报上看到关于《神鞭》拍电影的消息，也看到《三寸金莲》出书的事，十分高兴。你编写"文革"的书，太好了！这种书，不但国内需要，西方也需要，相信可译成英文出书。《神鞭》和《三寸金莲》便中请寄下。

我逐渐康复；今秋虽休假，仍不得闲，还是摆脱不了IWP的人和事。但毕竟轻松一些了，常见到燕祥和乌热，两人全是好人，乌热温柔敦厚，很重感情，看得出来。阿城本在纽约，现已来爱荷华，他挺有意思，来后如鱼得水，很会自得其乐，现正在全心全力学英文，我为他作了特别安排。他也耽到十一月底，十二月初离去。今年由大陆有三位作家来此；台湾只有一位：王拓。他们全处得很好。

谢谢你寄下的照片，我非常喜欢，放在我面前书架上。你们俩是很美的一对，难怪你是那么一个忠诚的丈夫！我很佩服。

Paul的脚差不多好了。他现在又多了件心爱的工作：每天傍晚，手拿面包，坐在后门口，对着树林，轻声呼唤"碰——碰——"（即浣熊英文字的第一个音节）……就有浣熊一个个从林子里出来了，在他手中吃面包，每次有十几只浣熊，大大小小，可爱极了。昨天他在吃晚饭，晚了一点，有只小浣熊蹲在窗外看他，那神情仿佛是说："我饿了，你快来呀。"Paul 一看到它，就感动得不知如何是好，放下筷子，就到后门口去喂它了。

很怀念你们去年在此的时光。今年我闲一些，你们若在此，可以和你们更尽兴聊聊了。我在北京，总是匆匆忙忙，见到你们，简直不能谈话。

祝福你们！

华苓

十月十八日

那个年代的感觉和美好只有靠文字来记录和回忆了。

2017.4

四君子图

《文章四家·冯骥才卷》自序

　　京城一家出版社约我与王蒙、范曾、贾平凹合出一套文集，各人一册，文章自选，还别出心裁地请我们各写一篇与其他三位交往的文章。我脑袋立时冒出这篇序文的题目：四君子图。为何？自我标榜为君子吗？非也。只是想到古人谓竹兰梅菊为四君子，而竹兰梅菊其形其色其味其神彼此不同，不过依此行文，寻些情趣而已。

　　在这里，竹是我，兰是范曾，梅是平凹，菊是王蒙。至于我与竹何干，放在篇尾再说。

　　先说兰，范曾。

　　初识范曾是在二十多年前。他由北京来南开大学捐楼办学，那时他已是书画名家。初次见面不免谈到他的画。他忽说："我从来不送画给人。"他可能误以为我想向他索画吧，因笑道："我屋里从来不挂别人的画，只挂自己的画。"谁想后来熟了，他却主动送画给我。他从旁人口中知我母亲喜欢他的字，便托人送来一幅，有字有画，而且是精心之作。一次我生日，关牧村来做客，手里拿着一卷画笑嘻嘻给我，说道："我刚从范老师那儿来，他听说你今天生日，当即给你画了一匹马。"我属马，朋友有心，使我感动。

原来他不是不送人画，而是作画及赠画都信由一时的性情。就像兰叶，随意舒展，一任情怀。

再一次，在北京开会时，几位朋友晚间聚在一起喝茶聊天。忽然推门进来一位瘦瘦的男人，手捧本子来找范曾签名，并说："范先生你必签不可。"范曾说："我为什么非得给你签？"那人说："在'四五'天安门事件时，我为了抄你纪念总理的诗，脑袋挨了纠察队一棒子。现在脑顶上还有一个疤呢！"范曾听了，不禁动容，非要看。那人低下头，扒开头发果然有一条很深的疤。范曾问他："你叫什么？"这人说："李国清。国家的国，唐宋元明清的清。"范曾当即拿笔在他的本子上题了两句："江山幸有国清日，不忘当年顶上花。"

其潇洒自如，乃兰草之气质也。

后说梅，平凹。

去年去陕西考察，得机会在西安与平凹一聚。那天恰逢他的大作《秦腔》获茅盾文学奖，笑容很多。抽着烟，龇着牙。我对他打趣说："你在北京说过，叫我到你家挑个陶罐，今天我就为这事来的。"平凹收藏不少汉陶的精品，这是远近闻名的。没想到他人比传说中的大方得多，马上带我去。是不是正赶上他黄道吉日得了大奖了？当然去他家，更是想看看这位文笔诡谲的商州奇士到底怎么活着。

他家在市区一幢公寓房的顶楼。天色入夜，摸摸索索地爬上去。待灯一亮，好似站在一家古董储藏室里。里里外外贴墙摆了一圈的玻璃书柜里，不是书就是古物。使眼一扫，极合我的口味。没一件材质昂贵、制作精美、官家或皇家的物品，自然也很少拍卖行里的热拍品；却一概是原始的、草莽的、乡土的、粗粝的老东西，然件件皆有生命，有罕见的文化信息和沉重的文化分量。真正的藏家都是一逞自家独到的眼光，只有古董商才按照拍卖行的图录淘东西。与我同来的访者，吵吵嚷嚷地问他何以收藏这么多石雕木刻铜铸泥塑各式各样的蛙，何以在书屋正中一把怪模怪样的椅子上"供"着自己的照片。我却坐在他的书桌前，细看他摆满一桌子稀奇古怪的东西。我的书桌乃至书房画室也摆满了各样的东西。每件东西都是因为喜欢才摆在那里的，不经意凑在一起却呈现了自己的世界。细看被平凹摆在书桌上一样样的东西：瓦当、断碑、老砚、古印、油灯、酒盏、佛头、断俑……以及说不清道不明的历史人文的碎块与残片。从中我忽然明白这些年从《病相报告》《高兴》到《秦腔》，他为什么愈写愈是浓烈和老到。比起那些用地域文化做佐料的小说——那些小说只是把地域文化当作灯泡挂在树上，平凹则是把自己生命的老根扎在文化的大地里。于是，就像老梅桩，愈是磅礴纠结，愈能生出一朵朵活溃溃鲜嫩的花来。

再说菊，王蒙。

记得 1985 年王蒙要到沙滩的文化部上任部长的前两天，我和张贤亮等几位文友去他家玩儿。那天，他正用不大精熟的英文把美国电影《爱情故事》主题歌的歌词翻译成中文，还一句句地唱。词译得不顺，声音走调得更厉害。我们笑着说："从此中国多了一个部长，少了一个作家。"王蒙立即反驳："我绝不会像你们这么弱智。"从此，我一直盯着王蒙在文学路上能走多远。多年来观察到他的情节和细节够写一本小书了。可是，他到了七十岁后居然发了疯，又论红楼论老子庄子，又到处演讲演说，还成本大套地写书。很像菊花，愈到天寒木凋之日，开得愈欢。为什么呢？前两年，他在青岛举办研讨会。我正好要到贵州去开全国文化遗产保护工作会议。去不成青岛了，便为他写了一幅字，半开玩笑半认真地写上四句：

> 满纸游戏语，彻底明白人。
> 偶露部长相，仍是作家魂。

惟此，他才能像菊花那样，在人生的夕照里把花儿一直开下去。

最后说竹，说我自己。

我非自比为竹。尽管我欣赏竹之虚心和有节，尤其喜爱郑板桥那句写竹的诗"咬定青山不放松"——我还把这句诗作为我们文化遗产保护的座右铭。这里只是说我与竹子靠点边儿的一个小插曲，和上面几位文友凑个热闹。

这件事还是与王蒙有关。那天参观青岛海洋大学的王蒙研究所，主人非叫我和我爱人顾同昭合画一幅小画，留作纪念。盛情难却，勉强从命。我爱人便画了毛茸茸一只小鸟，我用水墨亦湿亦干地补了一片浓竹淡竹，随之心生四句，提笔题在画上：

小鸟落竹中，不啼亦有声。

侧耳四下寻，原故是微风。

这样便是，竹兰逢梅菊，合为君子图。

一笑则已，充作序言吧。

2009.12.15

莫言书法说

莫言书法集《莫言墨语》序言

一

我对擅弄翰墨丹青的作家总是多一分倾注，不单由于爱好的相同，更由于作家的书画必定多一种意蕴一种滋味一种别样的美感。比如莫言。

莫言的小说，世人知之在前，获奖在后；莫言的书法，获奖在先，世人知之在后。由此说来，他的书法仅仅是那种沾了名人光的"名人字"吗？非也。

我早就在他的博客中饶有兴趣地注意到他的书法，还有他那种颇具民歌味儿的打油诗。在我看来，书法和打油诗在他的世界里不是可有可无的。比起小说，他这些信笔挥毫的书法，随口吟唱的打油诗，更松弛，更率性，更信手拈来，更逞一时的性情，在作家人本的层面上也就更直接更本真。在小说中，我们常常会陷入他用文字和故事编织的天马行空、光怪诡谲的想象空间里，难睹作家的真容，但在他的书法和小诗里，便一下子见到莫言本人就站在这里。他的个性、气质、生命感、审美，乃至喜怒哀乐原原本本了然其中。这便是他书法的意义。

二

古代没有单独的作家的书法，文人皆擅书法。因为写作与书法使用的是同一套工具，都是笔墨纸砚。长期的舞文弄墨熟悉了工具的性能与应用，很容易就转化为书法。到了近代就不同了，作家改用钢笔写作，进而敲击键盘，笔墨离开了案头，书法告别了作家，如今在个别作家那里只是一种个人的偏好。而对于书法本身来说，离开了作家之后，便走向专业化与职业化，直接的危害是"书写他人之言"，随之降低了书法的文化内涵与精神个性。

作家的天性是不说别人话的。作家的书法最重要的特征是"言必己出"。比如莫言的书法，不论题字写诗，状物抒情，哪怕是一时涂抹，都是有感而发，有悟而言，抒写一己的情怀，其书法也就必然闪烁着作家的灵性、哲思、情致与智慧。

这样的书法，其实是作家文学作品的一部分。

古人许多好诗和美文不就是出现在书法作品中的吗?

三

书法源自书写，书写是工具性的。初始无法，书写的内涵重于表象。而后，人们在书写中渐渐将天性的美融入进去，得到认可，形成规范，有法可循，书法遂生。

中国的书法重法，这便带来事情的两面。正面是玉律金科，考究又经典；负面是一大堆手镣脚铐，博大精深的传统往往将书家的个性与人性囿于其中。故而，面对中国传统艺术的巍巍大山，李可染先生说："要以最大的力量打进去，再以最大的勇气打出来。"可是如果打得过深过死，失去自信，就打不出来。

记得，黄胄先生曾对我说："我对书法，只看帖读帖，从不临帖。"此话颇有见地，应是黄胄先生悟出的一个对待传统的"绝招"。临帖常常会陷入一招一式，束缚住手脚；看帖读帖则信由兴致，全凭悟性，只取神髓。黄胄先生这话对我有如神示。由是观之，莫言也该是如此吧。他的书法看得出是有来头的，但这种来头不是从小趴在桌上描红，而是来自长久对书法的兴趣与心领神会，因此在他的书法里有传统的元素，却绝找不到怀素的眉毛、黄庭坚的胡须或是郑板桥的"马脚"。

艺术的立足之地，一定是从来没人站在那里的空地。

四

书法的面貌最终必须以由艺术确立。

我和几位书家看莫言书法作品的打印本时，不仅对那些短语小诗颇有体味，更对他书法的风格感到兴趣。自然、放达、随性、真切，没有丝毫刻意与造作，却看到他愈来愈注重书写的章法、行气、节奏，笔墨的变化与呼应。一位朋友说，他是不是真的研究过书法？我说不然，这一半来自他对前人书法的领会，一半还是出于他的悟性。艺术不能解释的那部分皆来自天性。我注意到他署"甲午"年款这些幅尤其好，有几幅很放弛，大气，也精意；愈加注重笔情墨趣和行笔中用线条直接表达心绪。这种主观性和意象性正是中国书法艺术所特有的。

我还注意到，他开始用长幅短笺来写一些随感、警句与思想的片段了。

书法于他，既是他个性的艺术方式，也是他小说之外一种另类的文学。莫言已在当代书法中自辟一块天地，书法也为他敞开了另一片新的随心所欲的世界。

我望而喜之，因作序焉。

2014.7.3

平凹的画

　　数日前，收到贾平凹寄来一小包书，拆开一看，不是文字而是书画，使我欣喜。我早就期待他能印几本这样的书。近年来不断在一些报刊上见到平凹的字画。我喜欢他的字，平实单纯且意蕴很厚，没有那种做大家秀的浮躁和装腔作势。他主张还书法的本来面目——写"生活中的字"。不把书法当作什么圣物而为之。正为此，他的性情、脾气、气质、审美，便自然而然地潜入笔墨间。因之他的字如其人：又憨气又有灵气。

　　我对平凹的画认识却迟一些。缘故是见他的画少，偶见于报端刊尾。印象是一种文人的画，虽然别有奇思与奇趣，技术上却似乎没有"科班"过，有点文人墨戏，甚至还有点漫画的味道。因对友人说，平凹的文第一，字第二，画第三。

　　这里之所以说他的画是"文人的画"而非"文人画"，是因为从中国的画史上说，文人大举进入画坛当在两宋。代表人物是苏轼、文同、米芾。他们反对当时如日中天、技术精熟、以具象为能事的院体画，认为"作画求形似，见于儿童邻"，主张用笔墨自娱，直接抒写性情，这种全新而鲜明的绘画思想，给画坛吹来一股清风。但他们在艺术上还没有建立起属于自己的艺术体系和审美体系。应该说，这期间苏轼他们的画，是一种"文人的画"而非"文人画"。真正的文人画的艺术体系是到了元代，经过倪瓒、黄公望、吴镇等人的努力才建立起来。即讲求文学意味，主张抒写心性，追求笔情墨趣，并树立起以诗书画印为一体的独特的艺术形态，"文人画"才算立了起来。文人画不同于文人的画，是因为文人画是一种特定的艺术概念。必须在审美上有自己明确的一套，还得立得住，才能成立。

然而，现在翻看平凹的画书，令我吃惊，并且立即认定他不只是"文人的画"了。

他的画看似粗粝，实际很精致。精致的在于他那些诗性、哲思与妙想。这些奇思妙想使他的画挺浪漫。值得注意的是，他的画给人的不是一种清晰的感受与认知，而是对天地奥妙与人间玄机参悟的过程。这也正是他的魅力之所在。可是，人间的玄机不是时时处处都能发现的，所以他的画不多。其实，真正的文人画都不多。因为文人的笔听命于心灵，而非不停地复制同一种视觉美。所以，文人画很少重复。当然，有些画家也不重复自己，吴冠中就曾对我说：我决不重复自己。我笑道，重复是不再感知，是原地踏步。

从平凹的画书中我还发现，他对形式和笔墨很考究。比如他对画的空白十分在意，中国画的空白是留着观者去创造的，也是对画中景象与意味的延伸——这便是他常常只画形象的一半的缘故。至于他那幅《鹅》，则可以看出他用笔的洗练与造型的能力。

他画这只左顾右盼的发情的鹅，总共用了三笔，又都是神来之笔。我忽想，这些诀窍不是从明清时代那些大写意画家里"偷"来的吗？

平凹虽然没有科班学过画，他超人的悟性却弥补了这种先天不足。他很明白从古人那里拿什么和怎么拿。一次和黄胄谈书法。黄胄先生说我只读帖，但不临帖。我说我也是。他说出句颇有真理意味的话：临帖取其形，读帖取其神。我说，临帖的结果，常常是用别人的手束缚了自己的性灵。平凹从古人那里拿得最多的是脑袋里的方法而非手上的技法。

依我看，平凹的画有三个背景。一是古人，比如金农、罗聘、朱耷、徐渭等人。这些人都是简约至极，舍形取神，肆意变形，还有寓美于丑和寓巧于拙。二是民间，平凹的民间情怀已经在他的小说里"暴露无遗"。他喜欢民间。民间的文化是一种生活文化，处处真率地洋溢着生活的情趣与情感。因而在平凹的画里的一条狗、一只鸡、一头牛、一条鱼，全像在民间的剪纸、年画和泥娃娃中那样会说会唱、有声有色。这种情怀在中国画家惟有齐白石和韩美林的笔下可以见到。第三是现代，平凹的画有很鲜明的现代感，这是我不曾料到的。看平凹的画，并不老旧。这里不是指他画的那种穿什么牛仔裤的少妇或长发少女，而是在形式感和审美上。看得出，他对现代感是有明确追求的。

从这些背景上说，平凹的画当之无愧是"文人画"。尽管他笔墨的精湛与丰富尚待修炼。他已经有自己自觉的绘画主张与个性极强和品位甚高的审美体系。他所谓"万法归一为我所用"。不但是其艺术的宣言，还一定促使其成为当今画坛上文人画之大家。

此刻，一定有人问我：现在你怎么给贾平凹的文、字、画排队，哪个第一，哪个第二和第三？

我承认，先前我给平凹的诗文书画排前后乃是一个错误。文人们都是这样：画如其字，字如其文，文如其画，皆因其人。他喜欢干什么，或者说他干什么的时候，什么就是第一吧。

2007.8

贰

大话美林

《韩美林画集》序言

一

在当今画坛上，能够让我每一次见面都会感到吃惊的是——韩美林。

昨天刚被他一种全新的艺术语言所震撼，今天他竟然把他的画室变成一片前所未见的视觉天地。

一刻不停地改变自己，瞬间万变地创造自己。每一天都在和昨天告别，每一天都被他不可思议地翻新。然而，真正的才华好似在受神灵的驱使，不期而至，匪夷所思，不仅震动别人，也常常令自己惊讶。每每此时，他便会打电话来："快来我的画室，看看我最新的画，棒极了！"他盼望亲朋好友去一同共享。等到我站在他的画前，情不自禁说出心中崭新的感动时，他会说："你信不信，我还没开始呢！"

这是我最爱听到的美林的话。

此时，我感到一种无形而磅礴、不可遏制的创造力在他心中激荡。他像喷着浓烟的火山一样渴望爆发。这是艺术家多美好的自我感觉与神奇的时刻！

二

　　美林的空间有多大？这是一个谜。

　　二十多年来，我关注的目光紧随着他。一路下来，我已经眼花缭乱，甚至找不到边际与方向。一会儿是一片粗粝又沉重的青铜世界，一会儿是滑溜溜、溢彩流光的陶瓷天地；一会儿是十几米、几十米、上百米山一般顶天立地的石雕，一会儿是轻盈得一口气就可吹起的邮票；一会儿是大片恢宏、变幻万千的水墨，一会儿是牵人神经的线条，或刚劲或粗野或跌宕或飞扬或飘逸或游丝一般的线条。一切物象，一切样式，一切手段，一切材料，都能被他随心所欲地使用乃至挥霍，他要的只是随心所欲。

　　在这心灵的驰骋中，艺术的空间无边无际。地球可以承载整个人类，每个人的心灵却都可以容纳宇宙。尤其是艺术家的心灵。他们用心灵想象，用心灵创造，更因为他们的心灵是自由的。

　　美林艺术的灵魂是绝对自由的。这正是他的艺术为什么如此无拘无束与辽阔无涯的根由。

　　谁想叫他更夺目，谁就帮助他心处自由之中；谁想叫他黯淡下去，谁就捆缚他约制他——但这不可能——他就像他笔下狂奔的马，身上从来没有一根缰绳。

三

美林还是评论界的一个难题。

这个兴趣到处跳跃的任性的艺术家，使得评论家的目光很难瞄准他。他艺术中的成分过于丰富与宽广。如果评论对象的内涵超过了自己熟知的范畴，怎样下笔才能将他"言中"？

在美林各种形式的作品中，可以找到中西艺术与文化史的极其斑驳的美的因子。艺术史各个重要的艺术成果，不是作为一种特定的审美样式被他采用，而是被他化为一种精灵，潜入他的艺术的血液里。就像我们身上的基因。

依我看，他的艺术是由三种基因编码合成的。一是远古，一是现代，一是中国民间。

在将中国民间的审美精神融入现代艺术时，美林不是以现代西方的审美视角去选择中国民间的审美样式，在那一类艺术里，中国的民间往往只剩下一些徒具特色却僵死的文化符号。在美林笔下，这些曾经光芒四射的民间文化的生命顺理成章地进入当代；它们花花绿绿，土得掉渣，喊着叫着，却像主角一样在现代艺术世界中活蹦乱跳。

同时，我们审视美林艺术中古代与现代的关系时，绝对找不到八大、石涛或者毕加索、达里的任何痕迹。然而中国大写意的精神以及现代感却鲜明夺目。美林拒绝已经精英化和个体化的任何审美语言，不克隆任何人。他只从中西文化的源头去寻找艺术的来由。

我一直以为，远古的艺术和乡土之美能够最自然地相互融合，是因为这些远古艺术，大地上开放的民间之花，都具有艺术本源的性质、原发的生命感，以及文明的初始性。而这些最朴素、最本色的文化生命，不正是当前靠机器和电脑说话的工业文化所渴望的吗？

因此说，美林的艺术既是现代的、人类性的，又是地道的华夏民族的灵魂。

四

美林的世界都是哪些角色？

只要一闭眼就能涌现出来——倔犟的牛、发疯的马、精灵般的麋鹿、嗷嗷叫的公鸡、老实巴交的羊以及叫人想把脸颊贴上去的无极温柔的小兔小猫。

其实它们并不是美林客观的"绘画对象"，而是画家一时心性的凭借。美林性格中那些与生俱来的执拗、坚忍与率真，心绪中那些倏忽而至的昂奋、快意与柔情，全都鲜活地表现在他笔下这些生灵的身上。我从来都是从这些生灵来观察他当时的生命状态。在我的学院大楼落成剪彩那天，美林送来一匹丈二尺的巨马，这马雄强硕大，轰隆隆奔跑着，好似一台安上四条腿的蒸汽机。我对美林说：凭这股子元气你能活过一百岁！

美林世界的一切都是他生命的化身。不知还有谁的艺术拥有如此纯粹的生命感。他时不时会顺手拿起身边一件亮晶晶、造型奇特的陶壶陶罐，对你说："看这小胖子，多神气！"或者："瞧它呼呼直喘气，可爱吧！"

这种生命感，还从形象到抽象，从画面上每一根线条到他神奇的天书。

这些来自于汉简、古陶、岩画、石刻、甲骨和钟鼎彝器的铭文中大量的未可考释的文字，之所以诱惑着他，不只是每一个文字后边神秘莫测的历史信息，而是至今犹然带着远古人用来传达所思所想时生命的活力与表情。美林之所以把它们重新书写出来，不是对这些罕见的古文字的一种审美上的好奇，更不是在视觉上故弄玄虚，而是想唤醒那些遥远而丰盈的生命符号和符号生命。

美林的世界的所有角色，其实都是他自己。任何杰出的艺术家都是极致的自我。为此，这个好动的画家的笔下的一切，都充满动感，很少静态；过分的情绪化，使得他喜欢瞬息间完成作品，阔笔泼墨自然是其拿手的本领。天性的豪气，令其书法字字如虎。他不刻意于琐细，没有心思在人际上做文章，甚至不谙人情世故，所以千差万别的个性的人物，从来不进入他的世界。有人问他："你为什么不画人物？"

我在一边说："刻画人物是作家的事。"

五

美林的原创力是什么？

在美林艺术馆一面很长的墙壁上挂着一百多个小瓷碟。每个小碟中心有一幅绘画小品。虽然，画面各不相同，但画中的小鸟小兔小花，连同各种奇妙的图案都在唱歌。这是美林与建萍热恋时，他从电话中得知建萍由外地启程来看他——从那一刻起，他溢满爱意的心就开始唱歌。他边"唱"边画。各种奇妙之极的画面就源源不绝地从笔端流泻出来。爱使人走火入魔，进入幻境；幻想美丽，幻境神奇。美林全然不能自制，直到建萍推门进来，画笔方歇。不到一天，他画了一百七十九幅小画。这些画被烧制在一般大小粗釉的瓷碟的碟心，活灵活现地为艺术家的爱作证。

尽管谁都愿意享受被爱，但爱比被爱幸福。爱的本质是主动的给予。这个本质与艺术的本质正好契合。因为，艺术不是获取，也是给予。爱便成了美林艺术激情勃发的原动力。美林的爱是广角的。他以爱、以热情和慷慨对待朋友，对待熟人，甚至对待一切人，以至看上去他有点挥金如土。这个爱多得过剩的汉子自然也常常吃到爱的苦果。不止一次我看到他为爱狂舞而稀里糊涂掉进陷阱后的垂头丧气，过后他却连疼痛的感觉都忘得一干二净，又张开双臂拥抱那些口头上挂着情义的人去了。然而正是这样——正是这种傻里傻气的爱和情义上的自我陶醉，使他的笔端不断开出新花。其实不管生活最终到底怎样，艺术家需要的只是此时此刻内心的感动与神圣，哪怕这中间多半是他本人的理想主义。

哲学家在现实中寻求真理，艺术家在虚幻里创造神奇。

到底缘自一种天性还是心中装满爱意，使美林总是尽量让朋友快乐，给朋友快乐？他以朋友们的快乐为快乐。他的艺术也是快乐的，从不流泪，也不伤感，绝无晦涩。这个曾经许多次与死神擦肩而过的汉子，画面上从来没有多磨的命运留下的阴影，只有阳光。他把生活的苦汁大口吞下，在心中酿出蜜来，再热辣辣地送给站在他画前的每一个人。美林是我见过的最阳光的画家。

最大的事物都是没有阴影的。比如大海和天空。

然而爱是一定有回报的。因此他拥有天南地北那么多朋友，那么广泛的热爱他艺术的人。如今韩美林已经是当今中国画坛、当代中国文化的一个符号。这种符号由国际航班带上云天，也被福娃带到世界各地。更多的是他创造的千千万万、美妙而迷人的艺术形象，五彩缤纷地传播于人间。这个符号的内涵是什么呢？我想是：

自由的心灵，真率的爱，深厚的底蕴，无边而神奇的创造，而这一切全都融化在美林独有的美之中了。

2006.5

进天堂的吴冠中

吴冠中先生去了，我猜他去得一定心事苍茫。我这么说，来自我对他的感受。

自二十世纪八十年代我就深爱吴冠中先生的画，那时他画风正健，致力于将一股全新的艺术精神同时推入油画和水墨画两个领域。他属于那种在封闭的房间忽然打开一扇窗子的艺术家。然而，我已经弃画从文，从文坛侧目画坛，先生一直是我的关注点。

初识先生是在一年一度的政协会上。政协各小组的成员每届都有调换。九十年代初我被调整到书画家较多的一组。那组有黄胄、朱乃正、董寿平、吴祖光、丁聪等。吴冠中先生是我很想接触的一位。然而头一眼看到的先生却是"一脑门官司"。那时他正陷入喧闹一时的《炮打司令部》假画案"中。造假者为牟取暴利，顶着他的名义，硬把他编造成这幅历史谬误之作的作者。一时惹得众说纷纭。这桩荒唐又丑陋的事对他伤害很重。既亵渎了他心中的艺术，又伤及了他的人品。他显得焦灼、彷徨、愤懑和痛苦，表情紧张，花白的头发缭乱地竖着，逢人便解释个中的黑白。一个爱惜艺术和自己品格的人应当受人尊重。我便出面邀请一些画家与媒体记者，在政协会议休息的时候，开个小会，大家发言，为他分辩曲直，抱打不平。先生在这场官司中被折磨了长长的两年时间。在官司获胜而了结的时候，他写了那篇著名的文章《黄金万两付官司》感动了我。他所说的黄金不是金钱，而是一个艺术家最宝贵的时间。他为什么执意与这强势的商业骗局抗争？我写了一文《为艺术的圣洁而战》，呼应了他。我说："这官司原是一场为艺术的圣洁与崇高的圣战。他打官司和毁画——他常常把自己不满意的作品毁掉，都为一个目的，即艺术的圣洁。这之中，容不得一点低劣，更容不得半点虚假。真善美，就是艺术家调色板上精神的三元素。艺术就靠着它绚丽迷人。"我在文章末尾还说："谁也别再打扰这样一位艺术家了！"

吴冠中先生给我的印象是善良、单纯、自我、孤独。他处世低调，不善交际，生活上喜欢享"下等福"，推头习惯去找道边的理发摊。一眼看上去，就像房前屋后的老街坊。一次在北京的书市上为读者签名，他提着一个小塑料兜，里边放一瓶矿泉水，那天奇热，他便自带着饮水。他很少在热闹场合露面，所以没人认识他。待他挤进人群，在自己的座位中坐下来，人们一看桌签才知道这貌不惊人的小老头就是当代的绘画大师吴冠中。

他很少出头露面，偶尔出现在会场上，却很少发言讲话；他不善言谈，对绘画之外的任何话题兴趣都不大，谈起画却总是兴致勃勃。他曾对我讲述他一次油画写生归来，挤在长途公共汽车上，由于怕人挤蹭他的画，便把拎着画的胳膊伸出车窗，几小时过后，到了家，那条胳膊似乎不存在了，画却完好无损。

这段事他对我说过两次，可见画是他的生命。他家中那个画室，是我见过的最小的一间画室，只有六七平方米。他个子小，铺着毛毡的画案只有两尺高，更像一张单人床铺。桌上墙上沾满色点与墨渍。他那些惊世之作就是从这张再普通不过的画案上画出来的吗？就像最美的花最甜的果都是从泥土里长出来的。他告我别硬叫孩子学艺术，因为艺术是没有遗传的。我笑道："艺术家是天上掉下的林妹妹。"吴冠中就是从天上掉下来的。他脑袋里整天想的全是画，还有不停地冒出来的种种视觉的灵感——这话不是他说的，是他的画告诉我的。

他说我看过你的画册，你画画是不是不重复？我说从来不重复，并说我的不重复多半来自于文学，因为文学就是不重复的，也不能重复。作家怎么可能把写过的文章再写一遍，那不成抄稿子了吗？先生说：画重复的画我没有感觉，也没激情。这一点上，我受西方绘画的影响，西方绘画是不重复的，这可能与西方的文化"求异"有关。他这话给了我解读他的一把钥匙。

吴冠中一生的绘画都在不停顿地求异。老实说，我更喜欢他二十世纪八九十年代的作品。在那一代学贯中西的艺术家中，中西融合是一个自动承担的艺术使命与文化使命，故而他提出"油画中国化"和"国画现代化"，并在这两个领域中建功立业。他在油画中注入了中国文人空灵的诗境，他的色彩也极具中国文人的气质，这一点很难；在水墨画中，他将复杂的物象解构，经过符号性的提炼，再艺术地重构起来——这就使传统水墨进入从来没有的境界。

　　吴冠中完全可以在这样的艺术成就中享受终生。他却偏偏还要改变自己。但要变就有风险，可能不被人接受。记得一次去方庄看望先生，他兴致勃勃地叫我看他的两幅新作——就是那种用油画形式来画的古画经典。一幅是韩滉《五牛图》，一幅是顾闳中《韩熙载夜宴图》。他说他要画许多这样的作品，并一口气说出一长串古典名画的画名。他要开创自己一个怎样的新时代？他问我对他这种画怎么看，我说我喜欢您挂在厅里的那幅彩墨。我回避回答，是因为我不喜欢他这种尝试。

　　还有一次——这大概是我最后见到他的一次，他叫我去沙滩中国美术馆外的一家画店看他的"书法"，我去看了。显然这并非真正的书法，而是被他作为一种新的另类的"试验绘画"，我却毫无感觉。我想晚年的吴冠中是不是感到自己的时间不多了，却更加渴望从已有的形态中蜕变出来，他显得很急切。他这种急切表现在缭乱无序的线条，波洛克式的铺天盖地的色点，东一榔头西一斧子互不关联的艺术思考；他过多地着力于表面视像的变异与张扬，而非源自心灵与深思。可是愈表象愈难走得太远。

　　然而，吴冠中毕竟才华与禀赋都非同凡人。在那些不成熟甚至不成功的试验性的作品中，依然不断涌现出一件件惊世骇俗的精品，显示他过人的创造力。更令人称奇的是，吴冠中这样全然自我的画作，在绘画市场上却始终被充分地认可。他的画价可谓"天价"。但他从不担心由于自己过分大胆地去试验，而失去原有的面貌与风格，并祸及"天价"，因为他眼中只有艺术，没有比艺术更高的东西。他不顺从市场，可媚俗的市场却偏偏顺从了他。这样的例子在当世不多。照理说，在市场经济社会中，作品的价格与其艺术价值往往是不同步的。但有几个人敢面对心灵而背对市场？

自从认识先生，正赶上那桩假画案，却因之得见艺术在他心中的位置。艺术在艺术家心中若不神圣，艺术家便很难走进艺术的天堂。先生为此一生，并建立了自己惟其独有、境界至高的艺术天地和审美世界，应说他已站在艺术的天堂里了。

吴冠中走了。我相信他是带着许多未完的艺术理想和遗憾走的，带着许多愤世嫉俗的心绪走的。晚年他对艺术环境以及相关的机制说过一些直通通批评的话，不管这些尖锐的话在当时怎样说是道非，现在都静静地留给我们了，等待我们来思考，看我们有没有勇气回答。以我对他的感受，他上路之时，一定对自己对社会心怀重重缺憾。任何真正的有良心的艺术家不会是带着一堆亮晃晃的奖杯走的，总是把苍茫心事，一半带走，一半留在世上。

至于他的作品是否还是"天价"，我想，这与他生前无关，与他身后更无关。留下来的是他孜孜探求了一生的艺术。画价是写不进艺术史的，也放不进艺术天堂。放在那里的，还是深刻地记忆在人们心中的作品，以及他那小小又柔和的眼窝里执着、探索、倾注全心的目光。

2010.6.28

老鬼宋雨桂

写这篇文章带着一些歉疚，那就更不能不写。

他在世时不止一次说："大冯，你还欠我一篇画评啊。"

我确实欠着他的，却笑道："你急什么呀，你愈急我愈写不出来。"我这话看似开玩笑，实则认真。认真的是，我真想写出一篇有分量的文章，把这位当代山水画大家非凡的画魂勾勒出来。也许我们在一起太要好太厮熟，他可能并不知道我对他才华的钦佩，不知道他在我心里的位置有多高。这是个纯粹的艺术的位置。说实话，站在我心中这个位置上的没有几人。这反而不好下笔。

我是先看到他的画，而后才见到他本人的。早在二十世纪八十年代，我偶然见到一幅画的印刷品，令我心里陡然一震。那幅画是画长江的三峡吧。画中重岩叠嶂，立地摩天，峭拔万丈，一片豪迈逼人的自然生命。我年轻时是学习宋画的，是所谓"刘李马夏"的北宗山水。我知道，惟有宋人才有这样的本领，让你真切地感受到大自然之浩大、雄奇与高不可攀。于是，从此一个极具才气的名字叫我记住，就是宋雨桂。

八十年代我从绘画转入了文学，与画界全然断了联系，也就一直与他缘悭一面。然而偶尔在什么杂志上看到了这位陌生的宋雨桂的画，总会情不自禁盯上一眼，每每这一眼却更加深了对他的印象。直到本世纪初政协换届时，从新委员的名单中发现他的大名，使我欣喜异常。政协文艺组是结识各样文艺奇人的好地方。依照惯例，开幕式那天，两千多位政协委员要合拍一张巨型的"全家福"。我是老委员，站在前排，不知后边一排排站在台子上的人群中哪一位是宋雨桂，他肯定就在人群中。我便扭过头大声叫一声："请问哪位是宋雨桂？"跟着从上边很近的地方，一个人弯下腰，垂下一张苍劲消瘦、满是胡楂的脸，并伸过一只出奇短而厚的手，发出干哑的一声："我。"我很高兴地握住他的手，便结识了这位"久违"的朋友宋雨桂。

人和人的关系很怪。有的像石子儿和石子儿，在一起多少年，依旧各是各的；有的像水珠儿和水珠儿，碰上即刻就融了。我和雨桂就是这样。这样没有原因，也不必去问原因。

可是，我和他完全是两种人。我身上有画家们都免不了的邋遢和随性的一面，但我更有作家必需的清醒、镇定、明晰和理性；相比之下，他就完全是个生活上七颠八倒、不合逻辑的糊涂虫了。酒让他找不到北，烟也不能给他多少清醒。虽然偶尔他也有点小聪明和小狡猾，但这种狡猾能叫人看得出来就是可爱的。故而，朋友们称他"雨鬼（桂）"，或称"老鬼"，他也这么自称，甚至写在画上。他是我认识的画家中最放浪不羁的一位。他能泡澡时糊里糊涂地睡在浴缸里，一直睡到天亮。除去冬天里爱戴一条鲜红的围巾，吃穿全不讲究。只有一次中央文史馆开会，把他那幅刚刚完成的六十多米长巨型的长卷《新富春山居图》陈放在人大会堂，请温总理来看。那天他被要求"着正装"。据说他穿来的西服和领带都是临时找人借的，穿上去像个假人；紫红色领带上绣着金花。他问我"咋样"，我说像个穿洋装的乡镇企业家。

由于政协开会的缘故，我们聚在一起的时间就多了，每年至少要多上十几天。我们在一个组，由于姓氏笔画接近，所住的房间几乎对门，这就使他晚上兴致一来就砸开我的门，拉我过去聊天和画画，高兴起来就过午夜。画家们逢到开会都不带笔墨，害怕应酬。他不然，住进宾馆的头一天就把笔墨纸砚都摆在桌上。笔墨和烟酒从来与他形影不离。不知笔墨在他的烟酒里，还是烟酒在他的笔墨中。谁给谁提神，谁为谁助兴。这位傻乎乎的老鬼的房间总是朋友们快乐的相聚之处。我们同组的艺术家韩美林、濮存昕、姜昆、何家英、阎维文、施大畏、滕矢初、谭利华、冯远，等等，相互都很要好。老鬼的房间便是大家最轻松的会客间。老鬼不大会聊天，但他喜欢朋友们围在他身边说说笑笑的氛围，更喜欢在这种氛围里拿起笔来乘兴涂抹一通，然后被哪位朋友高高兴兴地拿去。朋友们高兴了，他也尽兴了。那时候他的画在市场上价位已经很高，但自古以来，文人之间的笔墨从来都是"一纸人情"而已。一天晚上他忽然跑出去，从他在北京的画室里抱来十余幅用日本卡纸画的山水，其中几幅称得上很精妙的小品。转天上午，他遇上哪位朋友，便跑过去低声说："回头到我房间来，我给你一张画。"他很即兴，也很随性。我对他打趣地说："看来你的画没人要了，只能往外送。"他对我做个鬼脸。他喜欢我这么打趣他。就像我另一个好友张贤亮，能这样打趣的是怎样的知己？

随性使他松弛。尤其画家，只有这种松弛乃至放纵才能使笔墨一任自然地释放出身上的才情。他早期的绘画具有宋画的特征，进入本世纪便放弃了宋人笔下的"刻划"，拿来元明以来的"抒写"。他对山水画的一大贡献是将勾勒融化到淋漓的水墨里。我与他相识这十几年里，正是他步入艺术生涯随心所欲和炉火纯青的辉煌期。在我与他一起画画时，常常惊叹于他看似不经意、几近胡涂乱抹中，山峦林莽中无穷的意味皆在其中。看似粗犷，实则精微。这一是出于他天生的才气，一是来自对大自然的感悟。其实感悟也有一种才气。那几年他迷上黄山，总往安徽跑，画了许多黄山写生的册页与手卷，都称得上当代山水的极品。他喜欢黄山无穷的变化。山之变幻，缘自云烟。我与他上过一次黄山，他告诉我天都峰后边有一片大山，绝无人迹，野气十足，奇石怪松，处处险境，而且云烟不绝。我们几次说到一起登黄山，去画云烟，直说得逸兴遄飞，却都因为我被文化抢救的事缠住手脚，难于抽身。到了今天，这想起来快意无穷的事，都已成为一个永远的昨日梦了。

雨桂问我："你说咱俩最大的不同是什么？"

我笑道："你是大师，我是大冯。"

他说："我没跟你逗，我说的是画。"

我说："我是文人画，你是——原始人的画。"

他琢磨一下，说："你这话绝了。"

我的话的确说到他的本质。他的山水，不刻划，不着意，不做作，不营造。他本真、原生、天然、率性，混混沌沌中有极大的张力。古来山水，皆人所为，很少雨桂这样的发自天然和一任天然。

我是文人，我的画充满人文；他是"原始人"，他的画充满野性。画中从来不见屋宇、舟车、人物。他不画风景、风光，不画讨人喜欢的"山水画"。笔下全是大自然生命的本身。只有远山深谷，荒滩秃岗，烟笼雾罩，野水奔流，这中间是不是还潜在着一点寂寥与荒凉？我从他笔墨中参悟到一种苦涩的东西。只可惜我们当今的艺术理论只关注文本不关心人本。没注意到他偶尔说到"我要过饭"这句话后边的人生磨砺，以及这种磨砺究竟与他深郁而幽暗的笔情墨意有什么深切的因缘？

我总想与他有一次关乎个人的深谈，但总没有那种深谈必需的环境。错过去了。这也是我欠他的了。

作家与画家不同，作家一本书可以不断再版和重印。画家的画只有一幅，很少被人看到原作。画家要想展示真正的自己，只有不断地举办画展，就像莫扎特在他那个没有电视与网络等传播手段的时代，要想被别人了解，只能跑到一个个城市去开音乐会和一遍遍地演奏。我对雨桂说："天津还没见过你的画呢，我学院的美术馆是一流的，我给你办一个画展吧。"

我想让更多人真正见识到这位山水大家。

艺术界的朋友们支持我的想法。韩美林为他大字题写了展名"宋雨桂访友画展"。我也劲头十足，不单亲自给他布展、挂画和写前言，连记者们用的新闻通稿也是我亲自撰写，我怕记者写不到位。开幕那天几十位艺术家从北京赶过来为他助兴。我从他的画中选出他爱用的三种颜色：玫红、翠绿和水墨中的"银灰"，制成氢气球，装在一个巨大的玻璃槽里，用金色的布和红丝带包装成一个大礼包。开幕式上，几位嘉宾韩美林、金铁霖、李谷一、王铁成、吴雁泽、关牧村等人用剪子剪开礼包，气球升空，冉冉飞上高高的大厅。一瞬间我们感觉把老鬼的魂儿放出来了。随后一些天雨桂的画便成了展览令人惊叹的主角，每天都有大量的观众来看他的画。他为观众现场演示作画时，电视台做了直播，还是我在一旁为他做的"解说"呢。

多美好的艺术家的生活！

他来过天津，我却没有去过沈阳。我很想去，但那些年我在困难重重的文化保护中愈陷愈深，连与他见面的机会也愈来愈少了，以至在他的宏大的美术馆在沈阳落成之日，只能写了一段半打趣的"讲话",交给姜昆在台上念了。他是不是认为我又欠了他一次?

还好,我一直与他在手机上有联系。但他竟在一段长时间未有通话的时间里患了重病。开始我有点不信,他这样强有力的人怎么会被病魔抓住?

等到我确切地知道他所患的是绝症时,他已做了手术,转而叫我欣慰——他竟跑到铁岭去画画,而且是画一幅属于国家项目的超大的巨幅山水——黄河。他的病并不严重吧,不然怎么会把这么沉重的差事压在背上?这时,他刚学会微信;我也是现代文明的边缘人,略通微信。待相互沟通,便知道他已画了大半,尺幅之大超出我的想象。在他发来的照片上,人站在画前,竟然很小!他取材于黄河的壶口,这正是万里黄河惊天动地的高潮。为了表现出黄河的气势、豪情与辽阔,他决定通幅全是洪流巨浪,不画两岸,不画树石。他说他只要"铺天盖地的水"。水的飞流直下,奔腾咆哮,激荡翻滚,巨浪滔天。但这么巨大的画面,全是水,怎么画呢?这简直是个疯狂的想法,也是对自己极致的挑战。我知道,当世画江画海,很难有人能超过老鬼。可是没有固体的、静态的、大面积形体的支持与依托,怎样才能结构成一个浑然又强大的整体?

那一阵子,他不断地发来绘画过程的照片与视频。不断与我用语音通话讨论画面的结构方法。一次,我以一个作家角度说:"黄河是我们民族的母亲河,你一定要画出它的历史,也就是它的神秘、凶险、可怕、威胁和灾难性，才能对比它的磅礴、豪迈、超越和奔涌向前的力量。"他显然被我打动了。一次他发来一段视频，背景竟播放钢琴协奏曲《黄河》。画太大了，铺满一个大厅的地面，他坐在画面上来画。这情景深深感动了我。我从没有见人这么画画……而且他已经完全进入万里黄河铺天盖地、雷霆万钧的境界里了。

2016年深秋在北京开文代会，忽然接电话他也来开会了，他告诉我一个大好的消息。他的那幅画黄河壶口的画——《黄河雄姿》正在国家博物馆展出，他请我去看。晚间，他就坐车来宾馆接我，并邀来我们共同的好友何家英也一起去。尽管我在微信中已经无数次看了这幅画，但站在这幅画前仰头一看，我还是惊呆了。家英情不自禁发出一声"哎哟！"，随后半天我们没有出声，显然我们已经不知说什么。老鬼一直盯着我们的脸，等我们的评价。家英说："这么大的画，你的笔头并不大，也没有很大的色块，怎么这么浑然一体？"我说："凭借着一种空气感吧。当今的山水画有空气感的不多，空气感就是大自然的生命感。"家英随即对雨桂说："你成功了！"

宋雨桂听了这话，自转了一圈，他很得意。真正的朋友之间无须任何美言与颂歌，这一句顶到天了。

我拍了拍他的肩膀，以表达对他由衷的称许和敬佩。可是这一拍吓了我一跳。他的身躯本如硬邦邦的木桩，这一下就像拍在一个空空的草筐上。一下子我想到他的病。他原先那充沛的生命质感到哪里去了，都掏空给了这幅巨画了吗？我好像明白了他为什么在手术之后，这么急于跑到铁岭一连几个月去画如此巨幅的画。他后来发给我的一些作画时的照片是趴在画上作画的，身前用一条毯子卷成卷儿垫着前胸。他已经几近力竭了吗？真正的艺术家都明白，只有把生命放到艺术里才能永恒。

几个月后老鬼去了。

所以我说过，这是绘画史上一幅真正用生命完成的画作。

他也值了，在生命最后的一瞬——他把自己和我们民族伟大的母亲河激情地融为了一体。

我的书房墙上挂着雨桂的《思骥图》，那是十多年前我的学院大楼落成时，他送给我的。这幅画很大，横幅。万顷碧涛漫天而来，挟风裹雨，呼啸而至，浩浩荡荡铺满了丈余大纸。前门石岸上一匹骏马迎风而立，长鬃飘飞，傲然不群。他画这幅画时，人在关外，我在津门。画中这马是他想念的我还是想象的我？我却从这充满情感力量的画面中感受到这位不善言语表达的老友心中的情意。故而它一直在我书房迎面的大墙上。

现在，这老鬼还能思念我们这些人间的好友吗？这便是我写这文章的缘由：

情义不在天堂，只在人间。情意是人间的，最好在人间完成。

2018.8.29 夜

送谢晋

我曾对一向生龙活虎的谢晋说："你能活到二十二世纪。"但他辜负了我的祝愿，今天断然而去，只留下朋友们对他深切的痛惜与怀念以及一片浩阔的空茫。

前不久，台湾导演李行来访，谈到夏天里谢晋在台北摔伤，流了许多血，"当时的样子很可怕，把我们都吓坏了"，跟着又谈到谢晋老年丧子。我说老谢曾经特意把他儿子谢衍的处女作《女儿红》剧本寄给我，嘱我"非看不可"。李行说谢晋对谢衍这条根脉很在乎，丧子之痛会伤及他的身体。这时我忽然感到老谢今年有点流年不利。心想今年若去南方，要设法绕道去上海看看他。但现在这一切都只是过往的一些毫无意义的念头了。

太熟太熟的一位朋友了。自八十年代以来在政协、文联以及大大小小各种会议和活动中，无论是会场上相逢相遇，还是在走廊或人群中打个照面，都会有种亲切感掠心而过。老谢是个亲和、简单、没有距离感的人。在我的印象中，他几十年说的话似乎只有三个内容：剧本，演员，为电影的现状焦急。他脑袋里再放不进去别的东西。如果你想谈别的——那你只好去自言自语，他听似没听进去；但只要你停下来，他立即开始大谈他的剧本和演员，或者对电影业种种弊端发火。他发火时根本不管有谁在座。这时的老谢直率得可爱。他认为他在为电影说话，不用顾及谁爱听或不爱听。他从不谈自己；他的心里似乎没有自己。他口中总是挂着斯琴高娃、姜文、陈道明、潘虹、刘晓庆、宋丹丹和第五代导演们那些出色的电影精英。他眼里全是别人的优点。能欣赏别人的优点是快乐的。还听得出来，他为拥有这些精英的中国电影而骄傲。

在此之外的老谢一刻不停地忙忙碌碌，找演员，搭班子，谈经费，来去匆匆去看外景。难得一见的是他在某个会议餐厅的一角，面前摆着从自助餐的菜台拣的一碟子爱吃的菜，还戳着一瓶老酒，临时拉不到酒友就一人独酌。这便是老谢最奢侈也是最质朴的人生享受了。他说全凭着酒，才能在野战军般南征北战的拍片生涯中落下一副好身骨。他说，这琼浆玉液使得他血脉流畅，充满活力。前七八年我和他在京东蓟县选外景时，他不小心被什么绊了一跤，摔得很重，吓坏了同行的人，老谢却像一匹壮健的马，一跃而起，满脸憨笑，没受一点伤。那年他七十八岁。

天生的好身体是他天性好强的本钱。他好穿球鞋和牛仔裤，喜欢独来独往，不喜欢陪伴，一位标准的职业电影人。虽然他穿上西服挺漂亮，但他认为西服是"自由之敌"。他从不关心全国文联副主席和政协常委算什么级别，也不靠着这些头衔营生；他只关心他拍出的电影分量。一次，一位朋友问他是不是不喜欢炒作自己。他说他相信真正的艺术评价来自口碑。也就是口口相传。

因为对于艺术，只有被感动并由衷地认可才会告知他人。

这样的艺术家，活得平和、单纯而实在。那些年，年年政协会议期间文艺界的好朋友们都要到韩美林家热热闹闹地聚会一次。吴雁泽唱歌，陈钢弹曲，白淑湘和冯英跳舞，张贤亮吹牛，姜昆不断地用"现挂"撩起笑声。惟有老谢很少言语，从头到尾手端着酒杯，宽厚地笑着，享受着朋友们的欢乐。这时，他会用他很厚很热的手抓着我的手使劲地攥一下，无声地表达一种情意。最多说上一句："你这家伙不给我写剧本。"

他心里想的、嘴里说的还是电影！

我的确欠他一笔债。九十年代初他跑到天津要我为他写一部足球的电影。他说当年他拍了《女篮5号》之后，主管体育的贺龙元帅希望他再拍一部足球的影片。他说他欠贺老总一部片子。他这个情结很深。我笑着说，如果我写足球就从一个教练的上台写到他下台——足球怪圈的一个链环。他问我"戏"（影片）怎么开头。我说以一场大赛的惨败导致数万球迷闹事，火烧看台，迫使老教练下台和新教练上台——"好戏就开始了"。他听了眼睛冒光，直逼着我往下追问："教练上台的第一个细节是什么？"我想一想说："新教练走进办公室，一拉抽屉，里边一条上吊的绳子。这是球迷送给老教练的，现在老教练把这根上吊的绳子留给了他。"当时老谢使劲一拍我肩膀说：咱们合作了。但是在紧接着的亚运会期间，我和老谢一同坐在看台上看中国与泰国的足球赛，想找一点灵感。但那天中国队输了球，二比零，很惨。赛后，我和老谢去找教练高丰文想问个究竟，请高丰文一定说实话，到底输在哪里。没料到高丰文说："还得承认人有个能力的问题。"

这句话给我很大的刺激，使我一下子抓不到电影的魂儿了。此后尽管老谢一个劲儿地催我写，但他也抓不住这部电影的魂儿了。合作就这样搁置。之后几年里，老谢一直埋怨我不肯为他出力，直到他看中我的一部中篇小说《石头说话》才算有了"转机"。我对他说："第一，我把这部小说送给你，不要原作版权；第二，我免费为你改写剧本。但欠你的那笔'足球债'得给我销账了。"我嘴上说是"还债"，心里却是想支持他。因为此时的谢晋拍电影已经相当困难。

谢晋无疑是中国当代电影史一位卓越的创造者。二十世纪后半个世纪，电影在中国是最大众化的艺术。谢晋是这中间的一个奇迹。从《舞台姐妹》《女篮5号》到《天云山传奇》《牧马人》《芙蓉镇》《鸦片战争》，他每一部作品都给千家万户带来巨大的艺术震撼。可以说从他的电影创作中可以清晰地找到当代电影史的脉络。谢晋的电影美学是典型的现实主义。他注重时代的主题，长于正剧，致力于以强烈的戏剧冲突有声有色地推动故事；他善于调动观众的情感参与，尽可能面对最广大的受众；个性而丰满的人物是他的至上追求。不管电影怎么发展，电影的观念和技术怎么更新，历史是已经被认定的现实。谢晋是那个时代耀眼的骄子。他是在当代电影史写过光辉一页的大师。

然而，从历史的站头下车的人是落寞又尴尬的。晚年的老谢，走出电影创作的中心，但他不改好强的本性，为了筹资和找选题四处奔波。他曾给我寄来《拉贝日记》，还想叫我去法国寻觅冼星海遗落在那里的一段美丽的爱情往事。这期间，我的那个一直未上马的《石头说话》，几次燃起希望随后又石沉大海。相信还有别人与老谢也有同样的交往。我不求那个电影拍成，只望他有事可做。一位友人对我说："老谢简直是挣扎了。他应该学会放弃，因为他的时代已经过去了。电影已经从文学化走向视觉化。他那种故事没人看了。"

我说："你不懂老谢。电影是他的生命，他活一天，就得活在电影中。他最佩服黑泽明，因为黑泽明是死在拍摄现场的。他说他也会这样。"

今天，老谢终于完成了他这个可怕又浪漫的理想。听说他正要去杭州为他的《大人家》去筹款呢。

一个把事业做到生命尽头的工作狂，一个用生命祭祀艺术的艺术家。他用一生诠释了艺术家真正的定义。艺术家就是要把全部生命放在艺术里，而不是还留一些放在艺术外边。

原本开笔写此文之时，心中一片哀伤，隐隐发冷。然而，写到这里，已经浑身火辣辣地充满激情。这好，我愿用这样的文章结尾送一送老谢。

2008.10.18

在雅典的戴先生

纪念戴爱莲

　　这两天太忙，各种没头绪的事搅在一起。可即便忙得不可开交时，也会觉得一个不舒服的东西堵在心头；稍有空闲便明白：是戴先生永别我们而去了。于是种种片段的往事就纷纷跑到眼前。

　　戴先生是大家对戴爱莲的尊称。戴先生对中国当代舞蹈的贡献世人皆知，因此二十年前初识她时，深深折下腰来，向她恭敬地鞠一个躬。戴先生的个子不高，见我这六尺大汉行此大礼，不禁哈哈大笑。其实个子再高的人，心中对她也一定是"仰视"的。

　　平日很少能见到戴先生，偶尔在会议上才能碰到她，谁料一次竟有十天的时间与她独处。那是 1996 年。我赴希腊参加 IOV（国际民间艺术组织）举办的"民间文化展望国际研讨会"。与会者来自世界各地，我被裹在许多金发碧眼和鬈发黑肤中间，正巴望着出现一位同胞，有人竟在背后用中文叫我："冯骥才，是你吗？"我扭身一看，一位略矮而轻盈的老太太，通身黑衣，满头银发，肩上很随意地披一条暗红的披肩，高雅又自然。我马上认出是戴先生。让我认出她来的，不只是她清新的容貌和总那样弯弯的笑眼，更是一种独特的艺术家的气质。我不禁说："戴先生，您真的很美。"

她显得很高兴。她说她是IOV的执委，从伦敦过来参加会。她也希望碰到一个中国人，没想到这个人会是我。

我与她之间一直有一种亲切感。这可能由于她与我母亲同岁。再一个原因很特别，便是她讲汉语远不如英语来得容易。她的发音像一个学汉语的老外，而且汉语的词汇量非常有限。然而，语言能力愈有限，表达起来就愈直率。我喜欢和她这样用不多的语汇，像两个小孩子那样说话，真率又开心。是不是因此使我感觉与她在一起很亲切？

她喜欢抽烟，顺手让给我一支。我已经戒烟很久，为了让她高兴，接过来便抽。我曾经是抽烟的老手，姿势老到，使她完全看不出我戒烟的历史。烟可以助兴，笑声便在烟里跳动。在雅典那个漫长的会议中，她时不时从座位上站起来，在离开会场时朝我歪一下头，我神会其意，起身出来，与她坐在走廊的沙发上一人一支烟，胜似活神仙。

此后在戴先生从艺八十周年纪念会上，我致词时提起这事，并对她开玩笑说："戴先生差点把我的烟瘾重新勾起来。"

戴先生听了竟然张大眼，吃惊地说："我犯罪了，真的犯罪了。"她说得愈认真，我们笑得愈厉害。

在雅典，我可真正领略到这位大师的舞蹈天才。那天，主人邀请我们去市郊一家歌舞厅玩。雅典这种歌舞厅没有灯红酒绿的商业色彩，全然是本地一种地道的传统生活。大厅中央用粗木头搭造一个巨型高台，粗犷又原始。上边有乐器、歌手，中间是舞池。下边摆满桌椅，坐满了人，多半是本地人，也有一些来感受雅典风情的游客。一些穿着土布坎肩的漂亮的服务员手托食品，不断地送上此地偏爱的烤肉、甜果、啤酒。这里吸烟自由，所以戴先生和我一直口吐云烟。在我们刚坐下的时候，台上只唱歌，歌手们唱得都很动情。这些通俗歌曲，混合了希腊人的民歌，听起来味道很独特很新鲜。

此时，我发现戴先生已经陷入在歌曲的感受里，她显得很痴迷。渐渐歌儿唱得愈来愈起劲，所选择的曲目也愈来愈热烈。台下的人受到感染，一男一女手拉手带头跑上舞池，在音乐的节奏里跳起希腊人的民间舞。这时的戴先生轻轻地晃肩摆腰，有一点手舞足蹈了。随后，一对对年轻人登上舞池，而且愈来愈多，很快就排成队，形成人圈，绕着舞池跳起来。他们的舞步很特别，尤其是行进中有节奏地停顿一下，奇妙、轻快又优美。戴先生对我说："这是四步半。"大厅里人声鼎沸，她的声音像喊。然后她问我："我们上去跳吗？"她的眼睛烁烁闪光，很兴奋。我是舞盲，如果我当众跳舞干脆就是献丑。我对她摇着头笑道："我怕踩着您的脚。"

戴先生也笑了，但她的艺术激情已经不能克制，居然自己走上去。她一进入那支"队伍"，立即踏上那种节拍，好像这美妙的节拍早就在她的双腿上。待到舞入高潮，她的腿抬得很高，情绪随之飞扬。别忘了，她那年八十岁！大概她的舞感动了台下一位希腊的男青年，这小伙子跳上去给戴先生伴舞。很多人为戴先生鼓掌，掌声随同舞曲的节拍，为这位心儿年轻的东方的艺术家鼓劲。与我们同来的 IOV 的秘书长法格尔手指戴先生对我说：

"她是最棒的。"

她那次也把一个笑话留给了我。

一天，戴先生要我陪她去挑选一件纪念品。在一家纪念品商店里，戴先生手指着一套小小的陶瓷盘问我："好看吗？"

我看了一怔。浓黑的底釉，赤红色古老的图案，画面是古希腊传说中的英雄们，然而全是一丝不挂的男性裸体。她不在乎这些裸体吗？是不是她在西方久了，观念上深受西方影响，对裸体毫不介意？但我还是反问她一句：

"您喜欢吗？"

她高兴地说："我喜欢。"

我说："好，那就买吧。"

她掏钱买下了。

谁想回国后的一天，她忽来电话问我："我买的是什么糟糕的东西！我眼睛不好，没戴眼镜，所以请你做军师，你怎么叫我买这样的东西，太难看了，我要把这些糟糕东西都给你。"

我笑道："难道我失职了吗？记得我问您是不是喜欢，您可是说喜欢的。如果您不想要就送给我吧。"

她叫起来："快别说我喜欢，这么糟糕的东西我怎么能说喜欢，羞死我了，真的羞死我了。"

她天真得像一个女孩子那样。八十岁的老人也能有这样的童心？

不久，我收到这套瓷盘，还有一个信封，里边装着她半个世纪前在西南地区收集到的六首少数民族的舞曲。她说这些舞曲已经失传，交给我保存。她还说，她赞成我所做的抢救民间文化的事情。我明白，这位从中华大地上整理出《狮子舞》《红绸舞》《西藏舞》和《剑舞》的舞蹈大师，必定深知真正的舞蹈艺术的生命基因是在广大的田野里。

她是我的知己。她以此表示对我的支持。

由此忽然明白，她与我之间的一种忘年的情谊，原是来自于对艺术和文化纯粹的挚爱。我便怀着这种感受，打算在什么时候与戴先生再碰上，好好聊一聊。但人生给人的机缘常常吝啬得只有一次。也许惟有一次才珍贵，也许这一次已经把什么都告诉你了，就像在雅典碰上可敬又可爱的戴先生。

2006.2.16

丁聪写意

一

偶然见到丁聪一张三十年代的旧照，吃了一惊。他怎地这般清灵秀俊？我的"丁聪概念"是：生来一个矮胖健壮的快乐汉，无小无老，来而不去，表情中没有阴影，爱嚼肉的牙齿永不脱落，鸦羽般的黑发永不变色；无论是算命先生还是CT都无法说出他的年龄。这个整天笑呵呵的乐天派，才是"笑一笑，少一少"那个生活真理的铁证；或者说达观、开通、厚道、不较真儿、有爱无恨，才是这个年已八十的老人自我"年轻化"的真正秘诀？

可是，翻看他半个多世纪以来的漫画，特别是时事讽刺漫画之后，印象却全然不像他本人那样了。

看他的画吧！他对社会无所不在的敏感，对小百姓生存状态的关切，对假恶丑的嫉恶如仇和不共戴天，无不强烈和鲜明。他多么像一个愤世嫉俗的斗士！这时，他就如同一只小牛虻那样，飞过去，狠狠盯在庞大社会躯体的那些病灶上。他的勇敢和正直令人钦佩。半个世纪以来，他从未放弃过充满艺术良知的批判立场。仅仅给人快乐的漫画家，绝不会赢得丁聪这种分量。由此，我认识到，真正了解一位艺术家只有去看他的作品。

他的快乐与厚道是流露出来的天性，他的尖锐与辛辣是着意表现出来的思想。他天真，才对社会的丑恶忍无可忍；他快乐，才恨不得挥笔一下子扫去世上的阴霾。这印象，肯定是熟悉丁聪的人都会认同的。他是一个从任何角度去看都不会"走样"的人。

二

他的漫画风格似乎从四十年代就确立了。半个世纪以来，从选材、人物造型到画法，都没有进行过"自我革命"式的巨变。固然，风格的不断嬗变可以把观者带进焕然一新的感受境界，比如毕加索的几个时期和齐白石的衰年变法；但是，风格的始终如一，则可以与观者保持一种牢固的、独有的审美关系。变化很难，不变更难；不变则需要风格本身具有长久的魅力。

丁聪的魅力在哪里？

他的漫画不是随心所欲地超逸于生活，也不是理性地凌驾生活之上，而是……干脆就是生活本身吧。他不过把万花筒般的社会生活画面一个个抽出来。这些画面常常像一个个活脱脱的生活景象，然而它们都是人们最关切的社会焦点。关切社会的艺术必然被社会所关切——这本来不是秘密。可是这关切中需要一种责任，一种正义感，一种美好的社会理想，也需要一种发现力。这样，写实就成了他的创作原则与艺术风格。为此他的漫画人物从不变形过分，而是生动轹止。线条简洁而自信，流畅而凝重；如善于用涂墨、加线和白描三种方式，构成黑白灰三种色调，使画面丰富又鲜明。典型的丁聪式的漫画人物是：正面人物的神情多为木讷、困惑、惊愕和无奈，反面人物却个个神采飞扬，这无疑是想激发和强化人们的爱憎。丁聪艺术的感染力也就在此中了。

三

丁聪是个家喻户晓的人物。

这不仅由于他那些风格异样的漫画形象经常现于报刊；他还时时入侵各种文化艺术形式。如文学插图、书籍装帧、演出广告、电影海报、诗配画，乃至风俗小品、人物肖像，等等。他从来不安分于在一种形式里转来转去，而喜爱到别的艺术空间里串门做客。广泛的涉猎、广泛的情趣、广泛的素养、广泛的领域，也就造就了人们印象中一个广泛的丁聪。任何对艺术的热爱，说到底还是热爱生活。于是我便明白，他的漫画半个世纪来为什么一直走红。

这也是八十岁的丁聪，依然像十八岁小丁的缘故。时而理想化的天真，时而切中时弊的锋利；至于快乐，除去天性，是不是还有一种难得糊涂的超然？

他自称小丁。朋友们都欣然接受了这个称呼，无论老少，见面便亲昵地呼之曰小丁。此为何故？有诗答曰：

小丁不小，丁老不老。

君画君笑，皆美皆妙！

1996.9 于天津

永恒的震撼

　　这是一部非常的画集。在它出版之前，除去画家的几位至爱亲朋，极少有人见过这些画作；但它一经问世，我深信无论何人，只要瞧上一眼，都会即刻被这浩荡的才情、酷烈的气息，以及水墨的狂涛激浪卷入其中！

　　更为非常的是，不管现在这些画作怎样震撼世人，画家本人却不会得知——不久前，这位才华横溢并尚且年轻的画家李伯安，在他寂寞终生的艺术之道上走到尽头，悄无声息地离开了人间。

　　他是累死在画前的！但去世后，亦无消息，因为他太无名气。在当今这个信息时代，竟然给一位天才留下如此巨大的空白，这是对自诩神通广大的媒体的一种讽刺，还是表明媒体的无能与浅薄？

　　我却亲眼看到他在世时的冷落与寂寥——

　　1995 年我因参加一项文学活动而奔赴中州。最初几天，我被一种错觉搞得很是迷惘，总觉得这块历史中心早已迁徙而去的土地，文化气息异常的荒芜与沉滞。因而，当画家乙丙说要给我介绍一位"非凡的人物"时，我并不以为然。

　　初见李伯安，他可完全不像那种矮壮敦实的河南人。他拿着一沓放大的画作照片站在那里：清瘦，白皙，谦和，平静，绝没有京城一带年轻艺术家那么咄咄逼人和看上去莫测高深。可是他一打开画作，忽如一阵电闪雷鸣，挟风卷雨，带着巨大的轰响，瞬息间就把我整个身子和全部心灵占有了。我看画从来十分苛刻和挑剔，然而此刻却只有被征服、被震撼、被惊呆的感觉。这种感觉真是无法描述。更无法与眼前这位羸弱的书生般的画家李伯安连在一起。但我很清楚，我遇到一位罕世和绝代的画家！

这画作便是他当时正投入其中的巨制《走出巴颜喀拉》。他已经画了数年，他说他还要再画数年。单是这种"十年磨一画"的方式，在当下这个急功近利的时代已是不可思议。他叫我想起了中世纪的清教徒，还有那位面壁十年的达摩。然而在挤满了名人的画坛上，李伯安还是个"无名之辈"。

我激动地对他说，等到你这幅画完成，我们帮你在中国美术馆办展览庆祝，让天下人见识见识你李伯安。至今我清楚地记得他脸上出现一种带着腼腆的感激之情——这感激叫我承受不起。应该接受感激的只有画家本人。何况我还丝毫无助于他。

自此我等了他三年。由乙丙那里我得知他画得很苦。然而艺术一如炼丹；我从这"苦"中感觉到那幅巨作肯定被锻造得日益精纯。同时，我也更牢记自己慨然做过的承诺——让天下人见识见识李伯安。我明白，报偿一位真正的艺术家的不是金山银山，而是更多的知音。

在这三年，一种莫解的感觉始终保存在我心中，便是李伯安曾给我的那种震撼，以及震撼之后一种畅美的感受。我很奇怪，到底是一种什么力量，竟震撼得如此持久？如此的磅礴、强烈、独异与神奇？

现在，打开这部画集，凝神面对着这幅以黄河文明为命题的百米巨作《走出巴颜喀拉》时，我们会发现，画面上没有描绘这大地洪流的自然风光，而是全景式展开了黄河两岸各民族壮阔而缤纷的生活图景。人物画要比风景山水画更直接和更有力地体现精神实质。这便叫我们一下子触摸到中华民族在数千年时间长河中生生不息的那个精灵；一部浩瀚又多难的历史大书中那个奋斗不已的魂魄；还有，黄河流域无处不在的那种浓烈醉人的人文气息。纵观全幅作品，它似乎不去刻意于一个个生命个体，而是超时空地从整个中华民族升华出一种生命精神与生命美。于是这百米长卷就像万里黄河那样浩然展开。黄河文明的形象必然像黄河本身那样：它西发高原，东倾沧海，翻腾咆哮，汪洋恣肆，千曲百转，奔涌不回，或滥肆而狂放，或迂结而艰涩，或冲决而喷射，或漫泻而悠远……这一切一切充满了象征与意象，然而最终又还原到一个个黄河儿女具体又深入的刻画中。每一个人物都是这条母亲河的一个闪光的细节，都是对整体的强化与意蕴的深化，同时又是中国当代人物画廊中一个个崭新形象的诞生。

我们进一步注目画中水墨技术的运用，还会惊讶于画家非凡的写实才华。他把水墨皴擦与素描法则融为一体，把雕塑的量感和写意的挥洒混合其间。水墨因之变得充满可能性和魅力无穷。

在他之前，谁能单凭水墨构成如此浩瀚无涯又厚重坚实的景象！中国画的前途——只在庸人之间才辩论不休，在天才的笔下却是一马平川，纵横捭阖，四望无垠。

当然，最强烈的震撼感受，还是置身在这百米巨作的面前。从历代画史到近世画坛，不曾见过如此的画作——它浩瀚又豪迈的整体感，它回荡其间的元气与雄风，它匪夷所思的构想，它满纸通透的灵性，以及对中华民族灵魂深刻的呈现。在这里——精神的博大，文明的久远，生活的斑斓，历史的磅礴，这一切我们都能有血有肉、充沛有力地感受到。它既有放乎千里的横向气势，又有入地三尺的纵向深度；它本真、淳朴、神秘、庄重……尤其一种虔诚感——那种对皇天后土深切执着的情感——让我们的心灵得到净化，感到飞升。我想，正是当代人，背靠着几千年的历史变迁又经历了近几十年的社会动荡，对自己民族的本质才能有此透彻的领悟。然而，这样的连长篇史诗都难以放得下的庞大的内容，怎么会被一幅画全部呈现了出来？

现在我才找到伯安早逝的缘故。原来他把自己的精神血肉全部搬进这幅画中了！

人是灵魂的，也是物质的。对于人，物质是灵魂的一种载体。但是这物质的载体要渐渐消损，那么灵魂的出路只有两条：要不随着物质躯壳的老化破废而魂飞魄散，要不另寻一个载体。艺术家是幸运的。因为艺术是灵魂一个最好的载体，当然这仅对那些真正的艺术家而言。当艺术家将自己的生命转化为一个崭新而独特的艺术生命后，艺术家的生命便得以长存。就像李伯安和他的《走出巴颜喀拉》。

然而，这生命的转化又谈何易事！此中，才华仅仅是一种必备的资质而已。它更需要艺术家心甘情愿撇下人间的享乐，苦其体肤和劳其筋骨，将血肉之躯一点点熔铸到作品中去，直把自己消耗得弹尽粮绝。在这充满享乐主义的时代，哪里还能见到这种视艺术为宗教的苦行僧？可是，艺术的环境虽然变了，艺术的本质却依然故我。拜金主义将无数有才气的艺术家泯灭，却丝毫没有使李伯安受到诱惑。于是，在本世即将终结之时，中国画诞生了一幅前所未有的巨作。在中国的人物画令人肃然起敬的高度上，站着一个巨人。

今天的人会更多认定他的艺术成就，而将来的人一定会更加看重他的历史功绩。因为只有后世之人，才能感受到这种深远而永恒的震撼。

1999.2 于天津

一生都付母亲河

郑云峰《三江源》代序

一

生命源于水。

无论一棵小草还是一片森林，一只蝼蚁还是一个物种，一个村落还是一座城市，皆源自于水和依赖于水。因之，大地上任何民族皆源起和受惠于一条大江大河。当历史学家和人类学家逆时序地上溯到一个民族的源头时，最终一定迷醉在一片无比壮美的高山峻岭和冰天雪地之间的江河的源头里。

人类的源头在江河的源头里，人类的历史在江河的流淌中；一旦人类离开了这些江河就必然消亡，所以人们称这些最本源的河流为母亲河。

古老东方中国的地势西高东低，几条巨龙般的长河自西天奔泻而下，激涌般地穿过山河大地，东入大海，一路浸润、滋养、恩泽了茫茫万里中华大地上的生灵万物。它们就是中华民族伟大的母亲河——长江、黄河。

中华民族感恩于赐予并养育自己生命的母亲，但谁把这无限大的报恩之情及其使命交给了一位普普通通的摄影家，并叫他心甘情愿地几乎付出了一生，来表达一个民族的良心与心愿？

二

这位摄影家便是郑云峰。中等偏矮的个子，天生健壮的体魄，充沛的精力，这些都适合于他所痴迷的摄影专业；特别是他天性豪爽，富于激情，故而头一次见到长江黄河，即刻与这奔腾咆哮的大地上的苍龙一拍即合，成为知心与知音。他最初与母亲河结缘是上世纪中期。那年他四十岁吧。从那时起，他一边造小舟，入江心，搏巨浪，寻找母亲河最为动人心魄的姿容；一边背着相机徒步而行，逆江而上，历尽艰苦与危难，最终进入三江源——长江、黄河和澜沧江的源头。他不止一次讲述他第一次进入三江源的震撼，在那片三十多万平方公里罕见人迹的世界里，一如天国庄严而瑰丽的圣地上，他被净化了。

于是他大彻大悟，到底是怎样的天地和境界才能创造人类与生灵？

他几乎是用跪拜的姿态拍他当时眼前的一切。摄入他胶片暗盒的第一组三江源的画面是 1986 年。随后便激情难捺地一次次奔往那里。自费、徒步、高寒、缺氧、车祸、遇险、饥饿、迷路、生病、孤独，但他这匪夷所思的艰辛，较比步入天国的感受与发现，不如九牛一毛。他早期拍摄的三江源是：纤尘未染的蓝天，夺目而通彻的阳光，峥嵘的雪山，玻璃般纯净的冰川与湖泊，海一样黑压压的森林，肥软的草甸子间丰沛的清流，成群的珍禽与异兽，原住民天人合一的习俗和人文……这一切都被他的长短镜头珍藏下来。

他早期的作品更像一首首颂歌，惊喜的、兴奋的、激情的、明亮的；他要做的是把他在天国里寻觅到的中华大地母亲的模样，告诉给我们。

他做得既单纯，又虔诚，又快乐。

三

然而，进入九十年代末叶及至本世纪，郑云峰眼前的天国变了。

他每一次千辛万苦到那里，恶化的现实都令他惊愕。冰川开始消融，绿草出现枯黄，湖水污染变色，沙漠气势汹汹扩张起来。这缘故除去全球变暖，更多来自人为的破坏。随着经济开发的热潮而来的是淘金热、虫草热、伐木热、开矿热和猎杀鱼鸟。这变化让他感受到撕心裂肺的疼痛。

然而，他没有挎着相机掉头而去，把绝望的现实扔在背后，相反他举起相机把这一切真实地记录下来。他像当年不遗漏任何一处美一样，如今他决不放过所有必须正视的现实的丑。

他进了一个全新的摄影阶段。他从唯美的、激情的、情感的，变为审丑的、冷峻的、理性的；他用镜头证实和批判现实的荒谬，同时警示世人关切照此下去难逃的厄运与悲剧。

这一阶段，他在长江的拍摄，也从对大自然的赞歌转向对即将逝去的山水的挽留；他十分清醒地为长江水库化的过程留下了视觉的档案。

这样，他本人便从一个理想主义者转型为一个批判现实主义者。

这一转变出于一种文明的自觉和历史的责任，因使他的摄影内涵与价值变得非同寻常。一种严峻的基调和痛苦的呼叫充溢在他的作品中，特别是将这些作品与他八十年代中期拍摄的三江源比较而看，常常使我感到一种震撼与痛彻。

四

二十世纪八十年代由于摄影的迅速发展及普及，人类学者开始使用相机作为田野调查的手段，直观的视觉的现场记录带来的真切性、全息性以及特定的环境氛围——这是传统单一地使用文字来记录不可能做到的。于是一个崭新的人类学的新的研究手段与学术概念受到人们关注，即"视觉人类学"。

然而，对于郑云峰来说，由于在自己的母亲河的摄影注入了记录现实与记录历史的意义，他更像一位生态学者和文化保护者，他的视角与镜头也更接近视觉人类学的理念。这便使他的摄影作品有了多种价值。除去摄影艺术本身的审美价值，还有见证价值、文献价值、研究价值，而且涉及生态、环境、民俗、遗产等诸多方面。此外，对于社会的文明进步则是一种呼唤、激发与推动。

五

前不久见到郑云峰，我刚问道："最近三江源情况怎么样，有改进还是更糟？"

谁想到他竟哭出声来。

哭声是回答，更像控诉。控诉我们这一代的无知、野蛮与贪婪，也哭出一位真正知识分子与艺术家的心声。

我在本文开篇时说："谁把这（对大地母亲）无限大的报恩之情及其使命交给了一位普普通通的摄影家？"

其实没有谁，完全出于他的自愿与志愿，出于良知与使命，可是为什么如今我们的良知这么少而偏偏使命又这么重？

郑云峰今年七十二岁，至今依然孤自一人端着相机在母亲河边流连。他可以把一生付给了母亲河，但他不可能永远站在那里。地球是不会完结的，人们还要一代代生存和繁衍下去，可是他身后谁是来者？

六

这里，一家有眼光的出版社从郑云峰先生二十年来拍摄三江源的数十万帧作品中，摘取精要，分成十卷出版，取名《三江源》；本图集在内容上全景式展示了三江源的历史由来、地形地貌、山光水色、自然风物、民族习俗、信仰崇拜、人文艺术方方面面，称得上一部沉甸甸的视觉档案。在摄影的手法上，既是由衷的赞美与讴歌，也是忠实的记录；在编排结构上，常常采用对比的方式，以呈现三江源近二十年负面变化的真实，具有批判与警醒的意义。

这样一部巨型的摄影集，应是郑云峰辛苦一生的一次总结，同时表达了他心中强烈的愿望，即呼唤所有中华儿女——深爱母亲河和保护母亲河；为了她的过去，也为了民族的未来。

我有幸作为这部摄影图集的第一位读者，情不自禁地想对郑云峰这位当代中国罕见的自然人文的苦行僧深深道一句：谢谢！

2012.10

在摩耶精舍看明白了张大千

　　摩耶精舍是张大千先生平生最后一个故居，拜谒摩耶精舍是我赴台间的一个心愿。这心愿缘自遥远的少年习画的时代。

　　那时，悬挂在我桌案对面的大镜框里就镶着大千先生一幅写意山水，是上世纪四十年代父亲托人从颐和园买来的，据说当时大千先生住在那怡人的湖光山色之中，一边养性一边作画。父亲共买了两幅，都是五尺中堂大画，一幅浅绛，一幅水墨。浅绛那幅花青用得极美，蓝如蓝天一般清澈；水墨这幅更好，消融在水中透明的墨色好似流动着，一如梦幻。这两幅画我换着挂，过一阵子换一换，挂这幅时把那幅放在后边。"文革"时便被"革命小将"们一起扔到院子，扯烂烧掉。

　　画没了，可画的感受却牢牢驻在我心里。此番来看大千先生的故居是为了重温那两幅失不再来的画吗？绝不仅仅如此。我是想看到他所有画作之外却至关重要的东西，想进一步认识他，可是我能看到这种东西吗？

　　摩耶精舍在台北的正北面，毗邻台北的故宫博物院，面朝着一条从山林深处潺潺而来的溪水。一边是精深儒雅的人文，一边是天然的山水；大千先生在上个世纪七十年代末（1978 年）自美国迁返台湾定居时，买下了这块土地。这天下少有的富于灵气的地方是被他看出来的，还是悟到的？此前这里可是个废弃的养鹿场呵。

大千先生是少有的活着时候就能享受到自己创造成果的画家。这样的人还有毕加索和罗丹。不像梵·高终生扛着自己的艺术追求如负苦役，死后却叫数不尽的精明人拿他的画发财。但大千先生会怎样使用他的钱财？像个豪绅那样炫富和铺张吗？

当然不是。

大千先生的故居貌不惊人。一座朴素的门楼静静地立在一条弯弯曲曲上坡的小道边，倘若门楣上不是悬挂着台静农题写的"摩耶精舍"的墨漆木匾，谁知这是一代大师的故居？从墙头上生出的鲜红又秀气的炮竹花，一束束闪闪烁烁悬垂下来，看上去只像是一个喜好野趣的人家。

摩耶精舍是大千先生为自己"创作"的作品。他把一座别出心裁的宽敞又松散的双层的楼式四合院放在这块土地的中间。前后花园，中间也有花园。前园很小，植松栽竹，引溪为池，大小锦鲤游戏其间；房子中间还有小园，立石栽花，曲廊环绕，可边走边赏。台湾多奇花异卉，外地人大多叫不上名字；至于后园与前边的园子就大不一样了。来到这里，视野与襟怀都好像突然敞开，满园绿色似与外边的山林相连。据说这后园本无外墙，由于溪谷就在跟前，每有大雨，溪水迅猛，常常涌至屋前，故而修筑一道围墙，很矮，只为防水，不叫它妨碍视线；大千先生还在园中高处搭了两座小亭，以原木为柱，棕榈叶做顶，得以坐观山色溪光晨晖暮霭林木飞鸟是也。

大千先生说："凡我眼见，皆我所有。"

这后园一定是大千先生心灵徜徉之地。在园林的营造上，大千先生一任天然，稍加修整而已，好似他的泼墨山水。园内的地面依从天然高低，开辟小径蜿蜒其间；草木全凭野生野长，只选取少许怪木奇花栽种其中；水池则利用地上原有的石坑，凿沟渠引山泉注入其内。大千先生的母亲曾嘱咐他，不要抬头望月，大千先生便常借这水池中的月影来观月赏月，故取名影娥池。娥，乃姣好的嫦娥。

院中有一长条木椅，式样奇特，靠背球样地隆起，背靠上去很是舒服，尤其是老年人；这是大千先生四川老家独有的一种椅式。他每作画时间长，辄必背部酸疼，便来院中坐在这椅子上，一边歇背一边赏树观山，吸纳天地之气。

悉心琢磨，大千先生这后花园构思真是极妙。院外是一片自然的天地，矮矮的围墙不去截断自然，园内园外大气贯通，合为一体。那么房子里边呢？也一样融入了这天地的生气与自然的野趣。里里外外到处陈放他喜好的怪木奇石；一排挂在墙上的手杖，没一根是镶玉包金、安装龙头豹首的名牌拐杖。全是山间的老枝、古藤、长荆、修竹，根根都带着大自然生命的情致和美感。这美与情致到了他的画上，一定就是好山水了。

大千先生的画室也是我感兴趣的地方。

大千先生的故居是在他去世（1983年）后，由他的家人不动分毫地捐献出来的，现归台北故宫博物院管理。摩耶精舍内的一切都一如既往，家具物什完好如初，纸笔墨砚都放在老地方，好像大千先生有事暂时出门一般。

　　画室内最惹我注意的是，大千先生画案下有一小木凳，高约二十厘米。川人身材偏矮，大千先生每作大画便要踩上这木凳。他住进台北的摩耶精舍已七旬以上，偏偏这时期他多作泼墨泼彩的大画。画室挂着一张照片，上面大千先生双手握着巨笔，站在木凳上泼墨作画，夫人在身后扶着他的腰部。我还注意到，铺在画案的纸上有水的反光与倒影，可见他泼墨画中用水颇多。水多则墨活，也更自然，并且多意外的情景出现。应该说这幅照片泄露出大千先生那些奇妙的泼墨泼彩画的"天机"。

　　当然，更泄露出大千先生艺术"天机"的还是他的故居。大千先生旅居巴西时的八德园和美国的环荜庵全都是自己设计的，这"叶落归根"的摩耶精舍更倾注他的心血。从中，我们不仅看出他的趣味、审美、修养和性情，还体悟他的自然观、生命观与精神至上。这里是他精神的巢和心灵的床。为建造摩耶精舍，他用了许多钱财，不少奇石是从巴西、日本与美国高价运到台湾的。但在这里——财富化为了美。既没有世俗的享乐和物欲的张扬，没有鄙俗的器物与色彩，也没有文化作秀，而是一任自己的性情——对大自然和艺术本身真率的崇拜与神往。这就更使我明白，上世纪四十年代初在中国画坛如日中天，其画作堪比洛阳纸贵的张大千，为什么会忽然远赴大西北那个了无人迹的敦煌；一连两年漫长的时间里，终日在那些破败的洞窟中爬上爬下，给洞窟断代编号，还请来藏族画师协助制作颜料与画布，举着油灯去临摹幽暗的窟壁中的那些被历史忘却了的伟大的艺术遗珍。

现在，我们把敦煌的大千先生与这里的大千先生合在一起，就认识到一位大师的精神之本，也就更深刻地认识到他的艺术之魂。

这里所有钟表的指针被永远固定在他离别的那一刻——1983年4月2日8时15分；他的遗体就葬在后园的梅林中；然而在摩耶精舍无所不见他影响着我们的精神。

这便是故居的意义，艺术家往往把他们真正有价值的东西无形地放在其中，就看我们能不能发现。

在摩耶精舍，我相信，我看明白了张大千。

2011.1

秋日里对春风的怀念

代序兼记李文珍先生

　　我已经第二次接到旅美画家王公懿越洋的电话了。她用恳切而感人的口气"逼"我为一本书写序。其实，不用她"逼"我，我已经心甘情愿要为这本关于她的老师李文珍先生的书写序。

　　今世之人，尤其年轻人，肯定不知道李文珍先生是谁。然而曾经受过他绘画教育者，却刻骨铭心地记得他。究竟承受怎样的大恩大德，才能够这样记住一个人？

　　大约四十年前，我经常和画友岳钦忠去李文珍先生家串门。他住在窄窄的宜昌道上一幢临街的小楼里。在我眼里他家那间四四方方十多平方米的客厅是一个小小的"美术沙龙"——当然不是真的沙龙。"文革"那时谁敢私设沙龙呀。不过是些常来的访者聊一聊艺术而已。他总坐在那张带扶手的椅子上抽着烟斗。无论谁进来或走掉，也很少起身。可能因为来到这小小"沙龙"的大多是他的学生们。他在耀华中学任教美术，我不是耀华的学生，但我崇拜他。他那种带着浓重的后期印象主义影响的油画，在"文革"那个文化贫瘠而苍白的年代，叫我们这些求知甚切的年轻人，如沐清风，耳目大开。

那时代的画全是好似吃了兴奋剂一样怒目挥拳的造反形象。但在他的画里却都是我们身边的事物。日光下明澈的河水，白雪覆盖的街道，葱茏或凋败的树木，默默行走着的路人，还有种种室内的"静物"……可是这些再寻常不过的事物却莫名的神奇与迷人；尤其餐桌上那个总剩着半杯茶水的玻璃杯，晶亮夺目得叫人惊奇。他赋予这些形象何种法术？是神秘的美还是生命？

从今天的角度看，如果不是那个把日丹诺夫式的"现实主义"奉若神明的时代——如果换作今天——李文珍一定是一位独立画坛的杰出的大家。可惜，他的才华被那些荒谬的岁月长久地埋没并搁置一边。

然而，李文珍先生却不逢迎时尚，在寂寞中始终恪守着自己的艺术理想，几十年里一直静静地躲在自己的心灵里作画。他那些凝重刚健又颇具灵气的心性之作，不可能挂在当时任何一个画展上，但他绝不会为了世俗功利而矮化自己。这恐怕是那个文化专制时代一个有气质的艺术家仅能做到、又很难做到的。

李文珍先生的个子虽然不高，但腰板挺直而威风。鼓鼓的脑门下目光温和又镇定。虽然他是他的家庭艺术"沙龙"的主人，可说话不多。在他的"沙龙"里谈话很自由，或是谈论谁的画，或是对谁拿来一幅近作议论一番，或是说说笑话。李先生不喜欢长篇大论，对他的话我们却十分留意。他常常冒出一句话，一语破的，道中绘画某一本质。可是他从不教训式地把这些道理硬塞给我们，而是说出来叫人感悟。每每此时，我们都如获至宝。这是不是他的一种教育方式？

他不是那种用自己个人化的模子翻制学生的教师。尽管他有很执着的个人画风，却从不强迫学生学他的画。他善于发现学生的个性气质，循循善诱地把一个个独特的个性融入美的法则，化为彼此迥异的艺术。这样的艺术教育最难得，需要教师的艺术视野宽阔，并善于启发。其实这才最符合艺术的本质。因为艺术的生命就是个性。成就艺术首先是发现个性和完成个性。记得二十世纪六十年代，位于北京的几座国家级美术学院年年录取的新生中都有天津耀华中学的学生。他们都是李文珍的门徒，其中不少学生后来都成为很好的画家。然而，这些成功了的学生们更懂得老师的价值，不甘心老师只是一位出色的艺术教育家，还要为他在画坛找到理应得到的位置。

在"文革"刚刚过去的1980年，他的学生们就自发地在天津解放路上的艺术展览馆举办"李文珍暨学生画展"。以众星捧月的阵式，将老师簇拥其间。我曾为那种情与义而感动，撰文相助。当时，李文珍先生还在世，如今李文珍先生已仙逝多年，身在天南地北的学生们又聚在一起，执意为老师再出一本图文并茂的画集，并纷纷写文章忆往事而尽心声。在八〇年这些学生都正当盛年，如今多已年近花甲。依我看，八〇年那次展览所努力的是为老师讨回艺术的公道，此次则是对恩师的一种悠长而不灭的怀念。今日怀念皆缘于昔日的情谊。这是一种秋天的果实对远去的春天深长的感激。每个秋实的汁液里都包含着春天的雨露，每片通红的秋叶里都隐藏着春天和煦的风。这些我们都从这部厚重的书中感到了。但愿这样纯正的艺术和这种美好的情感，能为更多的人感知。

2007.10.6

叁

但丁故居

　　世界上大概只有一个名人故居的"图介"上边这样写道："你要来佛罗伦萨参观但丁的故居吗？这是一个假的故居。"维罗纳的罗密欧与朱丽叶故居明摆着来自莎士比亚的戏剧，可是当地学者还要再三辩解它有"历史的来头"。

　　这个但丁故居在离着佛罗伦萨市政府不远的一条小街上。据但丁自己说是圣马蒂诺本堂区，紧挨着圣玛格丽塔教堂。他家是个贵族，可是家道中衰，没落了。他有几个兄弟，早年丧母。他就是在这个地方，深深爱上一个叫作贝阿特丽切的美丽又优雅的姑娘，但这个姑娘另嫁他人，二十四岁时又患病离世，这成了他一生之痛。历史关于他人生的记载本来就少之又少，他的家更是无处可寻，邻近的教堂也早无踪影。一方面由于年代太久，几经战乱，很多老房子没了。一方面由于他曾经涉入政治，参与了当时黑白两党的争斗，他三十七岁那年被获胜的黑党驱逐出佛罗伦萨，并没收了全部家产；他曾在缺席的情况下被判处"死刑"，从此再没有回来，最后客死他乡——谁知他的家哪年被"灭掉"的。

　　但是，他是在佛罗伦萨成就诗名的。早在二十六岁时，以对贝阿特丽切一往情深的单恋所写的散文诗《新生》就在佛罗伦萨出版。这部作品是第一部不用拉丁语，而是用意大利本土托斯卡纳地区"活着的语言"写成的，还是最早表达人文情怀的文艺复兴早期代表作，一部柏拉图式爱情的诗性圣典。可是这些价值都是事后发现的。

一个真正伟人的价值总是在事后被渐渐认识到。历史的价值还得由历史来裁定。中国人的古语叫作"盖棺论始定"。有的人不管活着时如何声名赫赫，迟早会被历史扬弃；有的人虽然活得寂寞，最终却被历史请上纪念碑的台座。然而，当人们认识到自己的伟人时，他生命的物质的载体大多不复存在——比如但丁的故居就没有了。那么对他无限的崇敬与怀念何处安放？于是，两手空空的佛罗伦萨人就想到去"造"一个。

早在1865年，新意大利国王迁都佛罗伦萨时，正是但丁诞辰的六百周年，佛罗伦萨就成立一个专门委员会，根据《神曲》中的线索和当地历史和传统，精心选择现在这座大约十四世纪的古老的房子作为但丁的故居，依据只有一个，就是现在大门洞的石头被历史考古学家确认为当年圣玛格丽塔教堂的遗物，如果没有这门洞的石头，但丁的故居就站不住脚了，真是依据愈少愈珍贵！可是由于当时城市经济陷入危机，这个故居直至进入二十世纪才动手兴建。建筑师是著名的朱惠佩·卡斯特鲁奇。朱惠佩在建筑内的装饰设计完全遵循文艺复兴时代的风格。他还在故居外凭借想象力营造出一个当时贵族门前特有的小小的广场，并放置了一口从别处挪来的古井，看上去颇有一些历史的"真实感"。故居于 1965 年开放。

坦率地说，故居里没有什么真正属于但丁的遗物。如果我们建一个关汉卿或赵孟頫的故居，也没处找到五六百年前原真的遗物了。故居内的家具、生活物品、墨水瓶都是同时代的物品，只是一种尴尬的历史代用品。还有一些与诗人相关的文献与背景资料——地图、手稿、版本、绘画等，也是复制品而不是原件。

从但丁故居走出来时有一点空虚感，两只手什么也抓不住，不如读他的《神曲》与《新生》。但是我还是对佛罗伦萨人心怀敬意，因为他们太爱自己这位伟大的诗人，才做了这样一个故居。爱诗人、作家、音乐家的民族是伟大的，因为这些人表达他们的心灵和对自由的向往。

2017.1

绿色的手杖

一位杰出的作家死了，他的生命分别在三个地方：一是在他的作品中，一是在墓地里，一是在故居那片属于他的土地上。

俄罗斯作家的作品我已经读得很多。现在我就从故居与墓地去探访他们的生命。

斯巴斯科耶

我喜欢这种巧合。我到俄罗斯后访问的第一个作家的故居是屠格涅夫的，而我爱上俄罗斯文学乃至整个世界文学恰恰是从屠格涅夫开始的。

车子从莫斯科开出，我们一直在辽阔的大自然的风光里。三个小时进入图拉州，又过两小时进入奥廖尔州。有趣的是，奥廖尔的特色开始一点点出现。先是路边一个个卖甜饼的小摊。这种甜饼是把塞了糖的面团，用手指按进刻着各种民间图案的模子里，再扣出来，放在炉上烘烤；这有点像中国人的月饼，但远没有月饼精致。它又硬又粗又甜，可是嚼起来有劲，又充饥。随后，便可以看见道边的农家在门口摆一张小桌和矮凳，上边放一小篮鲜蛋、一瓶牛奶或一罐蜂蜜，都是最原始、最本色的乡间食品。如果路人想带走什么，放下一点钱即可。没有人守在那里，这是奥廖尔人自古以来的方式。于是，你马上感受到这种民风所包含的质朴与纯正。再有——便是一种当地特有的鹰在天空出现。这种鹰很壮，肚子很圆，看上去像一个带翅膀的球，它在天上缓缓翱翔。可是只要它发现猎物在大地上奔跑，便会从百米以上高空像闪电一样即刻冲下来……

我的目光越过一片开满野花的草地，看到一片高大的橡树和杉树映衬着的斯巴斯科耶——屠格涅夫庄园的大门。我立即想到屠格涅夫在《贵族之家》中描写的那些画面和那种气息。我感觉我所来到的不是屠格涅夫的庄园，而是进入了他的小说。

无论那座漆成绿顶的白色木楼，一间间房屋中笨重、耐用又考究的家具，长长的马厩，还是光亮的池塘，林荫道上的小径，青草地上的木凳，都不陌生，似曾相识甚至好像曾经来过。我站在庄园的围栏远眺，森林纵横的大地浩浩荡荡起伏着，薄雾如纱笼罩着一片片沼泽，宁静得了无声息，只是从极远而朦胧的山野那边传来田鹬一声声的鸣叫……这对于我怎么会这样熟悉？跟着我明白这一切都来自于屠格涅夫那些小说。作家的高明就是把他生命的体验变成你的体验。

其实屠格涅夫在斯巴斯科耶生活的时间并不长。他1818年生在这里，十岁以前（1821年）就离开斯巴斯科耶。但童年生活给他印象深刻。他母亲卢托维诺娃是这一地区最富有的女地主，拥有几千俄亩的土地和上千名农奴。母亲的专横、任性与残酷，父亲的冷漠、孤僻和不负责任，给他留下了终生的阴影。这些阴影不会不进入他的小说。《初恋》中就有他父亲的影子，《木木》的女农奴主便是以他母亲为人物原型的。但更重要的是他从斯巴斯科耶深切地感受到农奴制的残忍与黑暗。当然，童年时代的屠格涅夫对此不可能有太多的思考。他是从一颗纯洁、善良、富于同情的心灵出发的。然而，天性的善良使人最终会站到社会道义一边。

屠格涅夫的小说拥有那么宽阔的人物形象，也由于他在斯巴斯科耶的生活。那些小地主、仆人、管家、守林人、医生、园艺师、检查员、鞍子匠、警察、车夫、办事员、钓者、狩猎人等，都是在他那个小小年纪里就进入他敏感的心中的。

斯巴斯科耶给他另一重要的财富是大自然的诗情画意。在这里，他终日的朋友是粗壮结实的橡树、百年冷杉与老枞树、高高伸到天上的落叶松、苗条多姿的白杨等，他知道这些树四季的装束、朝朝暮暮千变万化的风姿。他只用鼻子可以识别出丁香、洋槐、菊苣、蔷薇、铃兰上百种花来；他单凭耳朵可以分辨出到底是鹌鹑、布谷、夜莺、黄雀，还是沙鸡、金翅雀、野鸭、白嘴鸭的叫声。这种耳濡目染、日积月累的大自然的情感是他日后文学中"大地情结"深厚的根基与来源。

然而斯巴斯科耶对屠格涅夫的意义远远不止于童年的记忆。

1852 年果戈理突然去世，屠格涅夫写了一篇悼念文章。称颂"伟大的"果戈理是"我们民族的光荣"。但这篇激情之作惹恼了沙皇尼古拉。尼古拉对这位《钦差大臣》和《死魂灵》的作者早就恨之入骨。屠格涅夫因之被捕，并被放逐到他的老家——奥廖尔的斯巴斯科耶。

从喧嚣的彼得堡回到乡下，他感到舒适与安详，心灵可以自由呼吸。斯巴斯科耶是他生命的摇篮，他感到异常的稳定与温馨。他读书和思考，反省自己，于是他决定结束那种以《猎人笔记》为代表的田园诗化的早期创作，开始自觉地用文学来探索时代命运的必然了。而且他还感到他真正的写作应该在这里，他的书桌应该放在斯巴斯科耶的大地上。

屠格涅夫的一生行色匆匆，频繁不断地出国与回国。他在世界各地旅行，结识朋友，参与文坛和社会的活动。然而当他有了写作灵感，便立即跑回到他的"栖息之地"——斯巴斯科耶，静下来生活与写作。

只有在旧日庄园，他才心定神安。他喜欢像童年那样钓鱼、划船、下棋、骑马，他一直喜欢在湿漉漉的林间观看游蛇与蟾蜍搏斗，他特别喜欢扛着猎枪沿着捷斯纳河与奥卡河，去寻找走兽与飞禽。这一切他在《猎人笔记》中都精细地描绘过了。每每这时，他感到心舒意展，笔尖流畅，得心应手，这一切我们从他在斯巴斯科耶写出的句子中都可以感受出来。屠格涅夫一生回到斯巴斯科耶十八次。他的长篇小说《罗亭》《前夜》《贵族之家》《父与子》《烟》和《处女地》，都是在这里写的，它们几乎是屠格涅夫长篇小说的全部。此外还包括大量的中短篇小说与诗歌。

他说："只要在俄罗斯的农村，写作就会成功。在这里就是连空气也充满思想。我的文思如同泉水一样喷涌！"

这便是斯巴斯科耶的意义。屠格涅夫说："故乡有种捕捉不到、扣住心弦、让你激动的东西。"能够像感受生命一样感受大地的人，才能写出屠格涅夫那样的作品。

1882 年，屠格涅夫在法国患上致命的疾病。他知道自己很难回到祖国与故乡，他写信给好友波隆斯基，请求他——

"当你去斯巴斯科耶时，请代我向房子、花园和我可爱的橡树鞠躬，向我可能永远再也见不到的故乡鞠躬！"

他最终合上眼睛的一瞬，一定浮现出如诗如画的斯巴斯科耶。

亚斯纳亚波利亚纳

从奥廖尔回莫斯科，我们绕个小弯，去到图拉省克拉波文县去看列夫·托尔斯泰的故居——亚斯纳亚波利亚纳庄园。但今儿不巧，正赶上周一，也是世界绝大多数博物馆的休息日。可是这也不错，索性塌下心来在庄园里散散步。

托尔斯泰与屠格涅夫不同，他一生大多数时间在故居生活。而比起屠格涅夫的斯巴斯科耶，托尔斯泰的亚斯纳亚波利亚纳要更加宏大、开阔和美丽。庄园里有小湖、牧场和森林，到处是花香和鸟鸣；各种花色令你目爽神怡，各种鸟鸣叫你心头快活；一进门那条白桦树夹峙的林荫道真像一幅壮美的油画。这条林荫道曾被托尔斯泰写进他的小说《安娜·卡列尼娜》中——须知，这种情况是不多的。

托尔斯泰与屠格涅夫最大的不同是，屠格涅夫的小说始终有斯巴斯科耶的影子。托尔斯泰的小说场景却跨越出亚斯纳亚波利亚纳，覆盖了整个时代和久远的历史。可是托尔斯泰偏偏说：

"如果没有亚斯纳亚波利亚纳，俄罗斯就不可能给我这种感觉；如果没有亚斯纳亚波利亚纳，我可能对祖国有更清醒的认识，但不可能这样热爱它。"

这就是说，亚斯纳亚波利亚纳不只是他的故乡，而是他的祖国俄罗斯。托尔斯泰终生都在他深深爱恋的祖国的大地上思考和写作，这使我们更深刻地知道亚斯纳亚波利亚纳非凡的意义。

托尔斯泰的庄园来源于他母亲陪嫁的资产。他三十四岁时与宫廷医生的女儿索菲亚结婚，在相爱中生男育女，在亚斯纳亚波利亚纳平稳地度过二十年。在农奴时代，搭架在千千万万农奴脊梁上的农奴主生活是极为富足的。亚斯纳亚波利亚纳里有非常宽敞的马厩、鸡舍、养蜂厂，还有种种工匠干活的木屋。可是这一切却与托尔斯泰的社会理想与人道精神矛盾着。开始他感觉别扭不安，渐渐他对自己产生反感。他说：

"回到家里坐在餐桌前，两个穿燕尾服的男仆侍候着我吃饭，我感到我有罪。不仅有罪，甚至我觉得自己是帮凶！"

是不是由于这个原因，他要自己去种树、耕地、缝鞋、制作衬衣？他还有很长一段时间搬到莫斯科的卡莱夫尼基去居住，中年和晚年的托尔斯泰愈来愈关心社会。他作品中"纯小说"的气息几乎已经完全消失，对社会命运的思考充满了字里行间。他还频频地介入各种社会事件，包括灾民调查。他对社会的干预反过来是自我反省，这使得他生命最后几年在亚斯纳亚波利亚纳的生活充满了良心的自我折磨。天天看着奴仆侍候着他的家，他难以忍受。他厌倦自己的生活，甚至感到恶心。这也是他最终于1910年11月10日从亚斯纳亚波利亚纳秘密出走的原因。但他究竟年纪太大，中途感染肺炎，死在了阿斯塔波沃车站上。

庄园内最具诱惑的是一条条林荫小路。每一条弯弯曲曲深入林间的路都深奥难测，吸引着你走进去。而走着走着一条岔路便会分出来，拐向另一片蓝色的树影里，叫你无法选择。

在一条看上去又长又深的小路路口处，庄园派来的一位做向导的研究员对我说："托尔斯泰童年时，他哥哥对他说，庄园里有一根绿色的手杖，找到手杖就找到幸福。据说托尔斯泰一直在找这根手杖。你们也进去找一找吗？"然后她又说了一句，"现在我们不要说话了，感受一下托尔斯泰在孩子时代的声音吧！"

我们都不作声。小径很软，又有草，走路没有声音。最清晰的是远远近近、各种各样的鸟语。道两边的树木都很高很大。林间有茂密的灌木、花丛、蕨类植物，还有隔年的腐叶与残枝，使清冽的空气充满森林的气息。我看见一大堆肥大的蘑菇，一种从未见过的蝴蝶似的紫色的花，还有倾倒的老树——有的已经被锯成一段段、三角状地一堆一堆码在那里。有的没人去管，长长的枯枝被厚厚的苔藓毛茸茸地包裹着。这就是绿色的手杖吧！

忽然一片空地展开。林间一块绿茵地上，斜摆一个矮矮的长方形的土堆，上边长满碧绿的青草。青草上摆满红色的玫瑰。这便是托尔斯泰的墓地和他著名的土坟。

由于庄园的向导事先没有告诉我们托尔斯泰的坟墓在这里，使我一看到这土坟，如同见到托尔斯泰本人。世界上没有比这更朴素、更自然、更诗意、更美丽的坟墓了。他静静地躺在这里——他的故土也是"祖国的大地"上。死，原来也可以如此的优美。这种情景和诗意只有音乐可以表达。

托尔斯泰去世十年后，他妻子去世。时间是 1920 年。转一年，他女儿玛丽亚就把亚斯纳亚波利亚纳捐给国家。托尔斯泰生前与女儿相互非常理解，玛丽亚一直为她年迈而辛劳的父亲做助手。帮他处理函件、写信、誊抄文稿，陪他一起到灾区做调查，一如他的私人秘书。只有真正知道他价值的人才会为他付出一切。所以当她把亚斯纳亚波利亚纳捐献给国家时，托尔斯泰生前的一切全都原封不动。这使我们走进庄园，如同走进托尔斯泰的家中串门。

苏联政府拨巨款，把亚斯纳亚波利亚纳建成托尔斯泰故居博物馆。原则是一切保持原生态，不准许盖一间新屋，并任命玛丽亚担任亚斯纳亚波利亚纳的馆长。因为只有她才知道什么是历史真实和怎样保护历史真实。

如今玛丽亚已经故去，现在的馆长乌拉基米尔·托尔斯泰是列夫·托尔斯泰的曾孙。这位馆长会见我们时说，亚斯纳亚波利亚纳现有工作人员五百人。主要工作是为每年差不多一百万来自世界各地的参观者服务。最近将开通一条从莫斯科到这里的专线列车，就叫作"亚斯纳亚波利亚纳号"。到那时参观人数还会成倍增加。因为托尔斯泰是俄罗斯的一根精神支柱。

我注意一眼这位年纪尚轻的馆长。他个子不高，人清瘦，皮肤很亮，衬衫外套着一件摄影背心，显得很干练。我忽然发现，他的眼睛很像他的曾祖父，柔和而又锐利。当谈到他的家族，他说托尔斯泰有十五个孩子。如今他直系的家族已有二百三十人，一部分住在世界各地。乌拉基米尔告诉我，为了纪念托尔斯泰与索菲亚结为连理一百四十年，今年8月他们家族要在这里聚会呢。届时他们还要成立世界性的托尔斯泰遗产基金会，以保护好亚斯纳亚波利亚纳，使它能够世代珍存。因为托尔斯泰不仅属于他们家族，属于俄罗斯，也属于全人类。

向契诃夫献花

在俄罗斯最大的遗憾是没能去契诃夫的故居谢尔普霍文的梅里霍沃庄园。在那个简朴和诗意的地方，契诃夫写了《万尼亚舅舅》《带阁楼的房子》《套中人》《醋栗》和《带小狗的女人》等名作。他广泛地参与社会，办学校，出资修路，赈灾，普查人口，支持抗议沙皇的学生，他还重操旧业戴上听诊器为至少一千个普通人治病。

契诃夫所做的一切不只是出于思想，更重要的是出于他的天性。这是他与列夫·托尔斯泰不同的地方。他的真诚、儒雅、智慧与富于同情心，使他得到所有相识者的敬重。虽然他爱憎分明，但在他的身上爱比恨宽广得多，这单从他照片上的眼睛里就可以看出来。他由女弟子阿维洛娅称之为"温柔的、召唤的眼睛"，因此他更关切的是芸芸众生的愁苦。在他的小说里没有托尔斯泰的史诗般的场面，也很少有屠格涅夫田园诗般的爱情悲剧，而更多的是他心里放不下的小人物们的种种担惊受怕。当然，他还要从这里边挖掘出社会的症结与人性的缺欠。

契诃夫有很浓郁的悲悯的情感，即使他描写大自然——写《草原》时，也与屠格涅夫的《森林与草原》不一样。后者是优美的风景画，前者是伤感的诗。我想这可能来自他非常富于艺术才情的家庭，也可能与他最初的医生职业有关。医生的职业是天天感受痛苦。然而，当这悲悯情感充溢他心中的时候，他还有清醒、锐利的一面，他还要寻找一种更深的心灵的疾患。因为作家的天职是感受灵魂的痛苦。

在俄罗斯作家中，我受契诃夫影响最大。我迷恋他到处闪烁灵气的短句子，他那种具有惊人发现力的细节，他点石成金的比喻；更迷恋他的情感乃至情绪，他敏感的心灵，他与生俱来的善良与无边的伤感。

然而，这次我的主人无论怎样设计，也无法把我的旅行路线通到梅里霍沃庄园。他们看出我深深的失望，便告诉我一个补偿的办法，就是在莫斯科时去新圣母修道院，契诃夫的墓地就在里边。

我读过我的好友、著名俄罗斯文学的学者高莽关于"俄罗斯墓园文化"的书——《灵魂的归宿》。我想，就是我去过梅里霍沃庄园，也应该看一看他的墓地。这是他灵魂永远的驻地。

为此我买了花。

在新圣母修道院的墓地里，埋葬着许多名人。我直奔主题，首先找到契诃夫的墓。

这是一块简朴的墓地。用黑色铁条盘成的围栏中间，是一块方形的草地。里边黑白两座石碑。右边白色的是契诃夫的，左边黑色的是他妻子奥尔迦的。中间简简单单一块石板。镶着几块铜片，上边刻着他们的姓名。生前相爱至深的他们就合葬在下边。

没有精工打造，没有豪华装修。契诃大的墓碑上边做成尖形的屋顶状，大概设计者想为他遮风挡雨。这个细节表达人们对契诃夫无尽的爱惜。因为——高尔基说："这个人告诉我们究竟什么是幸福以及生活的意义。"这句话听起来简单又普通，但如果你陷在生活的困惑而无以自拔时，就会觉得它意义无穷。

我从矮矮的围栏上弯进腰去，将一朵鲜红的康乃馨插在他墓碑前的草地上。墓碑前已经放满各色的花。我只是又添上一朵。契诃夫肯定不知道我们这些献花的人，但献花者却会一代代传衍下去。究竟是什么力量使人们自愿并深情地把鲜花放在他的墓前？

如果一个人把爱真诚地播种给大地，他一定会获得永远的回报。这回报是鲜花，也是爱。

2002.7

托尔斯泰从这里出走

参天的白桦夹峙的庄园大道，如旋律一般蜿蜒伸入森林的小径，大片大片开着各色野花的草地，竖着岸边景物倒影的池塘，还有落了满地的苹果和沙果的果林……然后是红顶的马厩、木屋、小桥、蜂房、长长的木栅，最后才是那座两层的优雅又简洁的白色小楼——托尔斯泰故居。

十年前我奔波了几百公里的路程，才来到托尔斯泰著名的"波良纳庄园"，但那天不巧，赶上博物馆休息，庄园虽然开放，故居博物馆关闭，使我懊丧之极。这次执意再来，为的是感知一下托尔斯泰在这里的生活究竟是怎样的？他缘何最后与这里决裂——出走？

我喜欢这样的故居，里边的一切都保持原状。

三百三十公顷的土地的森林草原风情依然。他是母亲在躺椅上生的，那把躺椅还摆在那里。走廊上刻花的木栏、楼梯口的竖钟、客厅里举办家庭沙龙时的钢琴棋桌餐台餐具都一切如旧；连墙上挂着各种画作、家人和朋友的照片、心爱的小雕塑一一仍在原处；特别是托尔斯泰的书房，藏书室底层那间分外僻静的拱顶的写作室，还有屠格涅夫、契诃夫、列宾、柯罗连柯等好友都来住过的客房，依旧保持着一百年前的样子；各个房间处处还都原样保留着妻子索菲亚为家庭尽心尽力的种种细节，如誊抄的稿件、用突厥针法织绣的物件、裁剪的衣服以及房间处处的装点。

于是，当时作家的生态、生活的场景、家庭的氛围……只有这样的原生态的故居里，故人才是可感知、可想象的。这也是故居博物馆不可替代的价值之所在。

进一步说，在托尔斯泰的书桌前，那张被疑为儿童用的矮腿椅子，原是作家近视又执意不肯戴眼镜，为使脸部凑近桌上的稿纸而锯短了椅腿；还有，书桌旁立着一个高高的折叠式的小桌台，是作家坐着写作久了会太累，就站到这桌台前接着写。他的《安娜·卡列尼娜》《哈泽·穆拉特》《战争与和平》《复活》等惊世之作原来都是这么写出来的。

那些放在各处大量的书信呢？使我想到一个令人吃惊的数字。《托尔斯泰全集》九十卷中有三十二卷书信，他留下的档案中书信数量达五万件。写这么多的书信会耗掉他多少创作时间，他哪来的这么强烈的书信写作欲？

思想。尤其对于中晚年托尔斯泰来说，比小说更强的表达欲是思想。书信是思想的表达方式之一。鲁迅也是这样。小说往往限制甚至有碍思想的直接表达，为了思想，他们走出小说。

由此，我尤为关注书房外边的储物屋里摆放着的他晚年平时主要穿的服装——农人的衣服，麻布的长衫、短衫、圆帽、皮靴；储物室里还放着他自己缝制的靴子、耕种劈木柴的板斧、干农活的农具、练身体的哑铃和代步的自行车，等等。

其实早在十九世纪末，他就厌烦了自己世袭的贵族式的生活。那种名人荟萃的家庭沙龙，养尊处优的日子，受人追捧的交际场合。他开始在生活上努力平民化，与贫苦的人交往，这座故居外边的凉亭便是他接待穷人的诉求与接济穷人的地方。他想放弃贵族的生活。

他有罪恶感，钱的罪恶和富有的罪恶。这来自他所信奉的宗教的原罪说，更来自知识分子的良知。他一直苦苦地思考着，不停歇地自我拷问着，却得不到答案。十九世纪末的世界处于一战前夕，无论国际还是本土都在矛盾叠加的黑暗中看不到灯火，在民众重重的苦难中迈不出步子来。他自己也是这样。他说：

"我的圈子——富人和有学问的人的生活已经使我厌恶，并且失去了任何意义。我明白了，从这方面我无法找到生活的意义。"

他的精神苦闷与自责常常牵及他的家庭，他想让他的家庭与贵族生活告别。就使索菲亚——同他长期与共的妻子不能接受；认为他为整个世界担心，却不为自己的家人担心。矛盾渐渐激化起来。索菲亚想到过自杀，他也曾几次想离家出走。那些信奉他思想的托尔斯泰主义者们愈是支持他，他愈是无法活在自己无法改变的生活现实里。

1910 年 7 月他决定出走，但由于与索菲亚短暂的和解而放弃了。

然而三个月后——1910 年 10 月 28 日深夜，他在激烈的自我矛盾中起床，叫起小女儿亚历山德拉为他收拾好行李，下了楼唤醒医生马克维茨基送他一程，随后走出这座房子，到茅草房上了马车，在大风雪里离开了生活了一辈子的波良纳庄园。十天后，由于风寒患上了肺炎，病死在阿斯塔波沃车站。

他离别时这座故居前的一切还都保留着：头一天还在读的陀思妥耶夫斯基的《卡拉马佐夫兄弟》，还放在写字台对面的小圆桌上；还有他的房间，他出走那天从楼上走下来的小楼梯，医生的住房……好像他昨天夜里才从这里离去。

然而看到这些就明白了托尔斯泰，明白了这座庄园对于托尔斯泰的意义。他说过："如果没有波良纳庄园，叫我描绘俄罗斯和阐明我对它制度的看法，那是不可能的。"在这里，从出生到出走，他完成的不仅是一个伟大作家的全部巨著，而且是一个富于人类良知的知识分子的心灵历程。

于是，我到林间，到了他那座被茨威格称作世界最震撼的墓地——只是一座再单纯不过的草坟前拜谒。没有墓碑，没有任何人工的物件，只有一个长方形的草丘，周围放着人们天天献上的鲜花。我没有花，便把来时从果树下捡到的一颗已经变红了的苹果摆上，默默致意之后，掐了一片青翠的细齿状的小草，夹在本子里，也生气盈盈地夹在我心里。

2014.9

谁把托尔斯泰留了下来？

从真正博物馆的意义上说，莫斯科莫尔恰诺夫卡街上的托尔斯泰故居是我见到的最好的故居博物馆。我写过这样一句话：作家在作品之外的部分在他的故居里。前提是，他的故居是否一切依旧？

如果什么东西都在那儿，曾经的生活就能呈现出来。

1882年秋天五十四岁的托尔斯泰在莫斯科买下这座房子，便从雅斯纳亚·波良纳庄园搬过来，只是夏天才回到庄园生活一段时间。

从房间使用上看，这里的一切几乎是庄园生活的翻版。二楼上一间最敞亮的房间用作客厅和餐厅，一间最"偏僻"的房间是托尔斯泰专用的书房，连书桌前的椅子也和庄园那把一样——因近视要把脸凑近桌上的稿纸而锯短椅腿，至于其余六七个房间就是一家人大大小小的卧室了。

托尔斯泰三十四岁结婚，妻子索菲亚十七岁。他们生过十三个孩子，死了五个，包括一个只活到七岁、天性敏感、也是最被托尔斯泰看好的儿子；其余八个孩子都在这座房子里长大。托尔斯泰在这里生活了近二十年，中年时期一段充满家庭乐趣的人生应该就在这座房子里。

托尔斯泰在莫斯科这个家与庄园不同的是，庄园远在乡下，朋友若去拜访起码要用两三天；这里位于莫斯科中心，人们说来就来。当时托尔斯泰已著作等身，影响巨大，人又好客，常常盛友如云。从客厅的布置就可看出来。座椅很多，还有茶桌、棋桌、餐桌、钢琴；地上一张吓人的大黑熊皮，据说当年一头个头巨大的熊把托尔斯泰压在身下，险些要了他的命，多亏一位猎手救了他。事后托尔斯泰请画家给猎手画了像，现在这画像就摆在屋里，显然这都是为了给朋友们的聚会助兴而布置的。家庭里处处精心的布置与装点自然都是妻子索菲亚的事。

索菲亚是沙皇御医的女儿，年轻聪慧，富于活力，兴趣多样。能画画，善织绣，喜欢写作，热爱音乐，会裁衣缝衣；这座房里墙上有她的风景画，床上有她绣的线毯，屋里有她剪裁的工具与衣服，桌上还有她为托尔斯泰誊抄的作品。托尔斯泰写作的速度快，字迹潦草难认，特别是一次骑马摔伤手臂，自己写的字有时自己也不认得，就问索菲亚这些字写的是什么。他的稿子还总是要一遍遍地修改，有时一张稿纸上改的甚至要比写的还多，索菲亚就要一遍遍再抄，直到誊清。

除此之外，索菲亚还要承担家中一切家务，如购物、吃穿、理财、教育、孩子们的生活以及成人后的各种事情；波良纳庄园那边的一切一切也都要她管理与操心。正是她把现实中千头万绪生活的具体操作全揽过去了，才有这个家庭的踏实与美满。那时，在索菲亚的心里这个家庭无比美好，莫斯科的文化精英们大多是她家中的座上客，托尔斯泰还经常给朋友们朗诵作品，甚至弹琴演奏，大家高谈阔论，一边美酒美食。孩子们欢腾起来，就一条腿跨上楼梯扶手从楼上刷地滑到楼下。

然而，中年之后托尔斯泰的人生观与价值观发生了变化。他渐渐厌烦贵族们的寄生生活，同情苦难的底层民众。他在晚年的巨著《复活》中深深透显出自己这种负罪感，并希望家庭与过去彻底决裂。索菲亚不理解，也无法做到。她认为这是托尔斯泰的社会理想，在自己的家庭中怎么实现？托尔斯泰则认为他的家庭出现深刻的分歧，并为此苦恼和焦虑。晚年托尔斯泰精神危机的一部分转化为自己家庭的破裂。这样，这座房子里的生活与先前不同了，发生了巨变。欢乐成为无法挽回的过去。

晚年，托尔斯泰更多是到楼下打开后门，迎来他思想的崇信者进行交流。其结果，是不断加剧他与索菲亚观念上的对立。他女儿塔季扬娜说："父亲娶了一个十八岁的小姑娘，他塑造她，他的影响在她身上扎根。是他叫她乘坐头等车厢，在最好的商店为孩子们定制衣服。现在却要求他们像农民一样生活，为什么？这就是母亲提出的问题。"索菲亚要坚定保卫她的家庭与生活。

家庭矛盾无法破解，最后导致托尔斯泰痛苦地离家出走，并病死在外。

人们对索菲亚产生非议，说托尔斯泰出走的责任在于她不能放弃世俗生活。但也有人为她辩护，说一个文豪的女人必须要和她的丈夫有一样的思想高度和深度吗？她不能有自己的生活与家庭选择吗？托尔斯泰的宽容与人道精神为什么不能用在为自己贡献一切的女人的身上？于是，种种争议与非议一直缠绕着索菲亚，直到把她送离人间。她死后，《托尔斯泰夫人日记》（《索菲亚日记》）出版了，人们才渐渐平静地对待这个为托尔斯泰付出一生的非凡的女人。

索菲亚故去时，还做了一件伟大的事，她把她的家——托尔斯泰故居的一切完完整整捐给国家，留给后人；也将托尔斯泰真实的生命空间永远留在世上。能说她不理解托尔斯泰的价值，说她没有那种至上的境界吗？

明年是索菲亚诞辰一百七十周年，她的两卷本的传记刚刚出版，博物馆已经开辟一个房间介绍和纪念她，院里立一个牌子，上边有她的照片。还有她的几句话：

"我这一生活得很值得，也许将来有人想知道我是个什么样的女人。本来我会对上帝做一些有益的事，但命运把我和天才的、极其复杂的托尔斯泰紧紧联系到一起。"

人们总说伟人身后一定有个不凡的女人，但很少有人去认真关注这个女人。

2014.9

普希金为什么决斗？

黑河的决斗之地

圣彼得堡最令我关心的地方，就是普希金的决斗之地。尽管普希金为了爱情与尊严而与丹特士决斗的说法已成定论。但我心里还是隐藏着一个很大的疑团。我不相信发生在这样一位火一样酷爱生活和自由的诗人身上的悲剧根由会如此简单！

决斗在 1837 年 1 月 27 日清晨，地点在圣彼得堡近郊黑河边一块林间空地上。寒冽的大雪厚厚地铺在上边。丹特士在没有按照规定走到障碍物之前，突然回身给了普希金致命的一枪。鲜血染红白雪。

事情距今已过去一百六十年。

虽然这块"决斗之地"依然保持原貌，但已经成了市区的一个公园。远处的公路上小汽车成串地飞跑着。我们把汽车停在一条小道旁，下车穿过草地，直奔前边一片疏落的杂树林走去。一条干涸的小河床弯弯曲曲躺在地上，这大概就是当年著名的黑河了。但河床已经变得很窄很浅，长满野草，几乎快和地面平了，完全成了一种史迹。河床上远远近近还横着腐朽的木头，这大概是倾圮已久的一些老桥的残骸吧。幸好俄罗斯人没有把这个游客经常光顾的地方当作旅游资源来开发，才使得这里的一切都保持着历史的原生态。包括寂静的气息。

如今，在普希金和丹特士决斗时站立的地方，各竖着一块石碑。一样的灰红色的花岗岩石板，一样大小，两块石碑相对而立，很像他们决斗时的样子。我用步子量了量两座石碑之间的距离，正好九步。

当时，丹特士被中弹后的普希金还了一枪，但没有击中要害。他没有因决斗而死。他的石碑只是一种标志，只有姓名。普希金的石碑正面刻着：

"在黑河这个地方，1837年1月27日（新历2月8日），伟大的俄罗斯诗人普希金在决斗中受伤致死。"

石碑的背面刻着莱蒙托夫在普希金逝世那天所写的那首举世皆知的《诗人之死》开头的几句：

> 诗人死了！光荣的俘虏！
>
> 他倒下了，是为流言中伤，
>
> 胸膛里带着铅弹和复仇的渴望，
>
> 他垂下了高傲的头颅！

今天读起来，诗句中仍然激荡着难抑的悲愤之情。

此时是5月天气，两座石碑之间绿草如茵，开满了繁密的黄色的蒲公英和白色的野菊。这使我怎么也感受不到 1837 年决斗那天大雪过后肃杀的气氛。可是，当我身倚着普希金这边的石碑，朝着对面的石碑望去。阳光正巧照在丹特士那边光滑的碑面上，放射出强烈的、白色的、刺目的反光。使我恍惚间听到嘣的一声炸毁一切的枪响。

我脑袋立即冒出普希金死前最后的那句话：

"生命完结了！"

我始终琢磨着他这句话的意味。是一种崩溃一般的绝望，是彻底的摆脱，是灵魂快乐的升腾，还是一句生命的诗？

年轻时读《普希金传》，读到这一句时，我掉下泪来。

折断翅膀的飞鸟

其实普希金的悲剧在他中学毕业时就开始了。

读一读他在学校时写的那首名诗《致同学》吧。他高歌：

自由——
在我胸中沸腾！
一个伟大民族的精神
没有在我的身上打盹。

这年他十六岁。

一个天性敏感、坦白率真、容易激动、酷爱自由、充满反抗精神的人。但是，他走出皇村学校就进入了沙皇政权的外交部，充当一名十等文官。这一只原本自由的鸟没有飞上天空，就被关进牢笼。而他终身都没有离开沙皇的控制，一直到他决斗时中弹为止。

　　然而，普希金的心和他的笔始终是自由的。他抗议沙皇的残暴，颂扬自由，呼唤新生活的降临。这样，三年后他就惹怒沙皇亚历山大一世，被放逐到南俄，流放达六年之久。

　　1825 年，亚历山大一世突然驾崩。在激烈的宫廷斗争中，发生了十二月党人的起义。但起义被亚历山大的一个兄弟尼古拉残酷镇压而失败。尼古拉继位登极。

　　这时，普希金对尼古拉呈上《请求书》，请求准予他自由。应该说普希金这一步是错误的。虽然普希金不是革命的十二月党人的成员，但被捕的成员的身上差不多都揣着普希金呼唤自由的诗篇。十二月党人和他的社会理想是一致的。他怎么反倒对沙皇尼古拉抱有希望呢？甚至还幻想尼古拉推行改革，重视教育，并能像彼得大帝一样成为“开明而宽容的君主”。这是一种天真吗？据说尼古拉没有以煽动罪逮捕他，关键由于茹科夫斯基等人的说情。茹科夫斯基一方面是优秀的诗人，爱惜普希金的天才；一方面是宫廷的教师，维护沙皇体制。他主张尼古拉用怀柔之术将这位影响巨大的“精神领袖”普希金拉到自己一边。沙皇尼古拉听从了茹科夫斯基的意见，决定赦免普希金。

1826 年 9 月 8 日尼古拉召见普希金。他问普希金：

"如果你在圣彼得堡，会不会参加十二月党的起义。"

普希金坦率回答："一定会！我所有的朋友都参加了，我不会不参加。只不过因为我不在彼得堡，才幸免于难。"这几句话是典型的诗人的回答。

尼古拉对他说：

"假如给你自由，你能不能改变你的思想与行动？"

普希金想了想，点头表示应允。

当然，普希金并没有放弃他的社会理想，以及诗的真诚。他既没有背弃朋友，也没有把杰尔查文、茹科夫斯基作为自己的楷模。但是沙皇尼古拉给他定下一条比任何检查制度还苛刻的条例，即普希金所写的一切东西都要先由尼古拉皇帝本人过目。

这好比要折断鸟的翅膀！诗人的心灵被紧紧夹在沙皇手中巨大的铁钳里。

我在想，是普希金把自己送给沙皇的吗？如果说普希金对新登基的尼古拉抱过幻想，那么幻想都成了噩梦，因为沙皇尼古拉把十二月党人全部处以绞刑；如果说他为了获得写作的自由而做了妥协与让步，他真正得到的却是灭绝性的扼杀！

普希金的整个人生都是在沙皇严密的监控之下，他的一举一动始终在沙皇的视线里，他的信件常常被第三厅（沙皇的特务机关）偷阅。他没有行动自由，倘若没有沙皇的准许他是不能够随意离开彼得堡的。他一次次外出旅行的计划全都遭到了沙皇的拒绝，包括他访问中国的请求。

如果他的作品没有被沙皇"恩准"，是绝对不能发表与出版的。他的诗剧《波里斯·戈都诺夫》就是由于沙皇摇头而被搁置了六年。而那些没有出版和发表的诗篇，连在朋友中间朗诵一下都是不许可的。比如在一次军事审判中，由于从两名军官身上翻出普希金《安德莱·谢尼爱》中被审查时删掉的部分诗句，便立刻把普希金牵连到一桩很麻烦的案子中来。

我们无论怎样去想，也想象不出一个被严严实实捆缚着的灵魂是什么滋味。

波尔金诺的秋天

我在研究普希金创作年谱时发现，他最重要的著作都是在离开圣彼得堡时写出来的。主要有三次，这三次都是他创作的高潮期。

第一次是从 1820 年至 1825 年流放期间。他著名的长篇叙事诗《高加索的俘虏》（1821—1823）、《强盗兄弟》（1821—1822）、《巴赫切萨拉伊的泪泉》（1821—1823）等都是这期间写的。1823 年他一度被押送到普斯科夫省他父母的领地米哈伊洛夫斯克村，交由地方当局与教会监视。生活得虽然十分孤寂，身边只有童年时的老保姆陪伴着他。他的写作反而出现了高潮。他完成了长诗《茨冈》、诗体小说《努力伯爵》、历史剧《鲍里斯·戈都诺夫》等一系列重要作品，并着手来写他堪称俄罗斯文学经典之作的《叶甫盖尼·奥涅金》。这些作品奠定了他在俄罗斯诗坛至高至上的位置。

第二次是 1830 年 9 月，他去到父亲的领地波尔金诺村处理田产。正赶上瘟疫流行，交通阻隔，他蛰居于这个僻远的乡村里，却进入了所谓"波尔金诺的秋天"的黄金般的创作时期。他不仅写完了巨作《叶甫盖尼·奥涅金》，又写了《莫扎特和沙莱里》《石客》《瘟疫流行时的宴会》和《吝啬的骑士》四部小悲剧；童话诗《神父和他的长工巴尔达的故事》；还完成了《别尔金小说集》全部五篇小说——《射击》《暴风雪》《驿站长》《棺材商人》和《乡下姑娘》。在我们读这些诗和小说时，便会感受到他的灵感好似节日的烟火那样灿烂地迸发着，还有他的心境轻松、愉快、自由和玻璃一般的光亮透明。正是这样的心境使他如江河狂泻，在短短三个月完成如此大量的杰作。一旦诗人的心被松绑了，他会创造出多么伟大的奇迹来！

第三次是 1833 年。他准备写十八世纪布加乔夫起义的历史，需要搜集相关材料。他从沙皇尼古拉那里获得四个月的假期。但他所去的几个省却都得到密令，对他严加监视。10 月初，普希金提前结束考察，再次跑到波尔金诺村。这次他只有一个半月的时间，但他的收获更加惊人。在没有盯梢与偷窥的环境里，他的笔神奇地流畅，不但一口气完成了《布加乔夫起义史》，而且写出那部不朽的童话诗《渔夫和金鱼的故事》，翻译了波兰诗人密茨凯维支的两部长诗。还完成了他的两部晚期的杰作——长篇叙事诗《青铜骑士》和中篇小说《黑桃皇后》。

我们在其他作家中很难找到类似的现象。这现象几乎是一种奇迹。这是自由的灵魂与专制的控制苦苦斗争的果实。但也许正是在这种严酷的高压之下，他才会有这样辉煌、神奇和巨大的喷发。于是我们一方面看到自由的心灵飞翔时的优美动人，一方面又感受到诗人所承受的灵魂上的苦难。

"够了，够了，我亲爱的！"

然而，更深的苦难是从 1831 年开始的。

1829 年普希金在一次舞会上认识了"莫斯科第一美人"冈察罗娃·娜塔丽亚。他为她绝顶的美丽而痴迷。他不懈地去追求她而终于得到成功，他们转年订婚。1831 年 2 月冈察罗娃与普希金在莫斯科结婚。在结婚的典礼上交换戒指时，普希金的戒指突然掉在地上，同时手里的蜡烛又不可思议地熄灭了。普希金轻声对自己说："这可不是个好兆呵！"谁想到，后来发生的事真的把他这句话应验了。

冈察罗娃是在上流社会养育出来的女孩子。喜欢穿戴入时，珠光宝气，在豪华而盛大的场面抛头露面，制造魅力，不停地应付着男人们蜂拥而至的殷勤。但在普希金眼里这一切都是生活垃圾。

可是普希金爱她。对于他来说，与心爱的冈察罗娃结了婚，就是达到了幸福的极致。他说："我惟一的愿望是，这一切不再改变，我再也没有什么别的妄想了。"随后，他们在圣彼得堡定居，普希金仍回到外交部供职。冈察罗娃以她的美艳与聪慧很快成了圣彼得堡上流社会最耀眼的明星。无数爱慕者与追求者包围着她，这之中包括沙皇尼古拉。

普希金陷入一种困境中。在他的心中冈察罗娃是中心，但在冈察罗娃的圈子里却没有普希金的位置。当冈察罗娃与那些达官显贵们花枝招展地翩翩起舞时，普希金只是靠着舞厅的大墙或柱子，慢慢地饮酒，吃冰淇淋，消磨时光，一直等到舞会散场陪伴她回家。这种舞会常常要到凌晨三四点才结束，普希金天天都要等到这个时候。普希金因为爱她，为她忍受这一切。

但是在别人的眼里，普希金完全成了一个微不足道的男人，一个多余的人。

1834年的新年，尼古拉皇帝忽然下了一道命令，任命普希金为宫廷近侍卫。这个职务历来都由年轻人担任，尼古拉对已经三十五岁的普希金的"恩赐"便成了一种侮辱。这表明尼古拉把这个捏在手心里的诗人完全不当一回事了。而这一任命还有更深的不可告之的目的，就是方便于冈察罗娃随时出入宫中，使沙皇自己有更多的机会与冈察罗娃见面。对于这深一层的意图普希金心里是明白的；冈察罗娃也明白，她却为此而高兴。因为，冈察罗娃对普希金的写作没有兴趣，她的全部心思都在流光溢彩的舞会上。

普希金最渴望的是逃出圣彼得堡。因为圣彼得堡使他厌倦、恶心、心情败坏、疲敝之极，什么也干不了。他在给冈察罗娃的诗《够了，够了，我亲爱的！》中写道：

够了，够了，我亲爱的！心要求平静——
一天跟着一天飞逝，而每一点钟
带走了一滴生命，我们两人理想的
是生活，可是看那——很快我们就死去。
世上没有快乐，却有平静和自由；
多么久了，这些一直使我梦寐以求——
唉，多么久了，我，一个疲倦的奴隶，
一直想逃往充满劳动和纯洁的遥远的他乡。

他一次次申请外出，都没被获准。1834年夏天和1835年夏天，他两度写辞呈，想回到乡下去生活和写作，但遭到尼古拉的怒斥。1835年秋天，他设法去了一趟米哈伊洛夫斯克村。他希望再获得一个"波尔金诺式"的创作黄金期，但是这次他竟然一无所获。他感到没有灵感，无法安静，笔管艰涩，心灵好像已经枯竭！他没有想到，圣彼得堡的垃圾生活已经快要榨干了他！

据说，普希金常常一个人在他圣彼得堡的书房里，痛苦地呼叫着：

"忧郁呀，我郁闷呀！"

为了心灵的自由

1836 年是普希金艰难的一年。

冈察罗娃除去给普希金生孩子，对普希金的精神痛苦视而不见，完全漠不关心。她甚至没有一次陪同普希金去到乡下的米哈伊洛夫斯克村。而她奢华的穿戴与开销使得普希金难以承担。这时普希金还不过是个九品文官，年薪五千卢布。还要承担四个孩子的家庭。而冈察罗娃个人每年就需要至少两万卢布。他欠债累累。服装店、车行、杂货店、书店的伙计们常常上门要债。普希金想以此为理由，提出辞职，要离开彼得堡。沙皇尼古拉依旧拒绝了他，答应借款三万卢布给他，还要在他薪金中扣除。

经济困窘是他很实在的一种压力。

普希金一直抱着一个文学愿望，就是办一家纯文学杂志，将俄罗斯的文学精英凝聚起来。这一时期，许多优秀的作家从文坛崛起，这些年轻人很需要支持。1836 年 4 月普希金获准主办《现代人》杂志。他兴致勃勃地邀请比自己小十岁的果戈理加入编辑部的工作。但事与愿违。当时文坛风气并不好，批评界矛盾重重；像他这样非常情绪化的诗人也很难办好一份事务性很强的杂志。《现代人》办得并不景气，这也加重他已然很糟糕的心境。

1836 年他母亲去世了。他一生敬爱他的母亲，这对他打击很大。他亲自护灵，将母亲安葬在米哈伊洛夫斯克村圣山大教堂的墓地里。在母亲坟墓的旁边，他还为自己购置了一块墓地。他为什么这样做？是为了死后永远陪伴自己的母亲，还是已经准备逃离这个世界？他在等待着一个死亡契机么？

1836 年夏天以来，关于冈察罗娃的绯闻已经沸沸扬扬。一方面是尼古拉的穷追不舍，一方面是法国军官丹特士对冈察罗娃公开而露骨的追求。丹特士长得英俊潇洒，舞跳得帅，口才又好，冈察罗娃对这位浪漫的法国人也同样抱有好感。于是上流社会种种暗中的讥讽与尖刻的嘲笑就落到骄傲的普希金身上。特别是那些曾经被普希金的讽刺诗嘲弄过的人物，趁机恶言恶语中伤普希金。这一切普希金完全知道。但他深爱着冈察罗娃，依然默默忍受着。

1836 年 11 月普希金收到一封匿名信，公然称普希金是"乌龟团长"。同样的信也寄到普希金的朋友们的手中。丑化与诽谤成了一种社会新闻。盛怒的普希金好像突然找到一条出路——按照当时的俄罗斯男人们解决纠纷的习俗，决斗是不可避免的了。

从事情的表面看，丹特士对冈察罗娃的死死纠缠不可能使事态得到缓和，普希金必然以决死的态度捍卫自己的尊严。从更深层来观察，却绝不仅仅由于这种戏剧性的情仇。

据说在普希金接到丹特士的应战书之后，心情立刻变得平静下来，好像一件大事终于可以了结。而接下来他对决斗竟然没有做任何准备，到了转天决斗之前他还没有助手。直到丹特士的助手找上门来，他才跑出去，在大街上把碰巧遇到的一个皇村学校的同学丹扎斯像抓差那样拉来做自己的助手。而且叫丹扎斯帮他买一把枪，他自己则拿起一本书阅读。他是要去决斗，还是等候着期待中死亡的来临？

在他中弹后躺在家中时，朋友们要去与丹特士决斗，为他复仇。他反而说："不要去，要讲和，讲和。"难道他很乐于接受仇人射来的这颗子弹吗？

他还对冈察罗娃说："不要因为我而去责备你自己。这件事只与我个人有关。"这句话不单单是安慰冈察罗娃，还表明决斗之举的根由来自他个人的非常痛苦的难言之隐。

在他停止呼吸之前，他断断续续说了许多话，其中有一句话最重要。他说：

"这个世界上没有我活的地方。我一定要死的。显然，不应该这样。"

从上述这些细节，我们可以认定普希金的决斗是他走出困境惟一的选择。晚期的普希金被困难重重包围。他没有自由，受尽屈辱，经济困顿，事业受阻，才情衰退，心灵枯索。他被黑暗严严实实包在中间，看不到一点光明。当现实被黑暗堵塞，死亡往往被误认为是光明之所在。

据说，普希金与丹特士决斗的事，第三厅和尼古拉皇帝全都知道，但没有人出面制止。普希金中弹不正是他们的愿望么？

在莫依卡河畔的普希金故居，我看到这位伟大的诗人生前的真实的生活境况。在他仅仅占有楼房一层的几间屋子，不过是简简单单一个"九等文官"家居而已。看上去还算舒适，对于普希金却一如牢笼；他终生在监视下生存，也在监视下写作。但普希金留下的诗歌，没有一行是向皇帝示乖的、讨好的、逢迎的；他的身体被捆满绳索，他的心灵更渴望自由。这种自由被他写在每一行催动人心的诗中。这使我想到莎士比亚在《哈姆雷特》里的一句话：

"就是把我放在火柴盒里，我也是无限空间的主宰者。"

为此，普希金离去了一个半世纪，却依然受到人们的虔敬与尊崇。他一生都被钉在自由的十字架上，浑身流着血，但从不放弃自由的高贵与自由的尊严。

在生命最后的一年里，他写了一首《纪念碑》。他骄傲又激情地写道：

> 不，我不会完全死去。在庄严的琴弦上，
> 我的灵魂将越过腐朽的骨灰永生。
> 我的名字会远扬，哪怕在这月光的世界上
> 仅留传着一个诗人……
> 我将被人民喜爱；他们将永远记着
> 我的诗歌所激起的善良的情感，

记着我怎样在这冷酷的时代歌颂自由

并且号召同情那些倒下的人。

现在我明白了，他的决斗实际上是一种自杀。自杀也会是一种伟大的举动。因为他自杀的目的只有一个，就是让心灵更自由。

2002.7

梅里霍沃契诃夫的写作小屋

我看过一帧契诃夫在梅里霍沃的故居的老照片，一幢林间的尖顶木板房被风雪包裹着，那种荒寒又深邃的气息，深深把我吸引。这成为我从莫斯科向南穿过大片森林和草原前往梅里霍沃的缘故。

然而——现在，在我面前呈现的契诃夫的这个庄园，却如同一幅展开的色彩光鲜的画。这是一座单层的简朴的木屋，看上去更像农舍，房间不大也不多，如今通过博物馆化，内部丰富又充实，神气活现地呈现出作家生前日常生活的景象。

1890 年作为医生却热爱写作的契诃夫长途跋涉，去到沙俄时期政治犯的远东流放地库页岛做采访，实实在在触摸到生活底层的残酷与真实，回来之后开始厌倦莫斯科的生活，他决定从事文学。1892 年他跑到离莫斯科七十公里之外的梅里霍沃村，从画家索罗赫琴手里买下这座带花园的房子，经过简单收拾便举家搬了进来。这房子位于梅里霍沃村的中心，现在仍在村子中间，只是已改作作家的博物馆了。

走进一扇小门，迎面的衣帽架上放着作家的呢帽与皮帽，都是契诃夫本人用过的，叫你觉得好像作家现在就在房子里边。第一间屋便是作家的书房，也是待客的地方；一张厚实的老式书桌是作家之所爱。据说作家一次在海外写东西，他说坐在别人的桌前写不出东西来。这种感觉我也有过，就像在别人家的床上会睡不着觉那样。床是安顿身体的地方，书桌是安顿灵魂的地方，所以说书桌更重要。

这书房中还有两件东西引起我的关注。一件是挂在墙上的医具箱。决心从事文学的契诃夫来到梅里霍沃村时，虽然不再职业行医，却还常常用这个医具箱给患病的村民看病。另一件是立在一面墙前的高大的书架，上边的书都是契诃夫读过的。其中不少书是他同时代作家的作品，如果戈理、托尔斯泰、陀思妥耶夫斯基，等等。在房间的墙壁上也挂着这些作家朋友的照片，如托尔斯泰、果戈理、普宁、柯罗连柯、斯坦尼斯拉夫斯基、高尔基，等等，照片上有相赠时的签名，也有他们在一起时的合影。在那个没有电话的时代，他们通过书信彼此联系。契诃夫住在梅里霍沃时每天都会寄出许多信件，也会收到不少书信，为此他建议在不远的洛巴斯尼亚村建立一家邮局，如今这个村已更名为"契诃夫村"，这个邮局也被建成一个上世纪风情异样的邮政博物馆了，里边还保留与契诃夫相关的一些珍贵的文物。

梅里霍沃的契诃夫故居博物馆中，最大的文物是后花园一角两层的尖顶木楼。作家即使在这个远离莫斯科的村庄里，常常也要躲到这个更隐蔽的小楼中，与世隔绝地写东西。小楼被围在浓密的花木间，一条折尺形的楼梯挂在楼外边；作家就在这个粗陋得如守林人的木屋里写下他大量举世皆知的名著，如《万尼亚舅舅》《海鸥》与《第六病室》。

他家其他的几间卧室，都很狭小，床也窄仄，但都温馨、舒适、唯美。他的妹妹玛丽亚喜欢弹琴，有绘画禀赋，各个房间极富品位的装点肯定都有妹妹的用心之作。作家父亲的房间处处摆放着各种各样美丽的干花，大概出自父亲对大自然的热爱。契诃夫的卧室相对简单也简洁，这可能与他原先做医生的习惯有关。卧房和书房之外，餐厅独占一间较大的房间，无论家具、餐具和装饰都更"隆重"一些，显示这个公共的、享受食物、兼做交谈的餐室在他的家庭生活中的重要。在欧洲的传统中，餐厅常常是家庭生活的中心。

契诃夫很喜欢在室外活动。喜欢栽植和收拾花木，喜欢在他房前的一个长形的水塘里钓鱼，还喜欢两只短腿的爱犬与他做伴。他在这里，不是贵族在自己的庄园中那样惟我独尊，他和村民关系良好。他是一个天性敏感、悲天悯人的人。作为作家他关切每个农民的命运，作为医生他会为每个上门来求医的村民治病。甚至还在当地为农民的孩子办了几所学校。

契诃夫在梅里霍沃度过人生后期的六年。1899 年，由于肺病复发，他听从医生建议搬到南方温暖的克里木半岛的雅尔塔生活。这期间父亲去世，他便到南方安家，搬家时将家中一些生活用品分送给梅里霍沃的村民。但他到了南方五年后便去世了，仅仅四十四岁。即使当时人的寿命较短，他还是一个英年早逝不幸的巨人。

他死后，房屋易主，生前的一切眼看着烟消云散。幸好妹妹玛丽亚明白契诃夫的历史价值与未来价值，早在二战前就想把梅里霍沃契诃夫花园中那个写作的木楼建成一个小小的博物馆。二战后，一位来到梅里霍沃生活的艺术家尤利·亚迪夫崇拜契诃夫，便与玛丽亚以及契诃夫的侄子谢尔格伊·米哈洛维奇·契诃夫合作，想方设法将当年散失的契诃夫的遗物一样样找到，终于使今天的博物馆充满了作家人生细节和丰盈的生活血肉，使我们至今仍然可以触摸到作家本人。

现在这座博物馆名为"纪念契诃夫文学特别保护区国立博物馆"。妹妹玛丽亚活了九十四岁，直到1957年辞世。感谢玛丽亚！

2014.9

医生契诃夫

莫斯科一条僻静的库图林花园街上，我找到一座侧面临街两层的红砖小楼，这里便是契诃夫一生中最重要的故居之一。在《契诃夫生命的四个阶段》一书所说的"第二阶段"居住和生活的地方，就在这里。

这次，我是先去梅里霍沃的契诃夫故居，然后到这里来的；而当年契诃夫是从这里搬到梅里霍沃的。现在身在这里"看"契诃夫，有点"倒叙"的意味。

1884年契诃夫在莫斯科大学毕业，获得了学士学位和行医执照后，曾住在莫斯科河边一座小房里。那小房看上去挺宁静，没想到到了冬天，房屋潮湿阴冷，他患上肺炎，便很快找到这座小楼。他来这里时，以行医谋生，所以门口挂着的一块牌子上边写着"契诃夫医生"。由于每天都要接待就诊的患者，治病行医，所以他在进门的房间里工作。现在这房间里陈放着药柜、处方、针管，都是契诃夫生前使用过的。一位被他治好的病人为了感谢他而赠送的一件饰有铜马的墨水盂，现在还摆在写字台上。

这个故居里的许多陈列都很珍贵，比如书信、照片与书稿的原件，还有契诃夫多才多艺的妹妹玛丽亚的画作与绣品。其中两个陈列在契诃夫文学人生中是起到关键性和转折性作用的。

　　一个重要陈列是在他的写字台上，立着三个小镜框，各放一张照片，一是作曲家柴可夫斯基，一是画家列维坦。他们都是契诃夫要好并相互欣赏的朋友。列维坦在二十岁之前就与契诃夫成为好友，还教契诃夫的妹妹画画。他们和契诃夫的天性中都有一种相同的伤感与悲悯的天性，天生气质相投。另一张照片很小，但更重要，是契诃夫的伯乐——作家格里果罗维奇。

　　那时的契诃夫尽管学医行医，常常有着"忍不住"的写作冲动。十九岁就开始发表短篇小说，并以记者身份，为一些小报刊《蜻蜓》《花絮》《闹钟》撰写幽默风趣的故事随笔，补助他的生活。他才思敏捷，写作快，量很大，在读者中有了名气；渐渐也写出一些严肃的作品，如《苦恼》《哀伤》《小公务员之死》《凡卡》等，这种作品更能彰显他文学的天才、人性的敏感和对生活深刻的洞察力。然而，一个人年轻时是无法认识到自己天资的，常常需要别人的肯定。一天他收到一位从圣彼得堡寄来的信，居然是大名鼎鼎的作家格里果罗维奇写给他的。信中热情称赞和肯定他的文学天才，并叫他珍惜自己，多写严肃的文学作品，不要把精力和才华消耗在无聊的小品的写作上，要为真正的艺术积蓄力量。这封信使契诃夫"受到震动"，"差点哭出来"，并在"自己的灵魂留下深深的印记"。由此他认识到自己，信心得到极大的鼓舞，从而确立起崇高的文学观，并开始将手中的听诊器换作了笔。现在，这位格里果罗维奇的照片就镶在一个镜框里，放在写字台上，显示了契诃夫对他由衷的感激与敬重。如果没有他那封信，契诃夫可能就是另外一种样子。

另一个重要的陈列是他远到几千公里之外的库页岛采访时拍摄的照片和书写的信件。

这次文学之旅使他深深认识到俄罗斯民族的精神之痛与底层的苦难。《库页岛旅行》一下子就从他笔中迸发出来了。真正的文学都是从时代的痛苦与黑暗的深处诞生出来的。契诃夫在库页岛真正找到了文学的意义。

如果格里果罗维奇使契诃夫认识到自己的文学才能，库页岛使他更深切地认识到文学的使命。天才承担起文学的使命，人类的文学史便有了伟大的契诃夫。待到他回到莫斯科，开始厌恶城市生活的庸俗与腐败。1892 年契诃夫决定离开莫斯科，从城市搬到农村，搬到大地深处——梅里霍沃生活与写作，开始了他真正的文学人生。

2014.9

儒勒·凡尔纳故居

同样经历的人往往命运不同：幸运与不幸。

亚眠比卡昂幸运一点，哪一点幸运？亚眠有儒勒·凡尔纳；昨天有，今天还在那儿。没人能告诉我凡尔纳的故居及大量家什是怎么躲过德军和盟军在这里的狂轰滥炸。

一座相当不错的临街的带塔楼的三层楼房，是儒勒·凡尔纳晚年的住所。作家的座椅、桌案、摆设、衣物、文具、手稿，全都如生前一样放在老地方。谁也没权利改换位置。记得我对国内一些地方为旅游"打造"名人故居时说过：故居不是布置出来的。

我的意思是，不能叫人感觉出它是"布置出来的"。最成功的故居是让人感到主人出门办事去了，一会儿会回来。

令我好奇的是，生活在如此常人般的环境里，凡尔纳是怎样写出那些天上地下、惊险奇妙和匪夷所思的故事？

记得三十年前翻译家王汶把她从俄文转译的凡尔纳的名作《气球上的五星期》送给我，我看后问她："凡尔纳做过船员吗？"

她笑道："即使做船员也没到过地心。"她是指凡尔纳的另一本书《地心游记》。

这个话题涉及作家凭什么写作，或者什么是作家的才气。

是想象，创造性的想象。所以契诃夫说："小说是想出来的。"

其实散文也是"想"出来的。

有人说更重要的是生活。生活当然重要，但生活只是作家的立足之地。不管你有多丰富和深广的生活，还是有限的，还是在你个人的圈子里。只有想象是无限的。写作的想象不是一般的胡思乱想，是创造性的想象，或者说想象的本身就是创造。

凡尔纳在这房子里生活八年，总共写了四十四部作品。现在还保留他一万两千部藏书。然而，他在三楼上那间极狭小的书房看上去更像一个小小的储藏室，书桌塞在一角，夹在小床和窗子中间。世界最不需要空间的是作家。音乐家至少需要有地方摆下钢琴，画家需要有地方摆下画案。可是我也看过最小的画室，在北京方庄吴冠中的家，只有一张单人床大小的画案，大约七十厘米高——吴冠中个子矮，他的画案不能太高。张大千个子矮，就是站在一个为自己特制的小木台上作画。吴冠中这画案周围墙上全是他作画时用笔甩上去的墨点彩点，除此再无他物。而作家所需的空间干脆就是自己的脑袋，不管多么恢宏的场面、无穷的情景、千姿万态的人物都在这空间里明灭与纵横。上帝创造人，作家创造人物，作家在做上帝做的事。上帝的空间是世界，作家的世界在自己脑袋里。我又想起《哈姆雷特》那句台词：

"即使你把我放在火柴盒里，我也是无限空间的主宰者。"

对于一个真正的作家来说，写作是一件神圣的事。

所以，他要听任自己，不准旁人强加。

2013.4

在莎翁故居看到了什么？

在来到莎翁故居前，我颇有点疑惑，我能看到什么？莎翁已故五百年，还会留下多少遗存？然而走进斯特拉斯福小镇却令我十分惊讶，在一片依旧是中世纪栅栏格式的街区里，莎翁出生的老屋、1574 年出生的登记册、去世时举行葬礼的小小的圣三一教堂、演出过莎翁剧作的剧院、克洛泊顿石桥，直到他父亲供职的镇政府的小楼，以及他家那些做铁匠、酒商、肉店、零售商的邻居与亲友的老宅，还都原样地保存在原地。这是谁的决定？怎么从来没人想去拆掉开发建楼呢？

我尤其喜欢古老的都铎式小楼。粗木结构的构架中间填上砖块与灰泥，这种建筑产生于十五世纪末的都铎王朝。现在国内狂拆民居者的一个理由是西方建筑是石头的，坚固易存；中国是砖木结构，很难保留；但同样是木架加灰泥与砖块的都铎式民居都已五百岁以上，现在还在使用。其中镇上保存最好的都铎老屋，便是静静地立在亨雷街上莎翁的"大房子"了。它如今已作为莎士比亚故居博物馆使用。在屋内可以看到莎翁父亲制作皮制品的小作坊，主厅、客厅、睡房和厨房。这里冬天很冷，人们既善于生火取暖又善于防火；童年的莎士比亚一度睡在父母床下特制的抽屉里。

莎翁故居的"展出"方式独特。两三位穿着当时服装的男人与女人"生活"在房间里，做些活计聊聊天，有时参观者多了，他们会即兴表演莎翁剧本的一个小片断或一段经典的台词。他们以这种方式把人们带进当时的生活氛围和莎翁的艺术里。

莎士比亚在这里度过童年、少年和一部分青年时代，结婚生子，走进生活。他十一岁时在这里亲身经历过一次国王豪华的出巡，从而诱使他对宫廷生活迷恋、神往和充满遐想，并直接影响到他日后戏剧创作的题材与生活。

这里的人至今还说五百年前他离开故乡，是由于他跑到镇外狩猎时误入了私人的领地，惹怒领地的主人挨了揍；他用一首讽刺诗报复，没想到这首诗广为传诵，招来更大的愤恨，为此躲到伦敦。然而，此时的英国和中国一样都已是戏剧的天下，致使潜在莎士比亚身上的戏剧才华得到惊人的释放。短短的十几年他写出三十九部戏剧杰作和大量的十四行诗。那时人的生命短暂。人生的阶段与今天完全不同。1612 年四十八岁的莎士比亚就翻过他的创作高峰。他返回到故乡颐养天年，四年后去世，当时不过五十二岁。

现今故居中他晚年的遗存并不多。毕竟事隔五个世纪，岁月太久，保存如是已不可思议。我们到哪儿还能找到关汉卿？而人家连狄更斯等人在莎翁故居窗玻璃上的签名还完好地保存着。

说到狄更斯，他应是莎翁故居保护的功臣。十九世纪四十年代这座房子一度无主，面临拍卖，狄更斯组织了许多活动筹集资金，才把它购买下来，并作为国宝修复。随之便是各界有识之士与本地热心人组成的基金会，发起了范围更广的保护工作，包括镇内外相关遗存，连同莎翁母亲与妻子安乡村的故居。保护修复的态度之认真使人钦佩，连故居院子里栽种的花草都来自莎翁的作品。

莎翁家乡的人如此珍视他，绝非因为他给家乡带来"知名度"和经济效益，而是真正知道他的价值。

莎翁故居之所以至今仍成为世界旅英游人的必往之地，是由于他的戏剧已成为人类共享的精神财富；他那些剧作——《奥赛罗》《罗密欧与朱丽叶》《哈姆雷特》《威尼斯商人》《李尔王》《仲夏夜之梦》《第十二夜》等四大悲剧四大喜剧至今还"活"在戏剧舞台上。文学史看似是以作家的名字连贯成的，实际上是永不褪色的经典串起来的。惟有经典才能穿越时空，所有文学和艺术都逃不过历史的检验。

我还想再提一下狄更斯。一个作家能够如此下力气去保护另一位前辈作家的故居，不正是表现着他对文学真正的热爱与虔诚吗？

2013.4

勃朗特三姐妹

自曼城往北一百多公里，在起伏的丘陵隐伏着一个原本平凡的小镇霍沃思，它便是勃朗特三姐妹的故乡。

三姐妹就在这里演绎出世界文学的奇迹。

母亲的早逝把孩子们留给父亲带大。父亲是乡村小教堂的穷牧师，收入甚少。但三个女儿和一个儿子以非凡的文学和艺术的才华，使他们的小楼色彩缤纷。读书、弹琴、画画、写作，还有愉快又充满想象的交谈。同时，又被贫穷死死纠缠着。

艾米丽和夏洛蒂都去做过当时低人一等的家庭教师；夏洛蒂为节省纸张，只能用很小的纸片写很小的字。现在故居里还保存着夏洛蒂一些写满了蝇头小字的纸片。地势较高的霍沃思冬天很冷，连取暖都成了生活的压力。夏洛蒂自制的厚厚的连腿袜套在她的房间里可以看到。夏洛蒂和艾米丽画得都不错，最有绘画才华的是排行老二的兄弟布朗威尔，他被宫廷肖像画师劳伦斯看重，但在一次失恋后堕入无度的狂饮与沉沦之中，不但前途无望，更加重了家庭的困境。然而就在这生活的阴影里，夏洛蒂和艾米丽分别写出使英国文学为之自豪的《简·爱》与《呼啸山庄》。从这两部书中可以感知她们心灵的苦楚与渴望。妹妹安妮也写出她的长篇小说《艾格妮丝·格雷》。

这兄妹几人命运的悲惨也是一种人间的极致。他们都没有活过四十岁。三妹艾米丽去世之前患精神病，她活了三十岁；二弟布朗威尔死于酗酒与吸毒，二十九岁；大姐夏洛蒂婚后不到一年便死去，三十九岁；妹妹安妮猝死，年仅二十一岁。这一家人的命运是个不可思议的谜。

有人说霍沃思这地方的人大都短命，活过四十岁便是幸运。我在村中小教堂里去看勃朗特一家人做弥撒的地方时，教堂的神甫告诉我，致命的缘由来自饮用的河水。水由高而低，先流过教堂后边的墓地，墓地里死人太多，细菌太多，害人致死。可惜那时代没人想到这个根由。

一家姐妹三人全是杰出的作家，世上没有第二。在音乐上也只有这样一个奇迹，便是奥地利的施特劳斯家族。记得画家吴冠中一次对我说他决不叫儿子学画，他的道理是一个真理：艺术是没有遗传的；或者说，如果一个伟大的作家和艺术家在某处诞生，是因为上帝吻错了地方。

2013.4

关于简·奥斯汀

简·奥斯汀不是巴斯人，她在父亲退休后在巴斯生活了五年。关于奥斯汀我听了两种说法。一说她来到巴斯就喜欢上这个小镇，她的生活舒适悠闲，名作《傲慢与偏见》来自她个人对爱情的体验。她的惟一水彩画像出自兄弟卡桑德拉的手笔。

但是巴斯的奥斯汀博物馆的解说员却说，简·奥斯汀并不喜欢当时巴斯奢华和物欲的上流社会；这有点像莫扎特不喜欢自己度过了童年生活并才华崭露的家乡——萨尔茨堡。简·奥斯汀的生活甚至比较拮据，她曾得到姐姐的帮助。姐姐的感情丰富又敏感，她本人则较理性；她小说女主人公的情感与天性来自姐姐，理性缘于她本人；所以当时有人认为她的小说并非她写的，而是一位男性作家写的。她的小说《傲慢与偏见》也不是在巴斯写的，她1800年住到巴斯，而《傲慢与偏见》早在1797年即已完稿。她在巴斯所写的小说是《诺桑觉寺》。

尽管说法不同，但奥斯汀确实以她细致生动的笔触，通过小说——当然不一定是《傲慢与偏见》——留下了巴斯生活的血肉。城市以建筑证实历史，小说用人物与场景呈现历史。比如巴尔扎克的巴黎、狄更斯的伦敦、老舍的北京、陆文夫的苏州，等等。

记录生活和再现历史是小说的功能与价值之一。这种小说多用现实主义手法，但是当今现代主义占据了文学的主流，并力斥现实主义已经过时和"过气"，我们便很少能从当代小说中看到时代特有的影像和嗅到时代生活特有的气息了。文学和艺术变得愈来愈主观，随心所欲，尽显个性和充分自我，同时走向极端。任何极端的前边都是绝境。然而拯救文学的是重返现实主义，还是另一批天才与艺术新潮的出现？在艺术史上，天才总是会在谷底冒出来。

2013.4

剪纸与安徒生

　　世界上只有一个国家以作家为标志，这就是安徒生的丹麦——丹麦的安徒生。

　　这由于安徒生的童话世人皆知。或许有人说丹麦不光一个安徒生，还有美人鱼呢，但美人鱼也来自安徒生一个深切动人的爱情故事《海的女儿》。

　　与童话紧紧连在一起的国家是无限美好和充满魅力的。它叫人联想到纯洁、无邪、率真与童心。从人的"根"上影响人的还是童话，安徒生是影响着全人类的作家。所以丹麦人以他们的安徒生为荣，在这个国家几乎处处可以看到安徒生童话中的人物和他的自画像，还有一种用纸剪成的类似太阳神的头像——这是安徒生剪纸作品的标志，名叫太阳头。

　　剪纸对于中国人来说毫不陌生。它为人们喜闻乐见。人们拿它自娱自乐，多用红纸来剪，象征着喜庆。在许多地区的村落里几乎人人擅长。我国的剪纸用途广泛，题材丰富，技艺精湛，已被列入了世界文化遗产。

　　在欧洲也有剪纸，但与中国不同，通常称作剪影，主要是剪取人物侧面背光的影像，所以多用黑色的纸。欧洲的剪影追求逼真，虽然不剪眼睛，只是一个侧影，也能惟妙惟肖。我曾在巴黎塞纳河边，花五个欧元请一位街头剪影艺人为我剪头像。他取一片小小黑纸，手执银色小剪，站在我的一侧，边看我边剪，如画家画肖像，黑纸片在他剪刀间转来转去，须臾间即完成，笑嘻嘻递给我，竟连我也觉得酷似于我。

然而，安徒生不全是这种传统的欧洲剪影，有些很像中国的剪纸。在他的故乡欧登塞的故居博物馆里，我见到他的一些剪纸作品，看上去很像我国北方赫哲族和满族信仰类的剪纸，生动、随性、淳朴，形象还有些怪异，但这些形象并非神像，而是安徒生脑袋里蹦来蹦去的童话人物。

安徒生对剪纸爱到痴迷地步。他用来剪纸的剪子，剪刀较长，剪尖很尖，剪把是一对套指的铁圈，很像医生用的手术剪。他爱好旅游，出行时多半要把剪刀带在身上，以致曾经不小心被剪尖扎伤。

然而，剪纸并非只是他的一种艺术爱好，还是他童话的一部分。他常常在给孩子们讲童话时，一边讲一边剪纸。我国陕西、山西、河南和内蒙古等一些地方也是这样——边说边剪，随心所欲。

他剪纸是即兴的，讲的故事也常常是兴之所至，任意发挥；有时他用剪子把口中故事里的人物剪出来，有时他受到剪纸形象的启发，故事再讲下去就更生动更紧张更有趣。他让这些剪纸形象有声有色有个性有命运。这时，他的剪纸与童话的创作便浑然成为一体了。

依我看，安徒生的剪纸通常是把一张纸左右对折起来再剪，他只剪形象一边的轮廓，打开就是一个完整的形象；剪出一只眼，打开就是一双眼；所以他剪纸的形象大都是对称的。

有时他先把纸左右对折，再上下对折，进而又对角一折，剪出的图案上下左右相互呼应，十分丰富与热闹。记得我上小学时有手工课，学过这样的剪纸，把纸横竖折好，再剪出各种尖的、半圆的、菱形的花样，最后打开一看，会出现意想不到的一个十分美丽的图案。

安徒生为了叫孩子们感兴趣，所剪的形象大都是夸张的、变形的、有表情的，无论是厨娘、魔鬼、小丑、舞者、牧师、巫婆、海盗、皇后，还是天鹅、城堡、风车、磨坊、禽鸟、昆虫、花草，等等，全都是可爱逗趣，神气活现。因为，这些形象都是在安徒生讲故事时出现的，所以个个会笑会哭会说话。我想，当他最后把剪成的纸一打开，一准让在场的孩子惊喜万状。

安徒生启示我们，最生动的童话都是想象出来而不是趴在桌上写出来的。

俄罗斯作家契诃夫一次对他的女弟子阿维洛娃说："你递给我一只茶杯，我马上就用茶杯写出一篇小说。"接着他说了关于小说写作的一句"伟大的话"。他说："小说是想出来而不是写出来的。"

安徒生也说过类似的话："你在纸上点一滴墨水，把纸叠起来，朝四面挤压，就会出现某种图形。你要有想象力和绘画意识，画就出现了；你要是天才，就会有一幅天才的画。"

想象不是凭空的，有时要借助一些由头。

对于有艺术想象潜质的人，想象往往需要诱发，一种意想不到的刺激与启动。比方安徒生，这诱发常常来自剪纸。在对折和多折的纸上可以剪出意想不到的效果。你剪一双大眼睛，没想到打开后这双眼睛在哭；你剪一颗心，打开之后竟然在一个人身上出现两颗心；你在一个半圆的形体下边剪几条曲线，以为是太阳，打开后变成了一条傻乎乎游动的章鱼了。剪纸是可视的形象艺术，它可以直接唤起形象的联想。

尽管童话是用写作完成的，但构思与灵感却常常来自他的剪纸。所以，安徒生说自己"剪纸是写作的开始"。

这是我以前不知道的。我原先只把剪纸认作他的一种爱好，现在才明白，剪纸是他童话创作的一部分。当然他不是写作才剪纸，但剪纸唤起了他创作前期最重要的精神活动——想象。

有人说，安徒生一生留下的剪纸约一千幅。这显然不是他实际剪纸的数量。他生前剪纸都是随意、随性和随时的，不会刻意去保存；再说纸张日久变脆，难以珍藏，因此说，他剪过的剪纸至少还要多几十倍。如今，我们从他留下的剪纸上已经辨认不出哪个是"卖火柴的小女孩"，哪个是穿"新衣"的皇帝，也许其中不少剪纸故事没有写出来过，但安徒生的剪纸无疑是他文学世界与童话天地不可或缺的极重要的一部分。

安徒生真是一个独一无二的作家。

2012.10.7

天才的悲剧

　　诗人阿赫玛托娃就是苦难的化身，翻译家高莽称她为"苦难的十字架"；她的命运、她的心灵、她的诗歌全都充满苦难，这是缘自她忧郁又不羁的天性，还是时代性的悲剧？反正我们很少见到个人的不幸与政治的遭际双重地压在一个女人——天才的女诗人的身上。

　　她三次婚姻三次离婚。第一任丈夫是白银时代重要的诗人古米廖夫，他们在一起八年（1910—1918），由于性格冲突以及古米廖夫另有新欢而分开；第二任丈夫是东方学者希列伊科，他们在一起也是八年（1918—1926），因对方性情暴躁多疑而决裂；第三任丈夫蒲宁是一位艺术批评家，他们共同生活的时间较长（1926—1938），但最终还是由于意见相左而分手。阿赫玛托娃个性强，不会顺从任何人。如果仅仅由于性格相悖而分开倒不奇怪，最不可思议的是她三任丈夫都是她诗歌的反对者。诗人古米廖夫不认为她有诗人的天资；希列伊科嫉妒她写诗，不准她在朋友面前朗诵诗，还拿她的诗稿烧火；蒲宁也是时时贬低她的诗，在她谈论诗歌时打断她的话，故意伤害她，因使她在与蒲宁十二年的生活中诗作甚少。还有比践踏和伤害诗人高贵的精神自尊更可怕的吗？她几次婚姻为什么始终陷在这种怪圈里？这个纯私人的问题有点宿命的成分。

同时，她又是那个时代的受难者。诗人古米廖夫在"肃反"时被枪决，据说高尔基曾努力营救他，但没能成功。她儿子列夫由于思想"异端"，一次次被捕。她的诗作是官方不喜欢的。1925年中央政府正式决定禁止出版阿赫玛托娃的作品，这等于她的精神生命遭到枪决。更严厉的打击是二战刚结束的1946年联共（布）中央发布对阿赫玛托娃和左琴科进行全国声讨，公开辱骂她"半修女半淫妇""没有思想性"和"颓废"，将她开除出作家协会，直到1952年才平反。

> 我安然冷漠地用双手
>
> 把自己的耳朵捂住
>
> 免得让那些可恶的声音
>
> 将我忧伤的心灵玷污

能设身处地想一想她的真实处境与感受吗？

我读了许多她的作品和关于她的书。这一次访俄，特意要到她当年生活的空间里看看，感受一下。我知道圣彼得堡有她的墓地和一处故居。我的时间少日程紧，只能选择一处，我选择她的故居，这里是她与第三任丈夫蒲宁生活的地方，也是她被官方禁止发表诗作那一段人生最苦闷的时期。

今天晴天，不知为什么，一走进离涅瓦大街不远的里捷依内街，就觉得天暗下来，地上到处是黄色半枯的落叶。

阿赫玛托娃就住在一幢名叫"喷泉屋"的公寓楼，楼前是一个乱木横斜的"花园"，公寓太老了，已经很破旧，一如诗人当年住在这里的样子，而且现在里边还住着人，所以博物馆没有大字招牌，只有一小块的带着诗人头像的石碑嵌在墙上。她的故居在三楼，偶尔来的访者就像昔时的串门人。

她的公寓不大。朝南一排四间小屋，窗户上全是树影，朝北只是一条两米多宽的穿廊，一端是厨房，另一端堆着杂物，杂物中有书、破箱子、铁盒、旧衣服、纸筒、诗人自己绣花的一个靠垫；最使我注意的是一副滑雪板，莫斯科冬天的雪很大。

穿廊上两个小门，分别通着餐厅和书房。另两间小屋是卧室。一间卧室是她与蒲宁的，另一间是她与蒲宁离婚后暂住的。她与古米廖夫的儿子列夫一度寄宿在后边的穿廊上，也是从这里被抓走的。

阿赫玛托娃屋中只有简简单单几件家具，一张很矮的单人小床铺着黑色的床单，一个衣柜，一台留声机，一个立式的穿衣镜；她没有正式的书桌，只有张小方桌，上边放着几页诗稿和一本诗集。有人说她常在后边厨房的窗下写东西，还有人说她半靠在长椅上写作——因为几幅朋友为她画的写生，都是斜靠在长椅上，其实未必，写诗都是"随遇而安"的，诗人真正的书桌是自己的心灵。

再一件是在一个木制的画架上放着的她崇敬并做过研究的普希金的肖像。

博物馆工作人员告诉我，1925年后，为了惩罚她，一度撤掉她的购物证和医疗证，她的经济十分拮据，心情很糟。她偶尔写的诗，由于觉得不安全，便在桌上一个铜质的小烟缸里烧掉。工作人员还指着窗外不远的木叶遮蔽的地方，细看那里有一把黑色的铁椅，据说常常有秘密警察坐在那里盯着她的一举一动。

现在，博物馆在这把椅子上钉着一个铁牌，上边铸着阿赫玛托娃写过的一段文字：

"有人来过，说一个月不准我出门，但要求我不时站到窗前，为的是能从花园里看到我。他们在我窗下的花园里放置了一把长椅，有特务昼夜坐在那里值守。"

从窗里望着下边那把隐隐约约藏在树间的黑椅子，就能体验到当时诗人的心境了。正是这种心境，使我忽然想到她那首著名长诗《安魂曲》中的几句：

我呼喊了十七个月

召唤你回家

我曾给刽子手下过跪

我的儿子我的冤家

一切都七颠八倒，无法分清

今天谁是野兽，谁是人

判处死刑的日子

要等多久才能来临？

　　我知道她曾翻译过两位中国古代诗人——李清照和屈原的诗，我一直不明白她为什么偏爱这两位中国诗人。现在明白了，因为一位充满女性的敏感与忧伤，一位压抑着家国的悲哀与愤懑。她身上兼有这两种体验。

　　苦难出诗人，愤怒出诗人，压抑出诗人，欢乐只能唱出歌来。

　　于是我在博物馆的留言簿上写下一句话：

　　"个人命运的苦难和时代的苦难，都在她一生的悲剧中，也在她永恒的诗里。"

2014.9

别把高尔基放错地方

自从苏联解体后，好像很少看到高尔基了。在种种争议之后，这位"苏联文学之父""无产阶级革命文学的导师"现在在哪里？

老友阿列克陪我去到科学院世界文学研究所，也是李福清院士生前工作的地方，这座科学院曾被命名为"高尔基科学院"。现在名字没有变，院里仍竖着高尔基的铜像，楼里还有一个关于高尔基的博物馆。

这个博物馆在研究所大楼的一层，一连两间大厅，横着竖着放满玻璃柜，陈列着各种有关高尔基的文献，极其丰富、珍贵、详实，由于这个博物馆是学者建立的，严谨而确凿。它以文献为依据，用传记形式，逻辑清晰地叙述了高尔基的革命人生与文学人生。

高尔基与托尔斯泰等是同一代人，但他不是富贵人家，幼时丧母亡父，过早地辍学，一进入社会就流浪街头，博物馆墙壁上挂着一幅他青少年时期浪迹四方的路线图，实际上是他在社会与人间的底层磨难的轨迹。真正的文学不是写出来的，而是从心里——有的人是流淌出来的，有的人是被压抑出来的；他是后者，但被压抑的不仅仅是他自己，还有那个苦难的时代与人民。所以他的笔下没有《安娜·卡列尼娜》，也没有《脖子上的安娜》，都是被工厂的浓烟熏黑了脸的工人、衣衫褴褛的农民、被魔鬼般的命运压弯腰的底层民众。在那个时代很少有这样的文学人物出现在作品中，也很少有他这样的为生活的受难者代言的作家。所以他在专制者眼里一定是个不祥的人。

在博物馆的玻璃柜里陈列着沙皇尼古拉二世不准聘请他为科学院荣誉院士而亲笔写下的批示，然而他的作品受到了底层民众的欢迎。他特意出版了大量极简易廉价的版本，供给更多普通的读者阅读。这种书的封面只是一张粗糙的黄纸或灰纸，印上个铅字的书名而已。今天看来，如此纯粹的文学已经见不到了！

当时高尔基在文坛是一位深受尊敬的人。博物馆至今还保留着一只托尔斯泰为他儿子用纸折成的小鸟、契诃夫给他的信件、诗人勃洛克与他为建立小剧场而联合写的倡议书，还有他被流放到美国时受到海明威盛情款待的照片，以及众多作家艺术家与他书信往来的原件，都将当时真实的文坛情景毋庸置疑地摆在眼前。

十九世纪末，俄罗斯的知识分子对社会的关切是焦灼的、紧张的、充满担当精神的。他们对社会出路的看法并不一致。比如契诃夫，就不赞成渐进论和托尔斯泰主义，而主张更勇敢和迅速的斗争方式；但他死得早（1904 年），没赶上革命年代。而高尔基，由于他的身世、经历，以及他的心他的笔一直立足于底层，他才赞同和支持列宁的政治主张。博物馆保存着一些他被流放在海外期间与列宁交往的照片和史料，这种交好的往来缘自他们在社会理想上的知己。因此，在高尔基写出《海燕》后，得到列宁那么强烈的激赏。

"让暴风雨来得更猛烈些吧！"这也是列宁心中的呼声。

一个是作家理想主义的情感的呼声，一个是政治家要付诸实现的革命的呼声。

然而，那是一个政治历史风云复杂多变的时期，他从旧俄时代一个知识分子，经历两次革命狂飙，进入苏联斯大林充满政治思想斗争的年代。他非凡的文学成就和影响使他举足轻重，残酷无情的暴力革命又使他陷入怀疑、犹疑与自我矛盾。身在时代洪流与漩涡之中他既是主动的，也是被动的，时沉时浮；成也萧何，败也萧何。他几次被沙皇抓捕、入狱和流放，随后投身革命，写作大量鼓动革命的作品是必然的；一位人道主义的知识分子对革命暴力所持的抵触也可以理解；不过他在大清洗时代那句为虎作伥的名言"敌人不投降，就叫他灭亡"，就成为今天人们对他的人格争议的焦点了。

可是，高尔基文学博物馆并没有将这些负面的内容与争议放进去。所有陈列都是前苏联时代的旧制。也许还没有来得及修正，也许根本没想过变更。反正属于历史的人物，将来总还会有人来翻他的旧账。不过有一个事实还得承认，自 1936 年高尔基离开这个世界，再没有几个作家的笔如此深入地插在人间的底层。可别把高尔基放错地方。

2014.9

神奇的左手

关于画家歌德与画家雨果

　　有多种才能的人，由于种种缘故，其中一种才能得以施展，其他才能闲置不用，渐渐萎缩，即使偶有显露，往往也不被关注。就像右手压制了左手的发展。这是自己对自己的一种遮挡，一种偏废和扼杀。如果那种"左手的才能"也施展出来呢，是不是会更神奇？

　　法国南部卢瓦河边有一座小小的古堡，意大利画家达·芬奇生命的最后三年是在这里度过的。古堡里最奇特的展品是达·芬奇的一些科学发明，如飞行器、云梯、机锤、钢索吊桥、各种小工具和新式的大炮等。这些发明在今天看来既古老，又天真，又浪漫，可是对于十五世纪的科学技术水平来说，达·芬奇这些发明所表现出的想象力与创造性却非常的惊人。他在科学上的灵感丝毫不亚于在绘画方面！甚至叫我懂得，科学比艺术更需要灵感。然而，这个古堡的展览安排得十分有趣。地面之上的几层楼所展览的全是达·芬奇的生活与绘画。而他的这些科学发明却全部放在地下室里。难道这是有意象征着——他大放异彩的绘画天才把他科学的潜质埋没在地下了？

我有幸认识达·芬奇的科学才能是在他的故居。我说过，在"名人故居"总会有新的发现。我说得没错！这次我从歌德与雨果的故居，竟然分别得知他俩都是相当不错的画家！

歌德的故居在德国那个小而精的古城魏玛。它给我强烈的印象是这位德国文化巨人对意大利的狂热。凡是心灵中有"美术基因"的人，只要一踏入意大利，即刻会被煽动起来。歌德从1786年9月开始去意大利旅行，他的足迹从北部的威尼斯一直到南端的西西里岛，于是他被这个伟大的"美术的国度"彻底征服了，以至他大有"乐不思蜀"之意。他的旅行期限一拖再拖，竟然长达一年零九个月。直到1788年5月才返回魏玛。歌德回到家之后，马上干起一件十分狂热的事情，就是用他从意大利带回来的大量的雕塑、绘画、家具和工艺器物，把他的家装饰得完全和意大利一样！他房间的结构原本就很有趣，一间间串连一起，所有房门都在一条直线上，很像美术馆。他呢，就按照美术馆的样子，把每间房子刷成一个颜色，所有墙上挂满了大大小小的画，柜子上摆着雕塑与工艺品，从提香到贝尼尼无所不有。尽管这些雕塑和绘画大多是复制品，但从中穿过时，那感觉极像漫步走在意大利的梵蒂冈或乌菲齐那种艺术博物馆里。

过去，我只是从《歌德谈话录》中知道他热爱绘画，而且谈画谈得十分内行。这次在魏玛才更具体地知道，收藏和欣赏绘画是他重要的生活内容，亲自动笔画画是他写作之外经常性的艺术活动。他还兴致勃勃地把他自己的绘画作品也挂在墙上，放在他喜爱的这些意大利绘画中间。他当真把自己当作一位画家吗？肯定是这样！而在我看来，他的画，尤其是风景小品，水准非常高。这是一种钢笔速写或素描，加上一些水彩颜色，恬淡优雅，宁静安详，富于空气感。风景画最难画的是空气感，空气感远比空间感难以表现得多。而比空气感更高一层的是意境和品格。这完全要看画家的内心修养了。歌德的风景画的意境是一流的。还有，便是他的手法很多，有水彩，有油画，有版画，还有装饰画，技术的表现力很强。如果不是民族的苦难过于沉重地压在他的心上，我相信他一定会成为一个大画家。即使是现在的一些风景素描，也不比巴提尔和丢勒逊色。不要以为我夸大其词，不信拿来比一比。

谈到雨果，我想起当年读雨果的《悲惨世界》第二卷"滑铁卢"时，有几句写景的文字给我的印象十分深刻："门前草地上，倒着三把钉耙，五月的野花在耙齿间随意地开着。"我当时就想，这不是作家而是一种画家的思维。这种例子在雨果的作品里还有一些。雨果哪来的这种绘画思维？这次我明白了，因为他本人也是个画家，一个真正的画家。

在巴黎沃日广场的雨果故居的二层，几乎是雨果个人的绘画展。此前，我不曾知道雨果善画，所以起初我以为这是雨果同时代的一位画家的作品，大概由于内容上与雨果有什么特殊关系而挂在这里。当陪同的法国朋友说这是雨果本人的画作时，我感到非常的震惊。震惊的缘故是这些作品看上去非常强烈，有个性，技术上也完全称得上是出自一个职业画家之手。

　　雨果的画篇幅不大，大多为十六开到八开纸。他用铅笔、钢笔和水彩画笔（毛笔）和一种墨水似的黑颜色作画，此外他不再用其他颜色。这大概像中国文人画家那样——作画的颜色顺便取自桌案上砚台里的墨汁。雨果用的则是写作的墨水。这便使他的画看上去有点像中国的水墨画。他喜欢在棕色的纸上作画，这一来还有点像中国的古画呢。

　　他喜欢画古堡废墟，墙倾楫摧，荒村野岭，狂风恶浪，以及妖怪与神灵。这些画大都是他文学想象的延续。他的漫画人物几乎全像是小说的插图。他的技术非常纯熟，好像他天天都在作画，运笔的速度很快，水墨挥洒得自由又放纵，画面上有很强烈的氛围。他的画阴郁、浓重、迷惘、荒凉、古怪，而且有一种神秘感。神秘感是更难画出来的。像八大、徐渭、米罗、蒙克、马蒂斯的画都有一种神秘感。雨果的神秘感大概来自一个作家的心灵。因为作家所关注的事物总是具有神秘感的——无论是一种生活还是一个人的个性。还有一些主题，比如爱情、命运、生命、死亡以及地域文化等。如果没有神秘感，作家就失去了写作的欲望。这也是许多作家人老之后，大彻大悟，而写不出东西来的真正缘故。

　　故此，就本质而言，文学的魅力便是一种神秘感。

　　由于作家这种天性，雨果对遥远的东方兴趣极浓。他的三楼有一间茶室，他自称为"中国茶室"。这间用来款待朋友的小客厅，完全是他自己设计的。他用很多从中国舶来的物品装饰这间茶室。有家具、壁毯、神像、瓷器、琉璃、木雕、竹帘画和卷轴画。我认出，轴画为《三星高照图》，竹帘画上画的是《白蛇传》的故事片断，神像为浙江东阳一带的朱金木雕，瓶子应是乾隆民窑，素白釉的观音是定窑。房子中间摆着一座朱砂大漆瓶式古玩架，一看便知乃是清代早期物品。整个茶室为了强化东方情调，除去使用古老中国喜爱的颜色，如石青石绿、朱砂赤金，庄重又沉静，他还请人制造一些中国式图案的浮雕，挂在四壁。如神怪奇兽、珍禽异卉、杂技人物、博古器物，其形象都是神奇飘逸、雍容典雅，这便是那个时代（1840年以前）西方人对中国人的"社会集体想象"了。这种温文尔雅的想象与遥远的马可·波罗对东方的描述一脉相承，或者说是来自马可·波罗。但是到了1840年以后，西方人对中国的"集体想象"就变了。变成了亚瑟·史密斯《中国人之气质》那个样子了。

话说回来，雨果的"中国茶室"，同样体现了他绘画中那种对神秘事物的兴趣与关注。他的绘画的意义在于，他不是表现表面的视觉兴趣，而是叫我们逼真地看到他心灵里边的内容。只有好的画家才这样做。因为，真正的画家都是为了呈现自己的内心才画画。

一个有多种才能的人，如果他动用他所具备的第二种才能时，一定缘自于内心的渴望。因为，文字只能描述心灵，却不能可视地呈现心灵。惟此，雨果才用左手拿起画笔。

任何一种艺术都只能表现某一部分内容。文字写不出钢琴发出的瞬息万变的声音，也描绘不出调色板上那成百上千种色彩。所以，只有当我们看到了雨果、歌德、普希金、萨克雷、布洛克等人的绘画时，我们才更整体和深刻地了解他们。我所说的了解，不是指他们的才能，而是他们的心灵。

2001.6

文学大师们的另一支笔

俄罗斯经典作家的绘画

在圣彼得堡涅瓦河边俄罗斯科学院文学研究所内的一个小型的博物馆里，我获得一个"重大的发现"。这个博物馆叫作"普希金之家"。它珍藏着有关俄国古典文学大师生前极其宝贵的文物。从中我发现我所崇敬的那些文学大师几乎全和我干的事情一样：一手拿钢笔，一手拿画笔。他们都能画一手好画。有些还称得上名副其实的画家。这使我大吃一惊！

此前，我只知道普希金喜欢画画。他常在稿纸上信手勾画一些人物的面孔，还有一些零碎的形象。都画得随意、即兴和生动。但是这次我看到的画，却是出自莱蒙托夫、果戈理、屠格涅夫、茹科夫斯基、安德烈耶夫、列夫·托尔斯泰、陀思妥耶夫斯基、马雅可夫斯基等人的手笔！他们之中有的人居然还把绘画作为自己心灵生活乃至创作的一部分，在技巧上完全达到了专业水准。我回国后，把这一"发现"告诉给一些俄国文学的专家，他们听了居然也一样吃惊。甚至有一位还脱口而出："这不可能！"

应该说，即便是在"普希金之家"，这些画也并不是作为一种纯粹的艺术作品，而是作为作家留下的一种珍贵的遗物。它们和作家的书桌、文具、手杖、眼镜、外衣、怀表和水杯摆在一起。它被当作作家生命气息的载体——而不是心灵欲望的载体，它们只是从属于文学，并没有自己独立的身份与价值。

这实在有些不公平！这是出自多么荒谬的习惯：只承认你一种最突出的才能，其他的才能只作为一种附属，一种可有可无的资质罢了。是不是由于他们文学的成就过于巨大和辉煌，反而把自己的绘画才华掩盖了？长久以来在俄罗斯文学研究者的眼里，这些出自作家手笔的绘画，只是被当作对作家心理与性格研究的一种素材。它们不是被作为艺术品来对待的。

正为此，画艺高超的诗人马雅可夫斯基在一次填写履历表时，郑重地写上"艺术兼诗人"。而且是把艺术家放前边！这足以说明他多么渴望着自己的绘画能够得到公众的认可，同时也表示绘画在自己心中的分量。那么，我们能否从专业的角度来欣赏这些文学大师的丹青妙笔呢？

普希金

还是要先说普希金。

普希金大量的绘画是在他诗作的手稿上。每当他诗情洋溢之时，形象便在脑袋里缤纷地涌现，这是他独有的一种绘画状态。这很像中国的大写意画家，借酒助兴，画意勃发，泼墨于纸，形象立见。所以普希金的画大多画得很快，带着灵感。他的画是他瞬间形象想象的灵性记录。他最爱画人物——各种面孔和各种表情。别以为这只是诗人单凭兴趣的信手涂抹。这些人物有的是他的虚构，有的是现实中的人，他对这些人有爱有恨有讽刺有愤怒。这些人物是诗人在诗之外的一种表达。值得注意的是，绝大多数人物都是半侧脸的头像，而且全部向左侧。有人认为，这和写作时从左到右写字的习惯有关。但依我看，这正好说明他的绘画没有经过专业训练。因为，用侧面脸比用正面脸来表现一个人的面部特征要容易得多。而且他从来不用画笔作画，只用写作的工具——鹅毛笔和墨水来画。这表明他作画的欲望是被诗唤起的。然而，一个好的画家并不一定非要经过专业训练。普希金的线条灵活、流畅、自如、飞动，而且像中国画家所说的那样——"不求形似，只求神似"。他笔下那些面孔都既富个性，又具神情。他画的人比他写的人要多得多。

他最热衷的题材是自画像。画家只有在画自画像时才面对自己。画家们都很热衷于自画像，但普希金的自画像似乎画得太多。他这种侧面的自画像上百次地出现在他的诗稿上。他几乎随手一条线就能把自己突起的额骨与眉骨、坡度很大而前伸的尖鼻子，以及略略发紧的嘴巴画出来。他画自己的鬈发和向前卷起的络腮胡须时更是得心应手。尤其在画络腮胡子时，他常用鹅毛笔的鹅毛一端蘸上墨汁轻快地抹几下。这几笔之间，便神采飞扬。有人以为普希金这么爱画自画像，是由于自恋，我则以为这出自诗人自我的意识。诗都是以"第一人称"为出发点的。仔细去看，普希金这些自画像的神态并不相同。有的凝重，有的轻盈，有的阴郁，有的活泼，它们是诗人不同时间、不同环境和不同心态中的自己。1826年普希金由高加索流放归来时画过一连两幅的自画像，这两幅画像却明显不同。上幅似乎年轻一些，面孔光滑，目光纯洁，充满朝气；下幅好似经历沧桑，神情更加坚定刚毅，线条变得苍劲有力。据说这是他在与老朋友们重逢时，有人询问他经历了这一番挫折之后是否有了变化，他便画了这两幅自画像作为回答。

绘画是普希金一种表达方式。他手边的纸上经常出现妻子冈察罗娃的形象，那是因为他过深过切、无时无刻不在爱她。至于那些令他关切的事件（比如1825年12月14日起义），那些萦绕他心头的种种人物，以及他写作时的一些想象，都被他信手画在了诗稿上。故而，他的画大多是一些片段，乃至思维的碎片。列夫·托尔斯泰说他"用诗歌思想"，同样他也"用画思想"。他的线条是思维的痕迹，不是审美语言。他画中的美感乃是出于他的天赋。

在普希金留下的为数不多的单幅画中，有两幅是为他的小说——《别尔金小说集》中一个短篇《棺材商人》所画的插图。虽然还算不上是专业性插图，但它比任何画家都能传达出这篇小说里的意味，那种轻松的幽默中搅拌着辛辣的讽刺的味道。

没有人统计过普希金总共在诗稿上画了多少图画，我想数量一定相当可观。在圣彼得堡的普希金故居博物馆中，布展人员别出心裁地把他的这种带画的诗稿放大后印在黄色的胶片上，背后打上灯光，放在入口处，看上去优美之极也奇特之极。这种文字与图画自由地融混一起的景象，只有那种大段大段题跋的中国文人画才能相比，而且同样也是"诗画相生"。我想，这样的画在中国之外，惟普希金一人。

莱蒙托夫

在"普希金之家"最令我惊异的是诗人和小说家莱蒙托夫的画。他与普希金不一样，即使从苛刻的专业角度来看，他的画也具有很高的水准。

记得我曾在郑振铎先生 1927 年编著的《文学大纲》中见到过两幅莱蒙托夫的钢笔画。原以为只是一种随意性的小品而已，没想到这位世界级的文学大师在绘画方面如此才华横溢，不单题材极其广泛，各种体裁也应有尽有。他画素描、速写、水彩和油画，也画风景、肖像、动物、历史故事与传说，还有一些绘画与他的文学作品有关。比如他为生前未完成的长篇小说《瓦吉姆》的手稿所画的封面：数百个人物与繁复的情节，构成了波涛汹涌的广阔图景。生活与历史彼此交错，现实与幻想相互交织，惟小说才能有这样博大深广的包容。其中一部分画面可能就是那些尚未完成的章节。虽然是用毛笔与钢笔勾画出来的，但鲜活生动，纵横交错，信手拈来，气氛浓烈，很像一件宏幅巨制最初的草稿。

然而，真正的莱蒙托夫的绘画却是与文学无关的，完全是一种独立在文学之外的创作行为。

他用水彩与油画颜料所绘制的肖像是一流的。他能够深刻地刻画出人物的性格与情绪。他很少像普希金那样在手稿上作画，而只在画布与专门的画纸上作画。他传世的自画像就是一幅很标准的水彩画。在这幅画中，他画出了自己敏感的、幻想的、忧郁的气质，反而比其他一些名画家为他画的肖像更准确和更深入。这幅画被后世作为标准的"作者像"，广泛印到他的文学作品中。他的水彩画令人信服地表现出素描的功底。他用笔灵活又富于质感，色彩有层次，水的控制力极强。他喜欢画马，他留下的一幅水彩画的《马》，描写一匹受惊的马慌张欲奔的一瞬。这幅《马》在任何一位绘画大师笔下都堪称一幅杰作。

莱蒙托夫最出色的风景画是对高加索的描绘。他十一岁时曾随同外祖母去过外高加索，那里的崇岭深谷、雄山大川深深地打动了他。他以诗人的情怀感受到这些壮阔的风景是为了"自由的鸟儿"而存在。自此，他的一生及其许多诗都与高加索有关。直至1837年他为普希金之死而创作的诗歌《诗人之死》激怒了沙皇，又被放逐到高加索。在他心里，这个"荒野般的大地才是自由的国土"。这些思想情感被他写在诗中，也画在画中。

他画这些讴歌祖国风光的画作时，比起俄罗斯风景画的奠基人萨弗拉索夫和希什金还要早。面对这些画，我们真的惊叹这位诗人十分成熟的风景画技巧。为他处理宏大空间的能力而赞叹。我们还真切地感受到，他那些优美的色调里饱含着对高加索的崇拜。

可是具有如此文学与绘画杰出成就的莱蒙托夫一生短暂，他只活了二十七岁。

莱蒙托夫生于1814年，恰恰是第一次世界大战前的一百年；他死于1841年，又恰恰是第二次世界大战前的一百年。如果他活在二十世纪，也是一个没有战争的和平时代。

但莱蒙托夫是不幸的。他面对着俄国历史最黑暗的年代，生命极其短暂，并且充满挫折。但他留下了四百零一首短诗，三十三首长诗，三部戏剧，一部被俄罗斯人视为国宝的小说《当代英雄》。这部小说的人物和细节是看过一遍就永远不会忘记的。他的成就之辉煌不可思议。

别忘了，他还留下十五幅油画，五十一幅水彩画，大量的钢笔画——这当然远远不是他绘画的全部。而更重要的是一位莱蒙托夫绘画的研究者所说的一句话：

"他绘画的成就超过了他的文学。"

茹科夫斯基

在俄罗斯作家中最善于绘画的是诗人，而画得最好的是诗人之一茹科夫斯基。

我很幸运，今年正赶上茹科夫斯基去世一百五十周年，"普希金之家"为他举办个人专展。展品几乎倾尽所有关于茹科夫斯基的珍藏，使我得以一下子看到诗人这么多画作。这样的机会可能五十年才会赶上一次。

茹科夫斯基在当时俄国社会中是个特殊人物。他是极优秀的诗人，又在宫廷侍奉多年。先为保罗一世皇后伴读，后作为亚历山大二世的教师。从政治立场上，他自然倾向于保守，不赞成过激的革命行为；从诗人的立场上，他又很理解十二月党诗人们的起义。他利用自己与沙皇的良好关系，设法减轻沙皇对这些起义者的处罚。他还尽力帮助普希金、莱蒙托夫这些自由派诗人，为他们压力重重的境遇排忧解难。于是，一种稳重、端庄、矜持、平和和宽容的气质散布在他的诗与画中。

首先吸引我的是他那些用纤细和柔弱的线勾勒出的城市、乡村、山野、古迹、园林以及辽阔的自然风光。他只去勾勒事物的轮廓，不画内部的结构和质感，也不画光线的变化，但景物却具有立体感与空间感，这完全依赖于他那种看似平凡却非凡的线条的表现力。

应该说他是一位风景画家。他和莱蒙托夫不同，他不是绘画的全才。他所画的人物在风景中都很小，只有身形，没有面孔，很像中国山水画中的"点景人物"。有时人物非要摆在画面的前边时，他便只画人物的背影。连他为母亲画的肖像也是坐在桌前，面朝窗户，背对着我们，侧面的鼻子与眼睛也不画。他避开自己的劣势，而使自己的优势突出。

据果戈理说，他这种单线写生的速度很快，每次外出写生他都能画很多幅作品回来。果戈理很羡慕他。

在茹科夫斯基的时代，写生属于收集素材的一种手段，回到画室后还要加工创作。因而有时茹科夫斯基要将这些写生稿整理成水彩画或油画。比如《巴甫罗夫斯克宫的房间》，他就是在经过精心整理的线描画上加入水彩，他用冷静的蓝调子将这间十八世纪末的皇室画得清新优雅。他最优秀的作品是从高加索旅行回来时带回的八幅水彩写生。这八幅作品应视为俄罗斯绘画史的杰作。面对他这八幅作品，我想他在绘画史的位置应与他在文学史的位置一样高。

茹科夫斯基及其艺术，非常符合他宫廷教师的身份。他有渊博的知识、很好的教养，为人严谨平和，外表雍容文雅。无论诗画，都带着一种贵族气。他的画都很宁静、庄重、平稳、高贵。他曾经根据自己在高加索等地旅行的记录制作了一幅十分复杂的地图。从今天的角度看，这张地图也十分精确。他还为自己文学作品的全集画过"卷首插图"，所采用的是铜版画的样式。画得抒情、细致、考究并具有诗意。这些非凡的才能使得他在宫廷教师的位置上稳稳当当坐了二十五年之久。而反过来说，只有宫廷优越的条件，才使他多方面的才能都能均匀又充分地释放出来。

果戈理

果戈理对绘画的兴趣，伴随他的一生。早在 1823 年左右（那时他十四岁），他在别兹博罗德科公爵的涅仁高级科学中学学习的时候，就常常一个人拿着硬纸夹和彩色画笔，远离人群去写生。他十分珍惜那些最初的创作。他写信请父亲把那些画取走代他保存起来，而且要求父亲把画装在框子里，免得色彩在路上被蹭掉。他写信对爸爸说："请行行好，您是不会让这些名贵的画受到损坏的！"

他的绘画才能一直受到朋友们的夸赞。1836年普希金邀请他共同创办《现代人》杂志时，就是因为欣赏他的多才多艺。普希金也是画家，他俩在一起的时候，相互都为对方画过画像。普希金所画的果戈理照例是那种侧面像，线条十分简练，寥寥几笔却很有神采；既像速写，又像一种简笔画。

果戈理所画的普希金却有一些素描的成分。虽然他也抓住了普希金的一些特征，但是果戈理并不善于画人物。我在《果戈理传》上就读过他妹妹叶莉扎韦塔的一段回忆，说果戈理为她画过一张头戴睡帽的像。果戈理认为她的样子很可爱，但她要过画像一看，大失所望，认为"完全不像我"。实际上也是如此——果戈理很少在手稿上画人头像，更不画自己。他没有留下一张自画像。据说他当年在涅仁高级科学中学画写生时，更多画的是风景，而且是没有人物的纯风景。他尤其喜欢画风景中的建筑——人文景观。他热爱各种风格的建筑，倾倒于人类在不同地域、不同时期创造的琳琅满目的建筑美。他留下的画作中，有一些很像建筑师们画的草图。

因而在他的绘画中，惟有建筑写生才够得上专业水准。尤其他在意大利旅行时那些写生，能够用丰富而变化的笔触表现出那些经典建筑的华丽与厚重。他善于用"乱作一团"的线条表达那些建筑不厌其烦又无比精美的细节。

在他的右手不绝地去写出《狄康卡的近乡夜话》《五月之夜》《肖像》《密尔格拉德》《死魂灵》等伟大小说的同时，他的左手一直没有放下画笔，甚至还常常抱着画夹外出写生。

1839 年他在意大利旅行时，疯狂般地爱上了意大利的建筑。他称意大利是"第二故乡"。他给一位朋友写信说：

"我现在开始阅读罗马，上帝呵，尽管已经是第四次读她，还是有那么多感受……我现在有一个志同道合者。我每天都与茹科夫斯基出去，他也深深爱上罗马，到目前为止。我更多的是手握画笔，而不是写作。"

茹科夫斯基是俄罗斯优秀的诗人兼画家。他们既是文友又是画友。在茹科夫斯基返回到圣彼得堡后，他还是不肯走。他写信给茹科夫斯基说：

"我的颜料色已经备好，今天我要出去画上一整天。我真不想离开罗马，她太美了！有无数可画的对象。我不知道能否活到那一天——我俩再次一起出去画画。"

看，他对绘画有多强烈的激情！

果戈理还会做平面设计。

1842 年长篇小说《死魂灵》的第一部首次出版面世时，他为自己的书设计了封面，画面典雅、活泼、醒目，内容丰盈又谐调，线条精美又生动。这个封面很受出版商的赞赏而被采纳。果戈理既是那部名著的作者，又是那部巨作封面的设计者。这样的情况在世界上也没有几例。

屠格涅夫

第一次看到屠格涅夫的画，我不敢相信。我对"普希金之家"的馆长说："这确实是屠格涅夫画的吗？"

这位馆长笑了。她说："还需要再证实吗？"

如果认真去想，屠格涅夫确实应该是一位好画家。读一读《森林与草原》就会知道他对俄罗斯风景的描写具有画家一样的天赋，他甚至能准确地刻画出不同时间的光线里的白桦树皮是什么感觉，就像法国画家莫奈画的卢昂大教堂。他视觉的观察太细腻太精致了。然而，有很好听觉的人不一定能成为作曲家，有极佳视觉感受力的人并不一准成为画家。要成为作曲家或画家还需要专业修养和过硬的技术作为支撑。

屠格涅夫首先是一个绘画爱好者。他的一生都热爱艺术品的鉴赏与收藏。他也有过从事绘画的经历与愿望，据说他作画的兴趣开始于中学时代，后来在罗马他还拜一位意大利画家为师，心高志远地学习绘画。

他的画分作两部分：

一部分与普希金很相似，也是用写作的鹅毛笔在稿纸上勾勒一些人物的头像，也都是向左的侧面脸，也画自画像，画得也很传神。由于他不具备莱蒙托夫那种绘画能力，为了强调人物特征，往往由于夸张过分而把人物漫画化了。他笔下的这些人物形象，都是在写作时冒出来的。有的与小说有关，有的无关。应该说，这些画都出现在写作过程中大脑最活跃的时刻。

他的另一部分绘画，是他为自己小说所作的插图。比如《独院地主奥夫谢尼科夫》是他"超水平的发挥"，是一幅具有专业水准的插图作品。这篇小说是《猎人笔记》中的一篇。他在小说中这么描写这个人物：

"亲爱的读者，请想象一个年约七十岁的、又胖又高的人，面貌有几分像克雷洛夫，低垂的眉毛底下有一双明亮而聪慧的眼睛，风采威严，语调从容，步态迟缓，这就是奥夫谢尼科夫。他穿一件长袖子的、宽大的蓝大衣，纽扣一直扣到上面，脖子上围一条淡紫色的绸围巾，脚上穿着一双擦得很亮的有穗子的长筒靴，大体上看来像一个富裕的商人。他的手漂亮、柔软而白皙，他常常在谈话的时候用手摸弄自己的大衣的纽扣。奥夫谢尼科夫的威严和镇定、机灵和懒散、正直和顽固，使我想起彼得大帝以前时代的俄罗斯贵族。"

把他这段文字与插图对照起来看吧！他已经做到画如其文与文如其画。这表明作为作家的屠格涅夫对自己人物想象得太具体了。同时，也表明作为画家的屠格涅夫又能把它极其精确地刻画出来。而且，他这幅画用笔很洗练，概括力强，他有蛮不错的素描基础呢。

屠格涅夫没有画过风景。一方面，风景是需要一整套专门的技术的，一方面则是因为作家最关注的还是人。

列夫·托尔斯泰

在看到列夫·托尔斯泰的绘画时，我尤为欣喜，因为我一直巴望着这座世界文学的顶峰上出现绘画作品。结果我看见了。列夫·托尔斯泰果然也是一位绘画的热烈的爱好者和实践者！

列夫·托尔斯泰对艺术有极其广泛的兴趣，他喜欢音乐，自己也弹琴；热爱绘画，自己也动手画画。他在 1852 年的记事本中说他童年时期接受过绘画的训练。在他漫长与艰辛的文学生涯中，弹琴和画画都是他一种调节生活的手段，或是兴之所至抒发心灵的方式。

1873 年，他在致奥廖尔的诗人费特的信中说："知道吗？我现在在莫斯科开始学习雕塑了。我不期望成为艺术家，但这种艺术给了我许多快乐和教益。"

从这短短的几句话中，可以了解到他宽泛的艺术爱好。这也表明他的艺术目的没有任何功利性，完全为了心灵的需求。

当然，不想成为画家的列夫·托尔斯泰也是有自知之明的。尽管他的大脑精确而缜密，他的双手却不算灵巧。每每弹琴时，他的十个指头都显得笨拙与发僵。他的画也只是保持在一个绘画爱好者的水平上。有人认为他的画"很不高明"，其根据是他为英国作家儒勒·凡尔纳的《八十天环游地球》所画的那几张插图。可是这些画是列夫·托尔斯泰为孩子们画的。每每他为孩子们阅读作品——包括阅读自己的新作时，总会画一些直观的图画，好和孩子们沟通。这些为孩子们画的一种"图解"式的图画，并不能表现列夫·托尔斯泰的绘画水准。再比如他为妻子所作的画像也比较呆板，那可能是太认真、太刻意也太拘泥了吧！

列夫·托尔斯泰在高加索一带旅行的笔记中，有一些用铅笔画的速写倒引起我的注意。显然他对那里人物的视觉形象有强烈的兴趣。在这不多的速写中，他例外使用了绘画的一种功能性，即记录生活。而这些速写却最高程度地表现出托尔斯泰的绘画水平。他用幽默与嘲弄的笔法刻画了一个毕恭毕敬、惟命是从的下级军官可笑的模样。应该说，他的画传达出当时的见闻与感受。这种能力已很可观。再有他为那两个老人画的速写，使用了一些铅笔画的技巧。用笔很熟练，线条轻松，人物特征也抓得很准，还运用了表现明暗与体积的色块。

列夫·托尔斯泰的绘画真是可爱！他因为这些画而更可爱！

比起他的文学著作，他画的画十分有限，而且遗存更是少得可怜，但因此也就更加珍贵。

俄罗斯另一位叫托尔斯泰的作家——阿·托尔斯泰偶尔也作画。但他大大不如列夫·托尔斯泰。阿·托尔斯泰的画滑稽、稚拙、变形，很像儿童画，或是给儿童们看的漫画。但是这位卓越的作家对绘画的兴趣，也同样引起我们的兴趣。

陀思妥耶夫斯基

在绘画的心理意义上，陀思妥耶夫斯基表现得最充分。

他很少有单幅的绘画，基本上是与他的文稿混在一起。使用的工具也是写作时的鹅毛笔和墨水。这些画全是形象的"碎片"与"枝节"，它们与手稿中的文字内容好似有关，又似无关。比如在长篇小说《罪与罚》中，他的手稿中常常会出现两张脸，一张是年轻人的，一张是年老的。有人猜想那个年老的脸是屠格涅夫——因为太像屠格涅夫了。有人则认为是小说人物斯维德里盖洛夫。按写作心理的逻辑推测，作家在写作时，脑袋里萦绕不绝的只能是主人公，怎么可能冒出一个屠格涅夫？可是在陀思妥耶夫斯基的手稿中，有时会不着边际地出现一张怪脸，甚至一张妖魔的面孔来，而且无论如何在小说里也找不出根据来。

在陀思妥耶夫斯基手稿上最常见的绘画题材是建筑。但他与果戈理不一样。果戈理是痴迷于建筑的景观，他带着情感画这些建筑；陀思妥耶夫斯基画建筑是不带任何感情色彩的。他1838年曾在彼得堡军事工程学校学习过建筑史、设计与绘画，毕业后还在工程局从事绘图工作。他画的建筑更像当年的建筑草图。在手稿四处，他总是信手勾画出一些建筑的局部与细节：门、窗、柱头、券顶、墙饰以及建筑图案与花纹。这是不是他一种习惯或本能的涂涂抹抹？研究者发现到一个有趣的现象：他的小说《白痴》与《群魔》是在欧洲旅行中完成的，在这两部书的手稿中，大量出现的是欧洲常见的哥特式建筑；《卡拉马佐夫兄弟》写作于俄国的旧鲁萨，故而手稿上出现俄罗斯教堂特有的葱头状的圆顶。从这建筑样式的变化，可以看出地域环境对一个敏感的作家潜在的暗示性的影响。

陀思妥耶夫斯基另一个独有的艺术题材，是他对书法的迷恋。他说，他喜欢用尖而硬的笔写作，用质量精良的厚纸写作。在写作过程中，他要享受书写时笔尖运行的美感与快感。这种快感是书法带给他的。他的书法写得规范、精整、高贵，也飘逸。

在他的手稿上，有两种字，一种是普通书写的字，一种是作为书法的字。再加上他那些奇特、神秘、难解而迷人的图画，构成一种独特的意境。这莫名的意境只有在他的文学作品中才能有所感悟。

这是一种独特的陀思妥耶夫斯基的气息！

作家写作是一个复杂的心理过程与精神过程。这个过程三分之一表现在作品中，三分之一无法获知，三分之一在稿纸上。如果稿纸上出现了图像，那就有破译的可能。

马雅可夫斯基

在马雅可夫斯基身上真是诗画难分。他的诗在排行上追求视觉的形式感，他的画燃烧着诗样的激情。有时他还一下子诗与画并举呢！

马雅可夫斯基对绘画的兴趣与生俱来。在俄罗斯经典作家中惟一"科班"学习过绘画的就是马雅可夫斯基。1911年他考入莫斯科绘画雕刻建筑学校，受到了盛行于时的未来主义的影响。意大利诗人马里奈蒂在《未来派宣言》中声称："美存在于斗争之中。一件没有侵犯性的作品不可能是杰作。"为此，马雅可夫斯基的画风与其他古典大师的画风截然不同。他留下的油画《自画像》就是一幅未来主义的作品。

由于俄罗斯不像法国、意大利处于先锋运动的腹地，在历史进程中比欧洲艺术中心慢了半拍，也不那么锐利。因此，具有侵犯性的未来主义到了俄罗斯就变得比较折中了，往往还带着立体派乃至野兽派的痕迹。马雅可夫斯基的《自画像》就趋向于立体派的作品。但不管怎样，它在俄罗斯还是具有某种"侵犯性"的革命的意义。

他的画也受到野兽派一定的影响，粗犷美、本质化和原始感。他不注意细枝末节，而是一下子抓住事物的精神本质。他画的《列宾与茹科夫斯基》最具代表性。列宾于1915年夏天与马雅可夫斯基结识。诗人的诗给这位大画家印象深刻。列宾想为天才的马雅可夫斯基画一幅肖像。但在列宾尚未动笔的时候，马雅可夫斯基已经激情满怀地为列宾画了至少十幅肖像。比如《列宾与茹科夫斯基》中，他用了铅笔和毛笔两种笔来画。显然毛笔用在后边，为了加强与强调。画中铅笔的细线与毛笔的粗线相互交织，黑白色块相互对比，整个画面既豪放又和谐。尽管他做了极端性的夸张，也没有漫画成分。这是一幅杰作。

马雅可夫斯基在绘画领域几乎什么都干。他画油画、铅笔画、黑白画、速写、漫画、宣传画，也画肖像、插图、海报，设计过书籍封面，直到为剧院设计布置。他有过于旺盛的创造欲。他和莱蒙托夫一样，诗稿上是没有绘画的；他和莱蒙托夫不一样，是他不画风景，只画人。他是一位强烈干预社会的诗人。他的诗和画是那个动荡的时代与他个性相互激发下的产物。他是十月革命积极的拥护者与参与者。他用诗与画表达心声。

最具典型意义的作品是他为"罗斯塔讽刺之窗"所画的宣传画。他于1919年10月至1922年2月，参加"罗斯塔之窗"的工作。他创造性地使用一种方式，即简明的画面、诗句、单词、标点符号，口语化的题词，平面化和极简化的形象。比如工人、饥饿、酒杯、斧头、灾荒、臭虫、枪、旗帜、地球等，构成一种新颖的、鲜明和具有冲击力和感召力的宣传画，鼓舞人民支持前线，打击外国武装干涉。在这种画中，他借用俄罗斯传统版画的一些手法，也吸收了最新的艺术——电影的形式。最关键的是他使这种艺术最快捷地打入人心。因此，"罗斯塔讽刺之窗"被认为是马雅可夫斯基创造的二十世纪艺术世界中全新的文化现象。在俄罗斯作家中，只有马雅可夫斯基的绘画有如此广泛的社会影响和时代效应。

1988年莫斯科出版了一本别开生面的画集，名叫《俄罗斯经典作家画集》。其中收集从波洛茨基到马雅可夫斯基总共四十四位大作家的绘画作品。这部画集出版后引起广泛的关注。这些画也许人们在各地的作家博物馆、故居和相关的书籍中见到过，却不一定引起特别的关注。只有把它们放在一起，才叫人如受震撼一般感受到俄罗斯真是一个艺术上才华横溢的民族！

作家作画在古代中国原本是一件司空见惯的事。这因为中国人写文章与作画同样都使用纸笔墨砚。在造型上，中国画不追求"形似"，只追求"神似"，文人们可以不受物象的约束而自由发挥，故而文人画在中国的文坛很普遍。但在西方就不同了，写字与绘画的工具和材料全然两样，绘画的基础又是素描与速写，讲究解剖学与透视学，若要从事绘画必须先要经过一整套专业训练。这很难！

进一步说，中国人讲究触类旁通，崇尚琴棋书画兼能的通才，即使纯画家也要"诗书画印"样样精通；但是西方强调的是解析与分类，不推崇全能，因而各个艺术之间的"墙壁"就很难逾越。西方的解析性思维与科学的发展有密切关系。所以只有在西方的古典时期才能见到达·芬奇那样的跨学科、跨领域的全才和通才。

在俄罗斯，生活在十八世纪初的罗蒙诺索夫则属于这一类型的古典大师。普希金说他是历史学家、演说家、机械师、化学家、矿物学家、诗人与艺术家。他还是莫斯科大学的创办者。他创作的玻璃镶嵌画《波尔塔瓦战役》堪称是一幅艺术巨制。他使用的五彩缤纷的玻璃来源于他对有色玻璃的研究。然而他这幅大型的镶嵌画所描绘的战争场面之宏大、人物之多、色彩之灿烂与优美，令人惊异。个人的才能怎么会这样无际无涯？

现在，翻阅这部《俄罗斯经典作家画集》时，我们的感受与看任何纯画家的画集都是绝不相同的。这些用伟大的文学巨著与写作才华震惊我们的大师们，怎么会兼有如此杰出的绘画才能？我忽然想起俄罗斯作家协会主席加尼切夫对我说过的一句话：

"当上帝给你一种才能，一定还会给你所有的才能。"

这是一句俄罗斯的民间谚语，很耐人寻味。

我想，才能不是一种技术能力，而是对艺术的灵性与悟性。人对各种艺术是有通感的。那么从通感到"通才"并不是一件难以理解的事。

作家写作是用抽象的文字符号来描述形象。那么作家最想看到的就是直观的形象。我写过一篇文章叫作《绘画是文学的梦》，我还说"人为了看见自己的内心才画画"。为此，作家的绘画首先出现在稿纸上。比如上述的普希金、屠格涅夫、柯罗连科、陀思妥耶夫斯基、阿·托尔斯泰等，还有克雷洛夫都是这样。克雷洛夫手稿中的人物常常就是他寓言中的人物。当然这多半属于没有掌握一整套绘画技术的作家。

对于另一些作家，比如茹科夫斯基、莱蒙托夫、马雅可夫斯基、果戈理、安德烈耶夫、勃洛克，等等，他们有较强的绘画技能，甚至很高超，所以他们并不满足于把心中的形象随手画在稿纸上，而是在文学之外，另辟一片视觉的天地。关于安德烈耶夫的绘画，我只是在这部画集上才第一次看到。他的画色彩阴冷，意境怪异，与他文学作品中那种深切的感伤暗暗相通。他对色彩的敏感无异于对语言的敏感。我们看到了他的画，便会更深切地走入他的内心。

近二十年，俄罗斯文学研究者开始关注作家们的绘画。他们不仅把这些绘画作为研究作家创作心理与个性的素材，而且视为一种特殊的艺术现象。对于莱蒙托夫、马雅可夫斯基等人的绘画还作为美术研究的对象。当然，要做好这一具有交叉学科性质的课题的研究是困难的。这首先要研究者具有绘画的修养，以及鉴赏力与研究能力。所幸的是，多才多艺的俄罗斯不缺乏这种人才。一些兼通文学与绘画的俄罗斯文学研究者已经动手开垦这块"文化处女地"了。我们静心以待，期盼他们新的发现与新的成果。

2002.7.18

为李福清院士祈福

今年 9 月 7 日，我给远在莫斯科的李福清发了一封邮件，祝贺他八十寿诞，并告诉他为他选编的论文集快印出来了。他迟迟未有回复，使我担心起来，我知道他重病压身，心中暗暗祈求上苍帮他转危为安，能有什么奇迹在他身上发生。

"李福清"很像一个中国人的名字，汉学家都有一个中文名字，他俄文名字的译音是鲍里斯·里弗京。我结识他是在上世纪八十年代初，他自"前苏联"来找我。尽管他年长我十岁，那时还是很年轻。身子结实而有活力，下巴的胡子比墨还黑，探询的目光充满真诚，还有一种亲和感。由于近当代中俄非同寻常的关系，我这一代人与苏俄文学有种特殊的情缘，拿王蒙的话说"那时苏俄文学也是中国文学的一部分"。但此前我本人与苏联文学界不曾有过接触，头一次接触便情不自禁大谈苏俄文学；他却避开我的话题，反过来谈我的作品。没想到他对我写的东西竟然那么熟悉，而且已经翻译了我的小说。据说他把我那个凄苦又哀伤的短篇小说《高女人和她的矮丈夫》译成俄文发表在前苏联的《文学报》上时，使得"苏联读者"颇为吃惊。因为那时在他们的印象里中国当代文学是非常革命化的，昂扬乐观，一不怕苦，二不怕死，勇往直前，从来没见过"这么伤感的中国当代小说"。这样非同一般的读者效应，促使他在"苏联时代"就出版我厚厚的一本小说集了。

译者与作者的关系情同知己，我们的关系究竟有多亲近？有个小故事胜过许多描述。

八十年代后期，李福清去德国访问时，要从波鸿去往科隆，一时找不到合适的住处。在波鸿大学任教的德国汉学家马丁教授——也是做我研究、与我过从甚密的好友——对李福清说：你到科隆可以住我家，我的房子现在空着。李福清到了科隆已是深夜，他找到马丁那条街，却只记着马丁对自己房子的描述，忘了门牌号。他拿不准自己面前的房子是不是马丁的；他掏出钥匙试一试，居然打开了门，可是进了屋子开了灯，心里还犯嘀咕，怕弄错。忽然他看见桌上立着一个小镜框，里边照片竟是我的——

"呵，是冯骥才告诉我这房子没错！"李福清事后到中国来对我说起这件事时，哈哈大笑，眼睛闪着亲切的光。那意思像是说：瞧，我们的缘分！

而往后，我们的缘分更是非同一般，甚至可以用这四个字来表述：十分奇特！

三十多年来，我们可不是一动不动并立在文学这块土地上的两棵树，一起蹿枝长叶，开花结果，而是像一条江上并行的两条船，一同转弯，转来转去，始终没有分开过。

八十年代末，他把一本又一本对中国古典小说与戏曲研究的专著送给我时，我正一部又一部地发表我的文化小说。记得他每次来天津访我时，我都会陪他去沈阳道的旧书摊和山西路上一个书贩子家去淘书。我俩都喜欢清代民间木版印制的绣像小说。每当他翻到一本少见的小书时，脸上的神气好像带着很强的"饥饿感"；他常常是抱着一摞书，咧着胡须中的大嘴笑嘻嘻满载而归。待到九十年代，我投身到中国民间文化抢救时，他作为老一代俄国汉学大家、中国年画研究学者阿列克谢耶夫的弟子，对年画异常的酷爱及其学养派上用场。他几乎像一个志愿者，兴高采烈地加入到我们的年画抢救与学术整理中来。

应该承认，俄国学者比我们更早地认识到年画——这种岁时应用的花花绿绿木版画中极高的文化价值与艺术价值。从科马罗夫到阿列克谢耶夫——大约由 1894 年至 1907 年——他们在中国收集并捐藏到俄国一些博物馆的中国木版年画当以万计，而其中大部分在当今中国已无迹可寻。这批藏品是必须进入我们抢救范畴的。在我邀请李福清来整理这批珍藏在俄罗斯的珍贵的年画遗存时，他已年逾七十。他虽然身为俄罗斯科学院的院士，向例不要助手，独来独往，全凭个人。我担心他以一己之力，难以胜任。谁料他像是要实现自己一个夙愿那样，即刻开始工作。那两年他东奔西跑，反反复复游走于分布在俄罗斯各地的二十多个博物馆，翻遍馆藏中国年画的珍品，从中择粹取精，历时三年，终于完成这一巨型的工作。其间，使我惊异的是他筛选、考据、断代、确定产地、阐释内容的能力之高。这些方面不单需要年画学本身极深的修养，更要广博而又庞杂的文化学识。他几十年对中国历史、文学、戏曲、曲艺、美术、民俗等方面研究积累下来的功力，全都使用到这项工作中来。特别他为这部堪称"俄藏中国木版年画档案"而写的题为《中国年画在俄罗斯》八万字的长文，使我读过不禁发出感叹："当今俄罗斯，李福清之后谁是来者？"

李福清是位真正的学者。他治学精神几近疯狂，每次与他见面，他都会先掏出一张纸，上边写满了一个个要与你讨论的问题，还有许多大大小小的口袋，里边全都是要请你帮他识别的图片和底片，每张图片每个细节都得谈得明明白白才撂到一边。他深知"学问"二字的关键是"问"。因此，他在中国学界的朋友不厌其多。如果他与你讨论问题时，你对他说"晚上请你吃饭"，他会一边礼貌地说声谢谢，一边摆摆手表示没兴趣。他的全部兴趣都投在大得没边、深得没底的中国文化上。

汉学家的意义是，在你急着叫中国文化走出去时，他们已经把中国文化拿过去了。

为了中国文化，他一趟趟辛辛苦苦跑来数十次。他把多少生命时间放在来来回回长途飞行的航班上？

所以，我特别珍惜李福清。不单因为他是我多方面的知己、异国间情投意合的老友，更由于他在中俄文化交流上无可替代的作用。

在李福清八十岁之前的一年，我们就与南开大学的俄国语言文学教授阎国栋先生商议，今年秋天把李福清请过来，还要多邀请一些他在中国的朋友，为他做寿祝寿。为老者祝寿是中国的人文传统，我们想以此表达对他由衷的敬意，进而还策划了一本搜集了李福清多年年画研究的文集，专意用来为此举增色添花的。现在应做的决定是，不管他能不能再来中国一趟，我们都会如期出版这本书，如期举行祝寿会，为他祈福，天赐寿焉。

2012.9.22

司格林教授

不好的消息像流弹，忽然把你击中，你完全没有准备，只知道疼。

没想到在维也纳喝着当年的葡萄酒时，忽然一条来自圣彼得堡大学的短信从手机里跳出来：司格林教授骤然辞世。一时手机的屏幕好似灭了——变黑。

一个几十年里一直是活生生、好说好笑的人怎么突然没了？此前两个月还接到过他来自圣彼得堡的电话，谈的是关于我的散文诗集《灵性》的翻译问题。

记得我和他打趣。我说："我最短的一则，只有六个字。可不好译啊。"

诗比文难译，难上去至少三倍。这是谁都知道的事。

他马上回答我："我能叫俄国人读起来，就像中国人读你中文的《灵性》。"

我大笑。笑中还欣赏这位年近八十岁的老头儿依旧像小伙子那样好胜好强。这不正说明他生命力的依旧强盛？这自然叫人高兴。

记得最初认识他是上世纪八十年代初在北京的一次文学活动

中，地点忘了。却清楚记得是散会走出会场时，他从远处快速走来。一张随和的洋人面孔，一张口竟用纯正的北京话说：

"我叫司格林。是你好朋友李福清的好朋友。"

李福清是俄罗斯科学院的院士，汉学极好，也是我好几部小说的译者；而司格林这句类似绕口令的话好似炫耀他的中国话有多棒。的确很棒，还有幽默感；一句话就叫我见识到他的个性及其出色的汉语。

我笑道："你的北京话比北京人说得还好。"

他立即接过话说："因为我是老北京。"

我一怔，这话后边是他必定不凡的身世。再一问，原来他出生在北京，十六岁才回俄罗斯。我便说：

"中国民间对人的乡音有种说法，十五岁是一条'杠'，凡十五岁前离开老家的，乡音易改；十五岁后离开老家的，乡音难改，甚至要带上一辈子。"

司格林笑眯眯地说："你说这话我就放心了，我喜欢老北京。"

从这句话我听得出他对北京有多么深挚的情感与记忆。

此后我多次见他，他的开朗、亲切与好说话，使你与他相处有一种老朋友的感觉。我喜欢他给我这种神奇的印象：一张纯粹的老外面孔，和一口地道的老北京话。话中还时不时蹦出几句北京人智慧的土话与好玩的俚语，显示他对老北京文化透彻到几乎练达的功底。据说他还写过一本关于中国曲艺的专著。这样他的中国文化修养可就深不可知了。凭着这非同寻常的汉语及其文化根底，他做过戈尔巴乔夫的访华翻译，还参加过戈氏与邓小平的会谈。

但我一直没能与他有更深的交往。因为他没译过我的作品。译者与作者只要有过一本书翻译的经历，就是进入朋友间最高的层次——神交。我当然希望与他有这种美妙的关系。可是我听说他译过老舍先生的小说，译得颇合原作的味道。后来我还读到他用中文写的一本回忆录《北京我童年的故乡》。我深信，以他对老北京的偏爱，如果他想译一部中国文学作品，京味小说一定是首选。比方邓友梅或陈建功的。

然而进入二十一世纪不久的一天，我忽然收到一本打海外邮寄来的外文版小说，打开瞧竟是俄译本《俗世奇人》，译者正是司格林。这使我感到意外。我猜想他对这本小说发生兴趣是由于我所追求的中国文学的一种传统——令人叫绝的故事。可是这小说太天津味儿，天津味儿和北京味儿是两种迥然不同的味道，何况我又过分着力于语言上的"炼字"，他会译得怎样？然而我听到的精通中文的俄国人和精通俄文的中国人都说他的译本"极棒"。后来俄罗斯还出版了这本书的中俄文的对照本，以供俄国人学习中文，这就完全归根于司格林出色的译笔和他对中国风土人情的精熟了。

这样，2005年我访问圣彼得堡大学，见到司格林与之拥抱时，他便用那老北京腔热乎乎地说："太好了，我们的冯骥才来了。"我前边说过，一本书会使译者和作者成为神交的老友。

记得在东方系的座谈会上，司格林教授说："自从六十年代老舍先生到我们大学访问之后就没有中国作家来过，因此今天我很激动。"在座谈中，我还知道他们的学者都在默默致力于中国文学的研究，比如对沈从文和莫言。司格林教授的话令我心生歉意。为什么我们竟如此久违了中俄文学的交流，疏离了他们的汉学界？为什么我们曾经对苏俄文学那么狂热，而如今却像"一团粉丝"那样倾倒于欧美和"诺贝尔"？

　　这想法促使我经过两年努力，从上世纪吴椿所译契诃夫的《黑衣教士》和林琴南所译《罗刹因果录》为始，直至今天——这一百年俄国文学的中译版本中，寻找和挑选出一千种，办一个大型展览叫作"心灵的桥梁"，展示出一个世纪以来俄国文学走入中国长长一串的足迹。王蒙在会上说了一句颇有历史感的精辟的话："这些苏俄文学的中译本，也是中国文学的一部分。"那次活动，我还把中国的俄译名家和俄国重要的汉学家请来，用论坛方式进行交流。李福清、司格林还有高莽、蓝英年、顾蕴璞等都是主角。索罗金和草婴因身体缘故未能出席，应是遗憾。司格林的话题是"中国文学与俄罗斯读者"，他说由于"凡是想从中国文学了解中国的人首先要寻找已译成本国语言的译本"，所以他认为"翻译家对中国的文化与中国人的心理的研究才是最为重要的"。他所说的"翻译的最高境界是非技术的"，引起了中俄翻译家的共鸣。

　　当然，我想做的远不止那一次交流活动。我有那么多俄罗斯汉学界的朋友，可以共同做些事。但我从来没去想到我们的年龄有多大；充满活力的司格林还没来得及和我道个别——就匆匆走了。

他前几个月不是还在电话里对我说那本散文诗集《灵性》快译完了吗？我正打算今冬的一次国际文化论坛请他再来呢。

他不会再来，永远。

我在维也纳给圣彼得堡大学教授罗季奥诺夫先生发一份电邮，那是一份沉重的唁电，表达我对司格林的痛惜与怀念。后来罗季奥诺夫说，他在司格林的葬礼上念了我的电函，还替我献上一束白玫瑰。

我想，在葬礼上，白玫瑰也会流泪的。

司格林，我还能为你做些什么？我们的情谊和要做的事怎么才能延续下去？

2011.7.15

肆

朝圣，去乌尔比诺

先要自我吹嘘说一句：我们够勇敢的。

说这话的原因是，佩鲁贾可怕的地震刚刚过去半个月。两天前在威尼斯，韩美林约我在一所老房子里吃饭，忽然头顶上的大吊灯摇摆起来。不多时间网上有消息了，是佩鲁贾的余震。看来，佩鲁贾还没度过危险期，可是我们还是执意要去挨近佩鲁贾的乌尔比诺。

比这更严重的是，对于乌尔比诺，还有一次比佩鲁贾更可怕的地震，也在不久之前。那次地震是在阿马特里切，距离乌尔比诺更近一些。在那次山摇地晃中把一个因发明意大利面酱汁而闻名于世的古镇完全摧毁了。因此说，此次我们是带着一点冒险精神去往乌尔比诺的。为什么？因为乌尔比诺太有魅力了。它是一座中世纪的古城，一个文艺复兴史不能绕过的地方，而且整座古城是人类文化遗产；更重要的这里是伟大的画家拉斐尔的故乡，至今还保存着拉斐尔的故居。我对古代重要人物的故居情有独钟，因为"故居"总能给你一些特别的启示，一些与"故居"的主人生命相关的东西，这是你在其他地方很难看到和感受到的。可是很少有人去到乌尔比诺，因为它山多路远，去其他任何地方也不顺路。单是在路上就得吃一点苦头。除非像我们有非去不可的决心，我们像信徒那样翻山越岭也要去——朝圣。

从博洛尼亚直接南下，渐渐便进入亚平宁山脉层层的皱褶里，走了很长又曲折的路，司机乏了，跑一阵子便要到休息站喝一小杯很稠的浓缩的咖啡，振奋一下自己。我不想多去描述跑山路的滋味，等到我也感到困乏之时，忽然看到树丛中一段褪了色的、苍老又厚实的城墙，我兴奋起来，知道乌尔比诺到了。车子停在一个高处，好像在半山上。下了车，首先出现在眼前的是块小小的广场，中央矗立着石绿色拉斐尔的铜像。他高高地站在一个雕刻精美的白色大理石的台座上，一手执画笔，一手托着调色板，前额宽阔而发亮，目光专注向前，面孔英俊年轻。拉斐尔只活了三十七岁，他的雕像应该这样年轻。这尊雕像对面是一个小小的街口，走到街口一望，街面竟然直接倾斜向下。这条街至少二三百米，像滑梯那样伸延下去，地面铺着方形的小石块，由于历时久远，所有石块都像铁块那样乌黑锃亮。长街远远的尽头是一些老房子，看到的全是屋顶，原来乌尔比诺这座古城随山就势建在一个陡峭的山坡上。我们是从山上边向下进入这个古城的。

在这条又狭又长的古街中间靠右一边，有一座两层红砖小楼，窗框与门框镶着大理石，门上插着一对小小的意大利国旗，这便是我要来拜谒的拉斐尔故居了。1483年3月28日，伟大的拉斐尔就诞生在这座小楼里。这楼中有餐室、卧室、画室，一些古老的家具和生活物品，虽然极少是他家庭的遗物，多是公共机构和私人的捐赠，但都是他同时代（十五世纪）的老东西。其中一架烤肉机引起我的兴趣。烤肉的架子放在壁炉前，架子上串肉的铁杆是可以转动的，但不是用手摇动，而是通过链条连接到挂在墙上类似钟表的机械装置中。力量产生于一个很大的垂下来的石砣，好像挂钟的钟砣；它带动齿轮，通过链条来转动烤肉机。这架烤肉机是十五世纪乌尔比诺特有的厨房器具，它表明此地人在日常生活中已经聪明地采用机械物理了。

拉斐尔父亲乔万尼·桑提是受雇于乌尔比诺公爵费德里科的"宫廷画家"。乔万尼的画室就在家里，一些画师协助他工作。现在画室的墙上还挂着当时的一些作品。其中一幅是乔万尼画的《受难的圣塞巴斯蒂安》。画面饱满，色彩坚实，身上插满箭镞的塞巴斯蒂安人体结构非常准确，显示出他画技相当成熟与老到。他丰厚的收入使家庭的生活足够殷实。

拉斐尔长得英俊，天性聪慧，具有绘画的天分。这些潜质在父亲的画室里得到了滋育与发扬，很小的时候就能给父亲当助手了，他像莫扎特一样，是一个神童。

故居底层的一间屋子据说是拉斐尔的画室，粉刷得雪白的房间里空无一物，只在墙上有一幅一米见方的壁画，是少年拉斐尔与父亲合作的作品，画的是《圣母与圣子》。这件拉斐尔生平第一件作品——而且是原作——是故居引以为荣的"镇馆之宝"。壁画的画法还带着文艺复兴早期一些特点：蛋彩的画法，一些轮廓采用勾线，不强调光影，等等，这与他后来的厚重圆润的画法全然不同。圣母挽着头发，神情静谧安详，面露慈爱与温情；怀抱中熟睡的圣子娇嫩可爱，这些都鲜明地具有早期人文主义绘画的色彩，也显露出拉斐尔特有的宁静甜美的气质。这种气质在其日后擅长的圣母像中得到淋漓尽致的发挥。若说表现女性的甜美、优雅、恬静和柔和，恐怕没有任何一个画家能够超越拉斐尔了。

在乌尔比诺要想更深地了解拉斐尔，就必须去公爵宫看看。

乌尔比诺公爵费德里科是文艺复兴时期不能绕开的一个人物。他原是一员武将，在乌尔比诺有说一不二的权力，然而他酷爱文化。他像美第奇那样，狂热地收藏古籍图书和绘画作品。他收藏的中世纪文献、神学典籍以及但丁和薄伽丘的全部作品，如今都成了梵蒂冈的宝藏；他珍爱的大批极其珍贵的油画珍藏，大多还保留在公爵宫中。如今这座收藏着大量艺术品、雄伟又壮丽的公爵宫，已经成为"乌尔比诺马尔凯国家美术馆"了。

我到公爵宫除去看画，还想体验一下少年拉斐尔当年在这里的感受。拉斐尔很小就常随父亲、宫廷画师乔万尼到公爵宫来。受到这座城堡浓郁的文化与艺术氛围的熏陶。这种熏陶对小拉斐尔的气质与心灵十分重要。拉斐尔早年丧母，后来又失去父亲，公爵夫妇喜欢他的聪慧，一度收他为养子，叫他天天学习宫廷种种繁琐又苛刻的规矩。然而，心中装满自由想象的拉斐尔，受不了宫中的繁文缛节。他脱身跑到佩鲁贾，跟随大名鼎鼎的佩鲁吉诺学画，从而走上艺术的飞黄腾达。

尽管如此，拉斐尔还是承恩受惠于乌尔比诺的。应该说，他身上高贵的文化气息和艺术视野都是公爵宫和乌尔比诺给的。这个神奇的地方给予他的是一种根性的滋育与陶冶，使他聪颖的天性里吸足了美的乳汁。如果拉斐尔出生在另一个环境里，那就会是另一个拉斐尔了。

关于乌尔比诺，我还要记下一笔的是：

乌尔比诺是 1998 年被列入世界遗产的。联合国对它的评语很有意思："这个完整地保留中世纪历史的城市，缘于十六世纪以来的萧条和衰落而渐渐被遗忘。"由此我明白了关于遗产的一个规律：历史事物的保存常常有幸于被遗忘。可是一旦被发现，人们要做的是只有保护而不是"开发"了。

2017.1

最后的梵·高

1888 年 2 月 21 日至 1890 年 7 月 29 日

　　我在广岛的原子弹灾害纪念馆中，见到一个很大的石件，上边清晰地印着一个人的身影。据说这个人当时正坐在广场纪念碑前的台阶上小憩。在原子弹爆炸的瞬间，一道无比巨大的强光将他的影像投射在这石头上，并深深印进石头里边。这个人肯定随着核爆炸灰飞烟灭，然而毁灭的同时却意外地留下一个匪夷所思的奇观。

　　毁灭往往会创造出奇迹。这在大地震后的唐山、火山埋没的庞贝城，以及奥斯威辛与毛特豪森集中营里我们都已经见过。这些奇迹全是悲剧性的，充满着惨烈乃至恐怖的气息。可是为什么梵·高却是一个空前绝后的例外，他偏偏在毁灭之中闪耀出无可比拟的辉煌？

　　法国有两个不起眼的小地方，一直令我迷惑又神往。一个是巴黎远郊瓦涅河边的奥维尔，一个是远在南部普罗旺斯地区的阿尔，它们是梵·高近乎荒诞人生的最后两个驿站。阿尔是梵·高精神病发作的地方，奥维尔则是他疾病难耐，最后开枪自杀之处。

但使人莫解的是，梵·高于 1888 年 2 月 21 日到达阿尔，12 月发病，转年 5 月住进精神病院，一年后出院前往奥维尔，两个月后自杀。这前前后后只有两年！然而他一生中最杰出的作品却差不多都在这最后两年、最后两个地方，甚至是在精神病反反复复发作中画的。为什么？

于是，我把这两个地方"两点一线"串连起来。先去普罗旺斯的阿尔去找他那个"黄色小屋"，还有圣雷米精神病院；再回到巴黎北部的奥维尔，去看他画过的那里的原野，以及他的故居、教堂和最终葬身的墓地。我要在法国的大地上来来回回跑一千多公里，去追究一下这个在艺术史上最不可思议的灵魂。我要弄个明白。

在梵·高来到阿尔之前，精神系统里已经潜伏着发生错乱和分裂的可能。这位有着来自母亲家族的精神病基因的荷兰画家，孤僻的个性中包藏着脆性的敏感与烈性的张力。他绝对不能与社会及群体相融，耽于放纵的思索，孤军奋战那样地在一己的世界中为所欲为。然而，没有人会关心这个在当时还毫无名气的画家的精神问题。

在世人的眼里，一半生活在想象天地里的艺术家们，本来就是一群"疯子"。故此，不会有人把他的喜怒无常、易于激动、抑郁寡言看作是一种精神疾病早期的作怪。他的一位画家朋友纪约曼回忆他突然激动起来的情景时说："他为了迫不及待地解释自己的看法，竟脱掉衣服，跪在地上，无论怎样也无法使他平静下来。"

这便是巴黎时期的梵·高。最起码他已经是非常神经质了。

梵·高于1881年11月在莫弗指导下画成第一幅画。但是此前此后，他都没有接受过任何系统性的绘画训练。1886年2月他为了绘画来到巴黎。这时他还没有确定的画风。他崇拜德拉克罗瓦、米勒、罗梭，着迷于正在巴黎走红的点彩派的修拉，还有日本版画。这期间他的画中几乎谁的成分都有。如果非要说出他的画有哪些特征是属于自己的，那便是一种粗犷的精神与强劲的生命感。而这时，他的精神疾病就已经开始显露端倪——

1886年他刚来到巴黎时，大大赞美巴黎让他头脑清晰，心情舒服无比。经他做画商的弟弟迪奥介绍，他加入了一个艺术团体，其中有印象派画家莫奈、德加、毕沙罗、高更等，也有小说家左拉和莫泊桑。这使他大开眼界。但一年后，他便厌烦了巴黎的声音，对周围的画家感到恶心，对身边的朋友愤怒难忍。随后他觉得一切都混乱不堪，根本无法作画，他甚至感觉巴黎要把他变成"无可救药的野兽"。于是他决定"逃出巴黎"，去南部的阿尔！

1888年2月他从巴黎的里昂车站踏上了南下的火车。火车上没有一个人知道他的名字，更不会有人知道这个人不久就精神分裂，并在同时竟会成为世界美术史上的巨人。

我从马赛出发的时间接近中午。当车子纵入原野，我忽然明白了一百年前——初到阿尔的梵·高那种"空前的喜悦"由何而来。普罗旺斯的太阳又大又圆，在世界任何地方都见不到这样大的太阳。它距离大地很近，阳光直射，不但照亮也照透了世上的一切，也使梵·高一下子看到了万物的本质——一种通透的、灿烂的、蓬勃的生命本质。他不曾感受到生命如此的热烈与有力！他在给弟弟迪奥的信中，上百次地描述太阳带给他的激动与灵感。而且他找到了一种既属于阳光也属于他自己的颜色——夺目的黄色。他说："铬黄的天空，明亮得几乎像太阳。太阳本身是一号铬黄加白。天空的其他部分是一号和二号铬黄的混合色。它们黄极了！"这黄色立刻改变了梵·高的画，也确立了他的画风！

大太阳的普罗旺斯使他升华了。他兴奋之极。于是，他马上想到把他的好朋友高更拉来。他急渴渴要与高更一起建立起一间"未来画室"。他幻想着他们共同和永远地使用这间画室，并把这间画室留给后代，留给将来的"继承者们"。他心中充满一种壮美的事业感。他真的租了一间房子，买了几件家具，还用他心中的黄色将房子的外墙漆了一遍。此外又画了一组十几幅《向日葵》挂在墙上，欢迎他所期待的朋友的到来。这种吸满阳光而茁壮开放的粗大花朵，这种"大地的太阳"，正是他一种含着象征意味的自己。

在高更没有到来之前，梵·高生活在一种浪漫的理想里。他被这种理想弄得发狂。这是他一生最灿烂的几个月。他的精神快活，情绪亢奋。他甚至喜欢上阿尔的一切：男女老少，人人都好。

他为很多人画了肖像，甚至还用高更的笔法画了一幅《阿尔的女人》。梵·高在和他的理想恋爱。于是这期间，他的画——比如《繁花盛开的果园》《沙滩上的小船》《朗卢桥》《圣玛丽的农舍》《罗纳河畔的星夜》等，全都出奇的宁静、明媚与柔和。对于梵·高本人的历史，这是极其短暂又特殊的一个时期。

其实从骨子里说，所有的艺术家都是一种理想主义者，或者说理想才是艺术的本质。但危险的是，他把另一个同样极有个性的画家——高更，当作了自己理想的支柱。

在去往阿尔的路上，我们被糊里糊涂的当地人指东指西地误导，待找到拉马丁广场，已经完全天黑。这广场很大，圆形的，外边是环形街道，再外边是一圈矮矮的小房子，黑黑的，但全都亮着灯。几个开阔的路口，通往四外各处。我们四下去打听拉马丁广场二号——梵·高的那个黄色的小楼。但这里的人好像还是一百年前的阿尔人，全都说不清那个叫什么梵·高的人的房子究竟在哪里。最后问到一个老人，那老人苦笑一下，指了指远处一个路口便走了。

我们跑到那里，空荡荡一无所有。仔细找了找，却见一个牌子立着。呀，上边竟然印着梵·高的那幅名作《在阿尔的房子》——正是那座黄色的小楼！然而牌子上的文字却说这座小楼早在二战期间毁于战火。我们脚下的土地就是黄色小楼的遗址。这一瞬，我感到一阵空茫。我脑子里迅速掠过 1888 年冬天这里发生过的事——高更终于来到这里。但现实总是破坏理想的。把两个个性极强的艺术家放在一起，就像把两匹烈马放在一起。两人很快就意见相左，跟着从生活方式到思想见解全面发生矛盾，于是天天争吵，时时酝酿着冲突，并发展到水火不容的境地。于是理想崩溃了。那个梦幻般的"未来画室"彻底破灭。潜藏在梵·高身上的精神病终于发作。他要杀高更。在无法自制的狂乱中，他割下自己的耳朵。随后是高更返回巴黎，梵·高陷入精神病中无以自拔。他的世界就像现在我眼前的阿尔，一片深黑与陌生。

我同来的朋友问："还去看圣雷米修道院里的那个精神病院吗？不过现在太黑，去了恐怕什么也看不见。"

我说："不去了。"我已经知道，那座将梵·高像囚徒般关闭了一年的医院，究竟是什么气息了。

在梵·高一生写给弟弟迪奥的八百封信件里，使我读起来感到最难受的内容，便是他与迪奥谈钱。迪奥是他惟一的知音和支持者。他十年的无望的绘画生涯全靠着迪奥在经济上的支撑。迪奥是个小画商，手头并不宽裕，尽管每月给梵·高的钱非常有限，却始终不弃地来做这位用生命祭奠艺术的兄长的后援。这就使梵·高终生被一种歉疚折磨着。他在信中总是不停地向迪奥讲述自己怎样花钱和怎样节省，解释生活中哪些开支必不可少，报告他口袋里可怜巴巴的钱数。他还不断地做出保证，绝不会轻易糟蹋掉迪奥用辛苦换来的每一个法郎。如果迪奥寄给他的钱迟了，他会非常为难地诉说自己的窘境。说自己怎样在用一杯又一杯的咖啡，灌满一连空了几天的肚子；说自己连一尺画布也没有了，只能用纸来画速写或水彩。当他被贫困逼到绝境的时候，他会恳求地说："我的好兄弟，快寄钱来吧！"

但每每这个时候，他总要告诉迪奥，尽管他还没有成功，眼下他的画还毫不值钱，但将来一定有一天，他的画可以卖到二百法郎一幅。他说那时"我就不会对吃喝感到过分耻辱，好像有吃喝的权利了"。

他向迪奥保证他会愈画愈好。他不断地把新作寄给迪奥来作为一种"抵债"。他说将来这些画可以使迪奥获得一万法郎。他用这些话鼓舞弟弟，他害怕失去支持，当然他也在给自己打气。因为整个世界没有一个人看上他的画。但今天——特别是商业化的今天，为什么梵·高每一个纸片反倒成了"全人类的财富"？难道商业社会对于文化不是充满了无知与虚伪吗？

故此在他心中，苦苦煎熬着的是一种自我的怀疑。他对自己"去世之后，作品能否被后人欣赏"毫无把握，他甚至否认成功的价值乃至绘画的意义。好像只有否定成功的意义，才能使失落的自己获得一点虚幻的平衡。自我怀疑，乃是一切没有成功的艺术家最深刻的痛苦。他承认自己"曾经给一种不可抗拒的力量挫败过"。在这种时候，他便对迪奥说："我宁愿放弃画画，不愿看着你为我赚钱而伤害自己的身体！"

他一直这样承受着精神与物质的双重的摧残。

可是，在他"面对自然的时候，画画的欲望就会油然而生"。在阳光的照耀下，世界焕发出美丽而颤动的色彩，全都涌入他的眼睛；天地万物勃发的生命激情，令他震栗不已。这时他会不顾一切地投入绘画，直至挤尽每一支铅管里的油彩。

当他在绘画时，会充满自信，忘乎所以，为所欲为；当他走出绘画回到了现实，就立刻感到茫然，自我怀疑，自我否定。他终日在这两个世界中来来回回地往返。所以他的情绪大起大落。他在这起落中大喜大悲，忽喜忽悲。

从他这大量的"心灵的信件"中，我读到——

他最愿意相信的话是福楼拜说的："天才就是长期的忍耐。"

他最想喊叫出来的一句话是："我要作画的权利！"

他最现实的呼声是："如果我能喝到很浓的肉汤，我的身体马上会好起来！当然，我知道，这种想法很荒唐。"

如果着意地去寻找，会发现这些呼喊如今依旧还在梵·高的画里。

梵·高于 1888 年 12 月 23 日发病后，病情时好时坏，时重时轻，一次次住进医院。这期间他会忽然怀疑有人要毒死他，或者在同人聊天时，端起调颜色的松节油要喝下去，后来他发展到在作画的过程中疯病突然发作。1889 年 5 月他被送进离阿尔一公里的圣雷米精神病院，成了彻头彻尾的精神病人。但就在这时，奇迹出现了。梵·高的绘画竟然突飞猛进，风格迅速形成。然而这奇迹的代价却是一个灵魂的自焚。

他的大脑弥漫着黑色的迷雾，时而露出清明，时而一片混沌。他病态的神经日趋脆弱，乱作一团的神经刚刚出现一点头绪，忽然整个神经系统全部爆裂，乱丝碎絮般漫天狂舞。在贫困、饥饿、孤独和失落之外，他又多了一个恶魔般的敌人——精神分裂。这个敌人巨大，无形，桀骜，骄横，来无影去无踪，更难于对付。他只有抓住每一次发病后的"平静期"来作画。

在他生命最后一年多的时间，他被这种精神错乱折磨得痛不欲生，没有人能够理解。因为真正的理解只能来自自身的体验。癫痫、忧郁、幻觉、狂乱，还有垮掉了一般的深深的疲惫。他几次在"灰心到极点"时都想到了自杀。同时又一直否定自己真正有病来平定自己。后来他发现只有集中精力，在画布上解决种种艺术的问题时，他的精神才会舒服一些。他就拼命并专注地作画。他在阿尔患病期间作画的数量大得惊人。一年多，他画了二百多幅作品。但后来愈来愈频繁的发病，时时中断了他的工作。他在给迪奥的信中描述过：他在画杏花时发病了，但是病好转之后，杏花已经落光。精神病患者最大的痛苦是在清醒过来之后。他害怕再一次发作，害怕即将发作的那种感觉，更害怕失去作画的能力。他努力控制自己"不把狂乱的东西画进画中"。他还说，他已经感受到"生之恐怖"！这"生之恐怖"便是他心灵最早发出的自杀的信号！

然而与之相对的，却是他对艺术的爱！在面对不可遏止的疾病的焦灼中，他说："绘画到底有没有美，有没有用处，这实在令人怀疑。但是怎么办呢？有些人即使精神失常了，却仍然热爱着自然与生活，因为他是画家！""面对一种把我毁掉的、使我害怕的病，我的信仰仍然不会动摇！"

这便是一个精神错乱者最清醒的话。他甚至比我们健康人更清醒和更自觉。

梵·高的最后一年，他的精神世界已经完全破碎。一如大海，风暴时起，颠簸倾覆，没有多少平稳的陆地了。特别是他出现幻觉的症状之后（1889 年 2 月），眼中的物象开始扭曲，游走，变形。他的画变化得厉害。一种布满画面蜷曲的线条，都是天地万物运动不已的轮廓。飞舞的天云与树木，全是他内心的狂飙。这种独来独往的精神放纵，使他的画显示出强大的主观性，一下子，他就从印象派画家马奈、莫奈、德加、毕沙罗等所受的客观的和视觉的约束中解放出来。但这不是理性的自觉，而恰恰是精神病发作所致。奇怪的是，精神病带来的改变竟是一场艺术上的革命，印象主义一下子跨进它光芒四射的后期。这位精神病患者的画非但没有任何病态，反而迸发出巨大的生命热情与健康的力量。

梵·高这位来自社会底层的画家，一生都对米勒崇拜备至。米勒对大地耕耘者淳朴的颂歌，唱彻了梵·高整个艺术生涯。他无数次地去画米勒《播种者》那个题材。因为这个题材最本质地揭示着大地生命的缘起。故此，燃起他艺术激情的事物，一直都是阳光里的大自然、朴素的风景、长满庄稼的田地、灿烂的野花、村舍，以及身边寻常和勤苦的百姓们。他一直呼吸着这生活的元气，并将自己的生命与这世界上最根本的生命元素融为一体。

当患病的梵·高的精神陷入极度的亢奋中，这些生命便在他眼前熊熊燃烧起来，飞腾起来，鲜艳夺目，咄咄逼人。这期间使他痴迷并一画再画的丝杉，多么像是一种从大地冒出来的巨大的生命火焰！这不正是他内心一种生命情感的象征么？精神病非但没有毁掉梵·高的艺术，反而将他心中全部能量一起爆发出来。

或者说，精神病毁掉了梵·高本人，却成就了他的艺术。这究竟是一种幸运，还是残酷的毁灭？

令人匪夷所思的是，这种精神病的程度"恰到好处"。他在神智上虽然颠三倒四，但色彩的法则却一点不乱。他对色彩的感觉甚至都是精确之极。这简直不可思议！就像双耳全聋的贝多芬，反而创作出博大、繁复、严谨、壮丽的《第九交响乐》。是谁创造了这种艺术史的奇迹和生命的奇迹？

倘若他病得再重一些，全部陷入疯狂，根本无法作画，美术史便绝不会诞生出梵·高来；倘若他病得轻一些，再清醒和理智一些呢？当然，也不会有现在这个在画布上电闪雷鸣的梵·高了。

他叫我们想起，大地震中心孤零零竖立的一根电杆，核爆炸废墟中惟一蠢立的一幢房子。当他整个神经系统损毁了，惟有那根艺术的神经却依然故我。

这一切，到底是生命与艺术共同的偶然，还是天才的必然？

1890 年 5 月梵·高到达巴黎北郊的奥维尔。在他生命最后的两个月里，他贫病交加，一步步走向彻底的混乱与绝望。他这期间所画的《奥维尔的教堂》《有杉树的道路》《蒙塞尔的茅屋》等，已经完全是精神病患者眼中的世界。一切都在裂变、躁动、飞旋与不宁。但这种听凭病魔的放肆，却使他的绘画达到绝对的主观和任性。我们健康人的思维总要受客观制约，精神病患者的思维则完全是主观的。于是他绝世的才华、刚劲与烈性的性格、艺术的天性，得到了最极致的宣泄。一切先贤偶像、艺术典范、惯性经验，全都不复存在。人类的一切创造都是对自己的约束。但现在没有了！面对画布，只有一个彻底的自由与本性的自己。看看《奥维尔乡村街道》的天空上那些蓝色的短促的笔触，还有《蓝天白云》那些浓烈的、厚厚的、挥霍着的油彩，就会知道，梵·高最后涂抹在画布上的全是生命的血肉。惟其如此，才能具有这样永恒的震撼。

这是一个真正的疯子的作品，也是旷古罕见的天才的杰作。

除了他，没有任何一个精神病患者能够这样健康地作画；除了他，没有任何一个艺术家能够拥有这样绝对的非常态的自由。

我们从他最后一幅油画《麦田群鸦》已经看到他的绝境。大地在乌云的倾压下，恐惧，压抑，惊栗，预示着灾难的风暴即将到来。三条道路伸往三个方向，道路的尽头全是一片迷茫与阴森。这是他生命最后一幅逼真而可怕的写照，也是他留给世人一份刺目的图像遗书。他给弟弟迪奥的最后一封信中说："我以生命为赌注作画。为了它，我已经丧失了正常人的理智。"在精疲力竭之后，他终于向狂乱的病魔垂下头来，放下了画笔。

1890 年 7 月 27 日他站在麦田中开枪自杀。被枪声惊起的扑喇喇的鸦群，就是他几天前画《麦田群鸦》时见过的那些黑黑的乌鸦。

随后，他在奥维尔的旅店内流血与疼痛，忍受了整整两天，29 日死去。离开了这个他疯狂热爱却无情抛弃了他的冷冰冰的世界，冰冷而空白的世界。

我先看了看他在奥维尔的那间住房。这是当年奥维尔最廉价的客房，每天租金只有三点五法郎。大约七平方米。墙上的裂缝，锈蚀的门环，沉暗的漆墙，依然述说着当年的境况。从坡顶上的一扇天窗只能看到一块半张报纸大小的天空。但我忽然想到《哈姆雷特》中的一句台词："即使把我放在火柴盒里，我也是无限空间的主宰者。"

从这小旅舍走出，向南经过奥维尔教堂，再走五百米，便是他的墓地。这片墓地在一片开阔的原野上，使我想到梵·高画了一生的那种浑厚而浩瀚的大地，他至死仍旧守望着这一切生命的本土。墓地外只圈了一道很矮的围墙。三百年来，当奥维尔人的灵魂去往天国之时，都把躯体留在这里。梵·高的坟茔就在北墙的墙根。弟弟迪奥的坟墓与他并排。大小相同，墓碑也完全一样，都是一块方形的灰色的石板，顶端拱为半圆。上边极其简单地刻着他们的姓名与生卒年月。没有任何雕饰，一如生命本身。迪奥是在梵·高去世半年后死去的。他生前身后一直陪伴着这个兄长。他一定是担心他的兄长在天国也难以被理解，才匆匆跟随而去。

一片浓绿的常春藤像一块厚厚的毯子，把他俩的坟墓严严实实遮盖着。岁月已久，两块墓碑全都苔痕斑驳。惟一不同的是梵·高的碑前总会有一束麦子，或几朵鲜黄的向日葵。那是来自世界各地的人们献上去的。但没有人会捧来艳丽而名贵的花朵。梵·高的敬仰者们都知道他生命的特殊而非凡的含义，他生命的本质及其色彩。

梵·高的一生，充满世俗意义上的"失败"。他名利皆空，情爱亦无，贫困交加，受尽冷遇与摧残。在生命最后的两年，他与巨大而暴戾的病魔苦苦搏斗，拼死为人间换来了艺术的崇高与辉煌。

如果说梵·高的奇迹，是天才加上精神病，那么，梵·高至高无上的价值，是他无与伦比的艺术和为艺术而殉道的伟大的一生。

真正的伟大的艺术，都是作品加上他全部的生命。

2001.6.24

燃烧的石头

罗丹的私人化雕塑

　　我第一次接触到罗丹的原作是在中国，时间为 1992 年。把罗丹的作品搬到东方文明的古国来展出，一时惊动了世界。前往中国美术馆的参观者人山人海，好像去看罗丹本人。我怀着景仰之情挤在人群里，伸头探颈去搜寻罗丹的每件传世名作。可是，这"第一次接触"给我的印象却十分意外。它真正震撼我的并不是那些举世皆知的名作《思想者》《巴尔扎克》《行走的人》和《加莱市民》等，而是一件洁白而透明的大理石双人小像——《吻》。

　　当然，我很早就从画集上见过这件雕塑，这赤裸的男女在相拥而吻的一瞬，和谐优美又充满激情地融为一体。我把它当作一种完美爱情的象征。然而，站在这雕塑面前，我却感到有一种私密的气氛笼罩着这两个纠缠着的男女，无法克制的情爱使他们的肉体在燃烧。跟着，一切生命的欲望全都集中在他们的嘴唇上来。这时我发现，他们的嘴唇并没有接触上，中间还有很小的一个空间。我围着这雕塑转了两三圈，我感到这小空间中似有一种无形的气流，一种热切和急促的气流。他们的嘴唇正在颤抖、发烫！我被这件作品所震撼。这不是冰冷的大理石雕，而是两个活生生的热血沸腾的生命；这不是爱情的象征，而是被情爱点燃的两个"具体的人"。他们是谁？这中间是不是潜藏着罗丹和他的情人卡米尔·克洛岱尔的那个美丽又残酷的故事？

从那时，我就很想去巴黎寻找答案了。

在巴黎，《吻》就放在罗丹美术馆里。

这座历史上叫作比隆别墅的美术馆曾是罗丹的故居。但它只是罗丹晚年的住所。1908年经奥地利诗人里尔克的推荐，罗丹才搬到这座典雅的豪宅中来。克洛岱尔从没到这里来过，她早在这之前就与罗丹决裂了。比隆别墅对于克洛岱尔和罗丹那场狂热又痛苦的恋爱全然不知。是呵，我在美术馆楼上楼下走来走去，感觉它什么也不能告诉我。

故而我看《吻》，竟不如在中国美术馆那样的震撼，为什么？我挺茫然。

可是，静下心再看美术馆大大小小的原作，吸引我的仍然是表现男女情爱的那些小像。有些小像是先前不曾见过的。罗丹怎么会有这么多这类题材的作品？只要专注地观看每一件作品，就会觉得掀开了遮挡罗丹私人生活帷幕的一角，一种幽邃的、私密的、生命深层的气息便透露出来。于是，渐渐觉得与先前从《吻》获取的那种感受又连接上了。

这时，两只手出现在我面前。一只是男人的，一只是女人的。只有这两只手，它们像是由一块石头里"冒"出来的。那男人的手横着伸过去，试探着，又大胆地去触摸女人的手。这是罗丹的作品《情人的手》。这《情人的手》如同《吻》那样——此刻身体的全部神经都跑到手上。手也在发抖和发烫。跟着同样是生命的燃烧。

但是对于爱情来说，"触"比"吻"的意义伟大得多。"触"是圣洁的身体语言的第一个字，它要用无比的勇气来表达。这轻轻的一触依靠的却是内心的千钧之力，它是一种伟大的起点和辉煌的诞生。于是，这《情人的手》比《吻》更具惊心动魄的力量。

谁能像罗丹如此敏锐地发现爱情中这最初的勾魂摄魄的一瞬？发现手的神圣的意义？发现手是心灵的触角？心灵中一切最细微、最真实的感觉全在手上。

罗丹说："如果一个人失去触觉，那么他就等于死了。触觉，这是惟一不可替代的感觉。"

他从哪里获得这样的神示？仅仅听凭一种天赋吗？

当然，这是迷人、性感和天才的克洛岱尔告诉他的。

其实，在罗丹第一次见到克洛岱尔时，就爱上了她。这一半由于她那带着野性的美，傲气十足的嘴，以及赤褐色头发下"绝代佳人"的前额和深蓝的眼睛，另一半则由于她罕见的才气。而同时，克洛岱尔也主动地向这位比自己年长二十四岁的男人敞开了自己纯净和贞洁的少女世界。这完全由于罗丹的天才。男人的魅力就是才华。罗丹的一切天生都从属于雕塑——他炯炯的目光、敏锐的感觉、深刻的思维，以及不可思议的手，全都为了雕塑，而且时时都闪耀出他超人的灵性与非凡的创造力。虽然当时罗丹还没有太大的名气，但他的才气已经咄咄逼人。于是，他们很快地相互征服。正当盛年的罗丹与洋溢着青春气息的克洛岱尔如同雨紧潮急，烈日狂风，一涌而入他们爱情的酷夏。同时，罗丹也开始了他艺术创作的黄金时代。

而对于克洛岱尔来说，她所做的，是投身到一场要付出一生代价的残酷的爱情游戏。因为，罗丹有他的长久的生活伴侣罗丝和儿子。但是已经跳进漩涡而又陶醉其中的克洛岱尔，不可能回到岸边来重新选择。这样，他们只有躲开众人的视线，在公开场合装作若无其事，然后寻找任何一个可能的机会，一点空间和时间，相互宣泄无法抑制的爱与无法克制的欲望。从学院街小理石仓库，到莺歌街的福里·纳布尔别墅，再到佩伊思园……在一个个工作室幽暗的角落里，躺椅上，满是泥土的地上，未完成的雕塑作品与零件中间，他们滚烫的肉体疯狂地纠结一起，她用沾着大理石碎屑的嘴唇吻他，他用满是石膏粉的手抚摸她——他们用极致的性爱快乐将爱情表达得无比丰盈与真实。虽然这长达十余年的爱恋，一直是私密的，东躲西藏，或隐或显地受着被旁人察觉的威胁，并不断地与不幸的罗丝发生冲突。她甚至从来没有在他身边过夜。但这反而使他们的爱更加充满渴望，充满偷吃禁果的强烈的快感，与压抑下爆发般的欢愉。

手是心之具。在他们自己并不十分自觉的情况下，已经把这一切用"会说话的手"捏进泥巴里，或用"有眼睛的锤子与凿子"有力地刻进石头中。

无论是罗丹的《晨曦》，还是克洛岱尔的《罗丹像》，都是热恋者心中的对方。《晨曦》中戴着睡帽的女子，明洁、纯静、高贵、朦胧，连皮肤的表面不都是充满了罗丹的无限的柔情吗？而风格刚毅和锐利的《罗丹像》，不就是克洛岱尔时时刻刻心中激荡着的形象？

在他们的作品中，各有一件"双人小像"，彼此十分相像。便是克洛岱尔的《沙恭达罗》和罗丹的《永恒的偶像》。这两件作品都是一个男子跪在一个女子面前。但认真一看，却分别是他们各自不同角度中的"自己与对方"。

在克洛岱尔的《沙恭达罗》中，跪在女子面前的男子，双手紧紧拥抱着对方，惟恐失去，仰起的脸充满爱怜。而此时此刻，女子的全部身心已与他融为一体。这件作品很写实，就像他们情爱中的一幕。

但在罗丹的《永恒的偶像》中，女子完全是另一种形象，她像一尊女神，男子跪在她脚前，轻轻地吻她的胸膛，倾倒于她，崇拜她，神情虔诚之极。罗丹所表现的则是克洛岱尔以及他们的爱情——在自己心中的至高无上的位置。

一件作品是入世的，血肉的，激情的；一件作品是神圣的，净化的，纪念碑式的。将这两件雕塑放在一起，就是从 1885 年至 1898 年最真实的罗丹与克洛岱尔。

可以说，从一开始，他们的爱情就进入了罗丹手中的泥土、石膏、大理石，并熔铸到了千古不变的铜里。

罗丹用泥土描述他抚摸过的美丽的肉体，以石膏再现那些炽烈乃至发狂的情感，用黝黑而发亮的铜张扬他勃发的雄性，并放纵石头去想象浪漫的情爱。这些雕塑是他们爱情的记录，也是爱情的梦想。克洛岱尔的面容、表情、姿态，身体上的那种无与伦比的"法兰西民族线条"，时时出现在他的作品中。他用手中的材料去复制她，体验她，怀念她，想象她，抚摸她。他用充满着她生命感觉的手去再造她。她与他的人生搅拌在一起，也与他的艺术熔化在一起。除去他明确地为她做了许多塑像，她还明明灭灭地出现在他广泛的雕塑中。

罗丹曾对克洛岱尔说：

"你被表现在我的所有雕塑中。"

从《沉思》《圣乔治》《法兰西》《康复中的女病人》《永远的春天》《占有》《逃逸的爱情》《众神的信使伊丽斯》《罗密欧与朱丽叶》《拥抱》到《罪》《圣安东尼的诱惑》《坏精灵》《亚当与夏娃》《转瞬即逝的爱情》等，可以看到克洛岱尔在爱情中的光彩，情感生活的千姿百态，以及性爱时肉体迷人的美。

这一切，都浸透了罗丹的激情。一切至美的形态，一切动人的线条，一切心神荡漾的意境，全是罗丹的感受与幻想。那种两情的缱绻、缠绵、牵挂和愉悦，以及两性的诱惑、追逐、快乐和狂乱，全都来自罗丹的心灵。

克洛岱尔几乎就是罗丹的一切。于是，我们也就明白，一位伟大的雕塑家为什么创作出如此数量惊人的私人化的作品。何况在《地狱之门》那数百个形象中，我们还可以辨认出克洛岱尔形形色色的身影。

进一步说，克洛岱尔不仅给他一个纯洁而忠贞的爱情世界，还让他感到生命自身的力量与真实，无论是肉体的、情感的，还是心灵的。

罗丹在雕塑史上的最重要的价值，是他把古希腊以来一直放置在高高基座上的英雄的雕像搬下来，还以生命的血肉与灵魂。他真切的爱情经历、身体的体验、灵魂的感受使他更加注目于生命个体的意义。故而，就使得他同时创作的《巴尔扎克》和《加莱市民》，都是"返回人间"的伟大的凡人。在罗丹美术馆里，我们能看到半裸的雨果和全裸的巴尔扎克，连巴尔扎克的生殖器也生机勃勃地暴露着。故此，这些作品面世之时，都引起不小的风波，受到公众审美习惯激烈的抵制与抨击。但是，当它们最终被人们心悦诚服地接受下来时，历史便迈出伟大的一步。但在这"历史的一步"中，他那些私人体验与私人化的雕塑起到了无形却至关重要的作用。

1900 年以后，罗丹名扬天下的同时，克洛岱尔一步步走进人生日渐深浓的阴影里。

克洛岱尔不堪承受长期厮守在罗丹的生活圈外的那种孤单与

无望，不愿意永远是"罗丹的学生"。她从与罗丹相爱那天就有"被抛弃的感觉"。她带着这种感觉与罗丹纠缠了十五年，最后精疲力竭，颓唐不堪，终于在 1898 年离开罗丹，迁到蒂雷纳大街的一间破房子里，离群索居，拒绝在任何社交场合露面，天天默默地凿打着石头。尽管她极具才华，却没有足够的名气。人们仍旧凭着印象把她当作罗丹的一个弟子，所以她卖不掉作品，贫穷使她常常受窘并陷入尴尬，还要遭受雇来帮忙的粗雕工人的欺侮。这期间，罗丹已经日趋成功。他属于那种活着时就能享受到果实成熟的艺术家。他经历了与克洛岱尔那种迎风搏浪的爱情生活后，又返回平静的岸边，回到了在漫长人生之路上与他分担过生活重负与艰辛的罗丝身旁。他在默东买了大房子，过起富足的生活；并且又在巴黎买下了文艺复兴时期的豪宅比隆别墅，以应酬趋之若鹜的上流社会千奇百怪、光怪陆离的人物。这期间，还有几个情人进入了他华丽多彩的生活。当然，罗丹并没有忘记克洛岱尔。他与克洛岱尔的那场轰轰烈烈、电闪雷鸣的恋爱，是刻骨铭心的。他多次想帮助她，都遭到高傲的克洛岱尔的拒绝。他只有设法通过第三者在中间迂回，在经济上支援她，帮助她树立名气。但这些有限的支持都没有在克洛岱尔身上发生真正的效力。

在绝对的贫困与孤寂中，克洛岱尔真正感到自己是个被遗弃者了。渐渐地，往日的爱与赞美就化为怨恨。本来是个激情洋溢的性格，变得消沉下来。

1905 年克洛岱尔出现妄想症，而且愈演愈厉。她与一切人断绝来往，常常一个人待在屋里；身体很坏，脾气乖戾，狂躁起来就将雕塑全部打碎。1913 年 3 月 3 日克洛岱尔的父亲去世，克洛岱尔已经完全疯了。3 月 10 日埃维拉尔城精神病院的救护车开到蒂雷纳大街 66 号，几位医院人员用力打开门，看见克洛岱尔脱光衣服、赤裸裸披头散发坐在那里，满屋全是打碎的雕像。他们只能动手给克洛岱尔穿上控制她行动的紧身衣，把她拉到医院关起来。

这一关，竟是三十年。克洛岱尔从此与雕刻完全断绝，艺术生命的心律变为平直。她在牢房似的病房中过着漫无际涯和匪夷所思的生活。她一直活到 1943 年，最后在蒙特维尔格疯人院中去世。她的尸体埋在蒙特法韦公墓为疯人院保留的墓地里，十字架上刻着的号码为 1943—No.392。

在疯人院保留的关于克洛岱尔的档案中注明：克洛岱尔死时，没有财物，没有任何有价值的文件，甚至连一件纪念品也没留下。所以克洛岱尔认为罗丹把她的一切都掠夺走了。

在罗丹与克洛岱尔相爱的那些年，他们的作品风格惊人地相近。在克洛岱尔看来，罗丹"从她身上汲到不少东西去滋养了他的才能"。但那是些什么东西呢？其实那就是爱情！爱情不仅给了他们相同的激情与力量，还把他们的艺术语言奇迹般地同化了。那时，克洛岱尔不是感觉"我们惊人地相似，以至我们的手中再也产生不了任何题材新颖的作品了"吗？在那个伟大的时刻，他们从肉体、生命、精神到艺术全部融为一体。如果没有这爱情，克洛岱尔也创作不出《罗丹像》《沙恭达罗》和《窃窃私语》来！从这个意义上说，罗丹的全部私人化的作品都应是他们共同创造的。

克洛岱尔之后，那些走进罗丹情感世界的楚楚动人的女人们，没有人再给他的生命注入同样的"核动力"了。他给法克斯夫人、格雯·约翰、埃莱娜·德·诺斯蒂丝、舒瓦瑟侯爵夫人等都塑过像，他也爱过这些"美人"。但绝对没有一个塑像能够像《吻》和《情人的手》等一大批作品那样令人震撼！

应该说，造就那些伟大艺术，甚至是造就罗丹的人——同时又是最大的牺牲者，应是克洛岱尔。

那么克洛岱尔本人留下了什么呢？

卡米尔·克洛岱尔的弟弟、作家保罗在她的墓前悲凉地说："卡米尔，您献给我的珍贵礼物是什么呢？仅仅是我脚下这一块空空荡荡的地方？虚无！一片虚无！"

可是，克洛岱尔葬身的这块墓地，后来由于政府的征用也彻底地平掉了。克洛岱尔已经无迹可寻。最后我们还是得回到她和罗丹的作品中，因为艺术家已经把他们的生命留在作品中了。

在克洛岱尔被关进疯人院的同一年，罗丹突然中风。这是巧合，还是一种神秘的生命感应？无从得知，也永无人知。

这一切便是一位大师真实的艺术与人生。

2001.8

孤独者的自由

当你和一位作家过从甚密，便会产生一种担心——这家伙会不会哪一天把你写进小说？

你的担心极有道理。作家能够真正写活、写得入木三分的人，恰恰都是与他贴近的人。即使虚构的人物，也常常从熟悉的人的身上"借用"一些情节和细节。借用太多便会"酷似"某某人。这就免不了招来麻烦。最典型的例子是，契诃夫在《跳来跳去的女人》中惹恼了他的好友列维坦，左拉在《杰作》中深深伤害了他一生的挚友塞尚。这两个例子有个特别的相同之处，就是无辜遭到"侵犯"的皆为画家。但不同的是，事后契诃夫与列维坦重归于好，左拉与塞尚却终生绝交，至死不再见面。

从作家角度说，这真是没办法的事。因为在他朋友身上发生的事实在太诱惑了。可是谁去体验一下画家们内心深处那种难言的痛苦呢？比如塞尚。

与左拉的关系，贯穿着塞尚的一生。

这两位巨人的友谊，始自 1852 年。那一年他们一同进入法国南部普罗旺斯地区艾克斯的包蓬中学。左拉十二岁，塞尚十三岁。他们志趣相投，很快结为伙伴。学习之外，一起去游泳，钓鱼，爬山。人高马大的塞尚还成了弱小的左拉的保护者。而共同的理想、抱负、见解和野心，在他们心中描绘着相同的未来。后来他们都千里迢迢北上到了巴黎，左拉从文，塞尚事画。从成长到成功几乎全在一个城市里。左拉又是作家中惟一涉足画坛并举足轻重的人物。可以说，他是印象派运动的发动者。但为什么他偏偏要把自己的挚友塞尚写进小说，并写成一个艺术事业上彻底失败的人物呢？

我们去艾克斯那天正赶上周末。艾克斯市比一个镇还小。偏爱传统生活方式的普罗旺斯的人在周末总是起床很迟。我们的车子在城中转了两三转，才打听到塞尚故居所在的那条劳伏街。这条用石块铺成的小街又窄又长，有些弯曲，而且是爬坡，车子上不去。徒步往上走时，脚掌还得用点力气呢！街上极静，走了一百来米，才见一位老人迎面走下来。我说："看，塞尚来了。他要到下边的包列贡街吃早饭去。"大家笑了，继续往上走。待与这老人走近时，便问塞尚故居是哪一个门。老人说："你们走过了。"他朝下指了指说，"那个就是。"

一扇不起眼的暗红的门板。门两旁的石墙快给从院内涌出的繁盛的绿藤整个包住了，连"塞尚画室"的标志牌也给遮住。看上去不像是"故居"，好像塞尚还在里边。我屈指敲门。门声一响，忽然弄不清是想敲开塞尚的家，还是想敲开藏着许多秘密和答案的历史。

塞尚的性格是他与别人之间的一道墙。1861 年，他刚到巴黎的苏维士学院学画，就对人际交往频繁的巴黎生活非常不适。几个月后便返回老家艾克斯。尽管强烈的绘画愿望使他不得不重新再去巴黎那个绘画的中心，但他总是待一阵子又走一阵子。塞尚天性内向，为人拘谨，但又有情绪忽然紧张起来的神经质的一面。他最重要的问题，不是别人接近他困难，而是他难以接近别人。

　　十九世纪六十年代到七十年代是印象派的形成期。巴黎的画家们十分活跃。无论是在左拉家中常常举行的"星期四聚会"，还是在巴提约尔大道 11 号的盖尔波瓦咖啡馆里，塞尚通过左拉结识了马奈、莫奈、雷诺阿、德加、芳汀、克洛德、丢朗提等一大群画家。这些画家正酝酿着绘画史上一场伟大的革命。在这场革命中他们将把绘画从空气凝滞的画室带到大自然灿烂的阳光里。左拉把这即将掀起的艺术大潮称作"自然主义绘画"。他实际是这个画家群体——他们自称"巴提约尔集团"——思想上的领导者。在印象主义者们翻开绘画史新的一页时，是他向全欧洲宣告："古典风景画被生命和真理灭绝了"！

　　虽然塞尚也是这运动的一员，他也声称"我决定不在户外就不画"，但他无法融入这个画家群体。他不喜欢高谈阔论，不喜欢乱哄哄人多嘴杂的场合，忍受不了与自己截然相反的见解，甚至会嫌恶个别的人，比如马奈。在别人眼里，塞尚也叫人反感。大家受不了他粗俗的穿戴、任性的举止，很难与他沟通和融洽。尽管 1874 年 4 月 15 日举行的历史性的"无名艺术家协会"的展览会（即首次印象派画展）上，塞尚是参展的一员，但事先就遭到了画家们的反对。在展览会上，他独异的画风还受到公众的嘲笑。在印象主义一开始，似乎他与大家风马牛不相及。可以说，在当时的法国，印象派是一种"另类"；在印象派群体之中，塞尚又是一个另类。他是另类中的另类，一个和谁也不沾边的个体。此中的缘故，就不是他的个性了，而是他的绘画本身。他和当时的印象派（早期印象派）有根本的不同。

塞尚实际上是埋藏在早期印象派中的一个叛逆。这是当时谁也没有看出来的——包括左拉！

在当时，两个艺术时代——古典画派与印象派之间的斗争中，塞尚属于印象派这一新的时代。他和梵·高一样，都把画架搬到田野中，面对阳光下的世界作画。但是他和梵·高在骨子里与莫奈、德加、雷诺阿、毕沙罗等人是不同的。1876 年塞尚给毕沙罗的信中说：

"太阳的光线如此强烈，让我感到物体的轮廓都飞舞了起来……但是，这可能是我看错了。我又觉得这是地面起伏的现象。"

显然，凭着他天才的悟性，他刚刚迈入印象主义，马上就不满足户外作画带来的视觉上的快感了。他反对仅仅凭"印象"作画，反对那种被现实束缚的瞬间印象。他一下子就从"印象"穿越过去，谁又能有这样的眼力与勇气？

所以在塞尚的画中，事物没有消融在炫目和缤纷的光线里。它们的本质被有力和富于意味地体现出来，从神奇的色彩里可以触摸到坚实的结构。而这严密的构成中又包含许多抽象的形态。那么——这种被塞尚自嘲地称为"灰色而臃肿的大笔画"到底应该归属于哪一个艺术的范畴？人们对孤立而无序的艺术现象总是要排斥在外的。所以乔治·摩亚干脆称他是"绘画的无政府主义"。

正像古典主义不能接受印象主义一样，前期的印象主义运动也不能接受塞尚。塞尚便成了"全世界的敌人"。我们翻阅当时巴黎的报刊就会看到，当时的巴黎对他的讥讽、奚落、挖苦和嘲弄简直达到了疯狂！

比如勒罗瓦在《喧噪》中写道：

"如果与女士们一起去看画展，想找到最有趣的事情，就请赶快去到塞尚那幅肖像画前吧。看，那个像鞋底颜色的、奇妙的脑袋，一定会给你非常强烈的印象。他多么像得了黄热病！"

这样的话不胜枚举，天天闯进塞尚的眼睛。

攸斯曼斯的那本重要的书《关于现代艺术》，甚至没有给塞尚一个小小的地位！

他给巴黎抛弃了。

于是他给人们的印象，是一个彻头彻尾的失败者！他和梵·高不同，梵·高一直在圈外，至死无名；他却在圈内，在舆论中心，于是他被认定为一个有才能却误入歧途的失败者。他孤单无助，天天被各种攻击打得满身弹洞，惟一能够给以支持的是他

"人生的伙伴"——左拉，可是就在这"生死关头"，左拉忽然把他拉进那部系列小说《卢贡·马卡尔家族》之一《杰作》中，把他写成一个名叫克劳德·兰蒂尔的人物。这个人物是一位固执己见、终生失意而无可救药的画家，最后走投无路而自杀！

左拉在塞尚的身后，非但没有托着塞尚的后背，给他以力量，反而挖了一个洞，把他拉了下去！

如果着意研究其中的根由，就会发现，早在到达巴黎之后，塞尚和左拉已经分道扬镳。他们在各自的世界奋斗着。虽然，他们彼此往来，相互赠书赠画，他们之间的友谊看似延长着，实际上却没有加深。这首先是不同的工作性质决定的。塞尚不主张画家做太多抽象的文学思考。他认为画家应该用眼睛去观察自然，头脑只是用来研究表现方法。他在自己的世界里涉入愈深，就与左拉的世界距离愈远。

尽管左拉关切绘画，但在艺术主张上，他与"巴提约尔集团"更趋一致。可以说左拉与马奈等人的志同道合远远超越了同塞尚源自童年那一份久远的情谊。因此，左拉在写作《杰作》而动用他与画家们交往"这一大块"生活积累时，顺手就从自己最熟悉的塞尚身上去选择细节了。左拉毫不避讳"克劳德·兰蒂尔"的一部分原型是塞尚。这表明塞尚在他心中仅仅是一位昔时的友人罢了，并没有太大的分量。

然而，具有悲剧意味的是，左拉完全不了解，生活在另一个世界里失意潦倒的童年挚友塞尚，对自己却一如往昔地情真意切！故而在人生的意义上，左拉对塞尚的打击是带有毁灭性的。

《杰作》发表于 1885 年，塞尚四十六岁。这一年塞尚流年不利。事业的失败到达谷底，还经历了一次夭折的恋情，再加上最密切的朋友负情忘义——不，应该说是左拉在他人生的坠落中，又给他加上一块巨石！

　　走进塞尚故居的大门。一个被一些树木的浓荫覆盖的小院，一座两层的木楼，暗红的百叶窗全都打开着。简简单单，没有任何装饰。倘若不是塞尚的故居，我们一定会感觉单调乏味，然而由于它是塞尚晚年的画室，自然会感到它内在的丰富、浓郁、神秘、寂寞，还有浸透塞尚一生孤独的气息。

　　眼前的一切都像我们曾经在文字上看到过的。二楼上的画室真的十分高大，一面全是巨大玻璃窗，室内饱和着普罗旺斯独具的通彻的光明。惟一一个在有关塞尚的书里没有见过的细节是，墙角有个洞，穿过楼板，通往楼下，这是当年塞尚为从楼下往画室搬运大型画布而专门设计的。

　　塞尚故居的布置极具匠心。画家的外衣随意似的搭在躺椅的椅背上，几个画架都支立着，有的放着一幅未完成的油画，有的挂着外出写生的背包。好像塞尚有事出门，不一会儿就会出现在门口。桌上陈列着布置好的静物。那块深灰色带暗花的背景布，那几个形状各异的水罐，那些水果，那个石膏的孩童像，都在塞尚的画中见过。现在看来便十分亲切。十来张椅子随处乱放，颜料、调色油、烛台、水瓶、酒瓶和咖啡杯铺了一地。这正是塞尚的真实。

全部精神都在想象天地里的人，生活上必定七颠八倒。塞尚的心情总是很坏，这从他缭乱的画室便能观察出来。他作画的速度十分缓慢，过程中不断推翻自己。没有成功的艺术家对自己总是疑虑重重。尤其是画家，一个人在屋子里默默地作画，没有任何观众，他怎么知道自己的画能否被人认可，是否会获得成功？对于那个死后才成名的梵·高，折磨其一生的幽灵就是这种孤独中时时会出现的自我怀疑。塞尚有神经质的一面，所以他常常会情绪低落，心情败坏，对自己发火，把自己的画摔在地上，愤怒地踩成烂饼。这一切左拉都是知道的。左拉说过："当他踏破自己作品的时候，我便知道他的努力、幻灭和败北是怎样的了。"

显然，左拉完全清楚《杰作》对于塞尚本人意味着什么了。

开始时，塞尚表示左拉这样做是出于小说的需要，他努力维护着他们的友谊。可是当左拉声称克劳德·兰蒂尔就是塞尚时，他与左拉的友谊断绝了。

尽管如此，塞尚表现得很平静，没有任何激动的言论。他的神经质也没有发作。为什么？是在舆论上所处的被动位置使他无法与左拉直言相对？是长期怀才不遇养成的骨子里的高傲，使他只能保持沉默？还是他害怕这已然破裂的友谊进一步地走向毁灭？他实在太在乎与左拉这份情谊了！可以说，他对左拉的友谊是他人生"最大的情感"。当然，他与左拉中断了一切往来与书信。这一切，左拉当然明白。但左拉并没有任何良心的触动，也没有任何主动和好的表示。相反，在塞尚住在艾克斯的一段时间里（1896 年），左拉曾从巴黎到艾克斯来看望另一位友人，居然没有与塞尚通个信儿。塞尚得知后，缄默无语，甚至脸上任何表情也没有。他把自己的内心遮盖得严严实实。

那些同是左拉与塞尚的朋友的一些人，谁也猜不到塞尚心里到底是一片怒火还是一片寒冰。1902 年 9 月，当塞尚听到左拉煤气中毒而身亡时，他当时被震惊得几乎跌倒。一连几日，坐在这画室里，不住地流泪。他为什么流泪？为不幸的左拉，还是为了永远不可能再修复的破裂的友谊？对于一个真正的男人，失去友谊与失去爱情一样都是深切的痛苦。

这痛苦一直伴随着他艺术上的孤独。

塞尚的传记作家约翰·利伏尔德说，在左拉的系列小说《卢贡·马卡尔家族》中，这本《杰作》给人一种孤立之感。因为在他的这个系列的作品中，没有像此书这样放进如此多的回忆，采用如此多的自己周围的人物。这本书写法更接近于纪实。

无疑，左拉的这本书，不服从于卢贡·马卡尔家族的血缘与整体的一致性。他的写作冲动源于他与画家们一段共同的漫长和缤纷的历程。这样就使他的小说常常陷入具体的人和事。在这之中，塞尚之所以成为小说的"牺牲品"，最根本的缘故是左拉也认定塞尚是个失败者。也就是说，左拉用小说证实了塞尚的失败与无望。

塞尚身负巨大的压力，孤立无援，自我怀疑阵阵袭来。然而对抗这内外夹击的力量还得从自己身上汲取。塞尚说过："如果世界只有一个画家存在，那个画家就是我。"这句话使我们忽然发现，这棵在狂风中一直没有摧折和倾倒的树木——原来树干竟是钢铁铸成的！

当然，历史证明塞尚最终得到成功。从 1895 年开始，塞尚逐渐被认可，并进入他的"胜利时期"。一方面由于他绘画个性成熟之后巨大的魅力，一方面由于世人对流光溢彩的前期印象主义的审美疲劳。当绚烂而迷人的光线渐渐消散，事物内在的表现力和造型的想象力，一点点透露出来。塞尚的魅力，不仅在于他从构图到笔触上那种独特又神奇的对角线结构，还有他的画面——在现实与幻想、写实与抽象、真实与虚构之间，存在着强大的张力，这是前期印象主义所没有的。历史的太阳终于越过高高的山脊，将大山这一边的风景全部照亮。塞尚将印象主义拉进了生机勃勃的后期。梵·高、马蒂斯等一批新人站到了舞台的前沿。

人们终于明白，塞尚是一个艺术的先觉者。但先觉者在他坎坷又漫长的历程中，总是喝尽了孤独的苦酒。

从塞尚的故居走出，登上后边的高地，便可远眺圣维克多山。

这座山雄伟又坦荡的形象由于数十次出现在塞尚的笔底而闻名天下。广袤的山野上，村庄、树林与丘陵黄黄绿绿，全是塞尚的色块；在阳光下，一切景物强烈又坚实的轮廓，使我们想起塞尚有力的笔触，还有他那句诗意的话：

"我们富饶的原野吃饱了绿色与太阳。"

塞尚经过十五年的舆论非难，开始被世人认识之时，他却回到艾克斯隐遁下来。他没有在巴黎品尝获取成功后的甘甜，而是躲到遥远的故乡一如既往地继续苦苦地追求他的理想。艺术家的道路没有终点也没有顶峰，只有不断地艰涩地攀援的过程。于是他在艾克斯的日子依然辛劳与寂寞。他终生是一个人一声不吭地面对着画布。

晚年的塞尚又被糖尿病所折磨，他依然天天背着画架与画箱在山道上上下下。昔日巴黎的那些恶意的舆论他如今还想得起来么？左拉留给他的那些又温馨又残酷的人生画面呢？

在写生中，他时时会走过阿尔克河。半个世纪前，他和左拉常来这里钓鱼和游泳。喧响的河水多么像他们往日的欢声！

1906 年，艾克斯的图书馆为左拉制作一尊胸像。塞尚被邀请参加揭幕仪式。塞尚与左拉共同的老友纽玛·柯斯特讲话时，回忆起他们的童年往事。这一下，塞尚忽然失声痛哭，而且劝慰不止。这哭声让人们感受到强烈的震动，并由此忽然懂得这位艺术家内心深厚的情感和深切的孤独。

但是不要以为孤独仅仅是人生的不幸。

塞尚说：

"孤独对我是最合适的东西。孤独的时候，至少谁也无法来统治我了。"

他说出孤独真正的价值。

孤独通向精神的两极，一是绝望，一是无边的自由。

2001.7.26

列宾故居探访记

　　1899 年列宾在圣彼得堡西北芬兰湾一片深邃又幽静的丛林间，买下一个芬兰式的木头房子，经过一通大兴土木的改造，整座建筑充满了画家的奇思妙想。房顶是挤在一起的一大堆尖顶与坡顶，里边的房间参差错落，还在这个平房里装上高高矮矮的楼梯——这是画家的一种偏爱——然而这种多变的空间能够给人灵感。这一年，他五十五岁，《伏尔加河上的纤夫》《伊凡杀子》《意外归来》《查波罗什人写信给苏丹王》这些巨作早已挂在他的名字上。他的生命与艺术都处在鼎盛年华。转年他便和诺尔德曼（第二任妻子）结婚，从此在这里生活，交友，作画，享受大自然并从大自然中汲取生命的力量；他称这里是他的"老家"，在这里度过了一生最美好的时光，大量杰作如《国务议会》《赤脚的列夫·托尔斯泰》《黑海上的流民》《1815 年 1 月 8 日公开学术演讲会上的普希金》等都是在这里画的。这个地方当然应当去看看。

　　我有一点列宾的电影文献资料，内容是大雪过后列宾和一群朋友在他楼后的雪地里欢快地走着，说笑，抽烟，大饮冰冷的泉水，看得出他活得轻松、快活、随性，甚至挺浪漫，一种典型的画家的生活。

一走进他故居的门，迎面看到一面小锣。立即想到书中说过他平日画画不待客，朋友们都知道只有周三这天可以来见他。这天他家的屋顶上会升起一面浅蓝色的小旗，家里的门是开着的，门口的标语写着"不用等待，没有仆人"，"往前走，直到客厅"，等等。常来的朋友们都知道，只要拿起小锤，轻轻敲两下挂在门厅的小锣，在房子里的列宾就知道有朋友来了。

这座房子是一时很难弄清有多少间屋子，每间屋子都形状不一，高矮不同，窗外的风景如画一样挂在墙上。整座楼无处不是艺术品和装饰品。每个屋角、桌面、柜间、地面，都用瓷器、雕塑、干花、地毯、民间艺术品，精心、唯美、别出心裁地布置着，显然这些都是女主人之所为，体现着女主人的品位和浓郁的生活情致。至于所有墙壁全都挂满了大大小小的画。有些是列宾画的，有些不是，它们是随着岁月一件件挂上去的，显出了岁月的深厚与丰盈。列宾出名的"星期三聚会"那天，来者总是很多，朋友们聚在客厅交谈，读书，弹琴，朗诵诗歌，大家快活惬意。

列宾家最能给人带来快乐的是他独特的餐桌。餐桌是两层圆桌，外大里小，里边的小圆桌上面放菜，可以转动，很像我们的"桌餐"，但它转动要靠桌面上一圈小立柱。想吃什么，伸手一推眼前的小立柱，菜就转到眼前。列宾主张素食，崇尚自由和自立，不尚虚伪的客套，更不喜欢别人为自己服务，用菜必须自己动手。如果谁犯了规矩就要挨罚，被罚的人必须爬到墙角的台子上做一番自责的演说。可是列宾好客，常常忘了自定的规矩去招待朋友，因而被人指出犯错，照样要爬上讲台挨罚，博物馆里还有列宾挨罚时发表自责演说的照片呢。这种独出心裁的规定与惩罚常常逗人捧腹大笑，给友人们的聚会带来欢愉。

列宾故居最叫我关注的是两房间：书房与画室。他的画室比较大、松散、缭乱，一个真正的画家的空间。几张长短椅子可以随便坐，宽大的沙发床的罩单拖在地上；一个带阶梯的高台上放着座椅，是模特的席位；到处立着画框，一些只画了一半；还有他晚年右手肌肉萎缩而改用左手作画时那个特制的固定在腰间的调色板……他很少让人走进他的画室，可是他的学生是例外，有的学生在这里跟他学画，还有的学生一连许多日子就睡在画室里。

画家们很少像列宾这样专有一个书房。他的书房完全是另一种风格，整齐和严谨。书桌摆在房屋正中，面朝着一排窗子，窗外满园花树，一把宽大的深红色圈椅摆在桌前，可以想象他坐在椅上视野开阔和生机盈盈的感觉。横在桌前一个长长的书柜放着许多雕像，托尔斯泰、屠格涅夫、门捷列夫，等等。列宾喜欢写作，有人说，如果他不画画，肯定会是一位出色的作家。我读过列宾回忆录《远与近》中关于创作《伏尔加河上的纤夫》时的随笔，其中一些关于景物与人物的描述真的很棒，文字的感觉绝对够得上一流作家。

俄罗斯那个时代作家和艺术家关系的密切令人羡慕。那时，列宾家每周三的聚会实际也是一个家庭化的艺术家的沙龙，通常总有三四十人，都是卓有才华的作家、画家、作曲家、诗人、歌唱家、演员，等等。他们聚在一起谈诗论画，朗诵作品，相互欣赏，彼此影响，并且愉快地生活着。列宾还在院子里修建一个舞台，发表演说或自编自演一些节目，不求精致，只求快乐。这种生活叫我想起施特劳斯一首圆舞曲的曲名——艺术家的生活。

列宾在这里生活了三十一年，直到过了八十六岁生日。

死后他葬在离自己的"老家"很近的林间。没有石穴，只有一个木制的墓碑。坟墓是一小小的长方形的坟丘，与托尔斯泰的那个坟丘很像。托尔斯泰的坟丘长满青草，他的坟丘开满鲜花。这花是大地献给他的。

他葬在自己的园子里，表明他对这块土地永恒的依恋。

2014.9

在俄罗斯，谁更接近大自然的灵魂？

如果你独自驾车，在俄罗斯的大地上奔跑，车里的录音机再放一点音乐，你跑着跑着，就会觉得自己整个身心已然和车外的大自然融为一体了。

车窗外永远是无边的未开垦过的原野，无穷的天空，无尽无休、纵横来去的森林，以及无头无尾的河流。一切了无声息，全都静止不动，包括高悬在空中的鹰，就像停在天上一动不动，在你疾速前奔时，它们如同画一样贴在你的车窗上。

可是你绝不会感到厌倦。因为你恰恰被这一切惊呆了。尽管你去过世界无数的地方，但惟有俄罗斯的大地才会这样的辽阔、浩瀚、原始、雄厚、富饶和充沛。提到富饶，还记得契诃夫那句话吧——"伟大的俄罗斯的土地啊！今天你把一根车杠插进去，明天它就会长出一辆马车来！"

地球饱满的胸膛在俄罗斯！

然而对于俄罗斯人来说，这是一种男人的父亲般的胸膛。

父亲的胸膛坚实而无畏。它永远可以依靠，风雨袭来时它总是挡在前面；生命的勇气都在男人的胸膛上。俄罗斯人不是一直从这雄性的大自然中汲取力量吗？

父亲的胸膛宽阔又坦荡。它可以承受一切，担当一切，也豪爽地给予一切。俄罗斯人最深切的人间苦难和最甜蜜的生活感受不是也全交付给大自然了？

只要看一看听一听他们的民歌、散文、小说、绘画，就会明白，他们的灵魂原是来自于大自然的。这独一无二的大自然，不仅养育了他们的肉体和性格，也养育了他们的灵魂。

在莫斯科的特列季亚科夫画廊里，我终于一个个地撞见了那些神交已久的名作。这些绘画曾经被我熟悉、崇拜，有些还虔诚地临摹过。我深刻地记着它们至关重要的细节。比如列宾《小憩》中那个睡着了的女孩轻轻压在纱巾上的下唇，再比如阿尔希波夫《洗衣妇》中老洗衣妇围裙上那几笔看似率意为之的旧黯了的红色，还有列维坦《三月》中远处树下那一块深蓝色的诱人的阴影……这些在我年轻时奉如神明之作，犹如心仪已久的伟人，现在，当它的原作突然出现在面前，我反倒不知如何欣赏它们，与它们交流。我被画外的一种东西弄蒙了。幸亏我在走进这画廊之前先有了想法，就是要弄明白，俄罗斯的画家们怎样去揭示他们大自然的灵魂。换句话说，我很想知道在俄罗斯的风景画家中，谁更接近大自然的灵魂？

希什金：在我们眼睛后装一台相机

当阳光从斜上方穿入森林，林中的空气竟然是绝对透明的、光亮的。我们原以为森林里的空气浓重而浑浊，这完全是误解！林间只有树木的气味是浓郁的，但是在阳光穿过森林时，你就会发现，这浓烈的气息也一样的透明纯净，甚至还闪闪发光呢。于是我们明白了，森林不是万木拥塞、阴暗潮湿、密不透风，而是由巨树构成的辽阔的空间和巨大的世界。在这个世界里有四季更迭，日月晨昏；有雨雪交加，烟雾缭绕；也有兴衰枯荣，生老病死；还有各种花草、虫蚁、飞鸟和动物之间恩恩爱爱的故事。这一片片森林是一片片生命的世界。画家希什金早已成为了这森林世界中的一个成员了。

古往今来无论哪一位画家，说到对于森林的认识，希什金都是不可逾越的极致。森林世界中任何一个细节——哪怕是被苔藓和腐叶覆盖的残根上又钻出的一个幼小而发白的新芽，也会被他看见而绝不放过，并逼真和优美地刻画出来。即便是法国巴比松画派那些善于描写森林的大师柯罗与罗梭，都没有他这样的精微与具体。我站在为希什金作品专设的展室中，感到震惊的是他的精力。一个人有多么强大的精力才能一直贯注到画面每一个细枝末节上！从每一棵树木，到千枝万叶，再到林间的每一朵野花、每一根小草，哪里受光，哪里背光，甚至连树木之间树影怎样相互投射，全被他刻画得真真切切、不差分毫。

没有似是而非，没有一笔略过，没有"意到笔不到"。他把写实主义推向极端。同时他又在极端的边缘止步，没有堕入自然主义的深渊。

一个酷爱大自然的人，面对这博大的生命世界绝不会保持自然主义者的纯客观，更不可能进入不动情感的纯制作。

希什金被人们称作"森林的歌手"。他所画的一切，都是他为之感动的美丽的景象。他太酷爱森林了。他很想叫我们看到他所看见的一切；他怕我们忽略掉任何一个细节，才对所有细枝末节也不放过！

有人对他这种"森林之爱"追根溯源，一直追寻到他童年在叶拉布省的森林生活中。这种追寻真是令人神往。

一个终生把森林和树木作为描绘对象的人，一定时常会把树木拟人化。比如他笔下经常出现的那些阳光照耀中伟岸的巨树，是不是他心中的一些伟人的化身？他的知音、收藏家特列季亚科夫称他的森林表现出"俄罗斯的性格"，他作画时是不是真的有这种潜意识乃至激情？

从绘画本身上说，希什金笔下的森林具有很强的空气感。对于风景画，比空间感更重要的是空气感。空气感就是生命感，一种生命的气息。有空气的景物是有生命的，无空气的景物是无生命的。这个道理同样表现在人物画甚至静物画中。记得我早先在美术学校教书时，一个学生问我："空气感怎么表现？"我告诉他："空间感可以表现，空气感却无法表现。它与技巧无关。空气感是看不见的，但是可以用视觉感觉到的。它源自画家本人的一种感觉，对生命的感觉。而这种感觉是一个真正的艺术家必备的。"其实小说散文也都有这种空气感——生命感的！好的作家在行笔过程中，总是无意间就把这种生命的气息给了你。于是，他们笔下的一切一切包括空间全是活生生的。

由于希什金天赋的空气感，使他这种极端刻意的绘画，不匠气，不雕琢，反而充满一种生命的鲜活与真切。于是，他《松林的早晨》真的又湿又凉，《密林》中厚厚的苔藓似乎可以呱唧呱唧地踩出水来。如果我们站到《傍晚的橡树》间，夕阳一准也会像照在那些大树干上一样，明媚和温暖地照在我们的脸上。

当然，我们也应该看到希什金太精确、太细致、太明快、太优美了，他又太热衷于赞美与讴歌了，这样，他必然会把森林世界的不幸与黑暗的一面藏匿起来，而且藏得很远很深，以至我们从中寻找大自然的灵魂成了一件难事。同时，希什金太忠实于他酷爱的森林了，在他那种过分逼真的画面上，无法同时将个人的情感与思考表述出来。就像作家们的思想情感，在散文随笔中可以自由宣泄，在小说中却常常被那些主人公们特定的故事所障碍。这是希什金所采用的手法给自己带来的局限吗？

当然我们不能要求风景画家一定要来揭示这个自然之魂。我只是想知道在俄罗斯，谁更接近大自然的灵魂呢？

萨弗拉索夫：把大自然的情感交给我们

面对萨弗拉索夫的《白嘴老鸦归来了》，我的心好像又触到许久往昔的时光。我青年时临摹过它。临摹是模仿，模仿的对象就是偶像。于是这幅画深切地融入我人生的记忆中。此刻，我被它首先唤起的是那些遥远的感觉。属于往日的事物常常是那一段人生的载体。一瞬间连我曾经临摹这幅画时那间幽暗而静谧的小屋的气味都闻到了。它几乎成了我的作品！

真没想到，《白嘴老鸦归来了》原作尺寸竟然很小；临近春天开始变软的断断续续的白桦枝条略显柔弱；油彩竟然又这样薄，看上去挺像水彩画。然而自从它在 1871 年的巡回画展上一露面，就被视作俄罗斯风景画一座永恒的纪念碑。

俄罗斯人由于冬天太长，他们对春之期待，充溢着焦迫的渴望。二三月里，尽管树林光秃秃，天气还冷冽。在白日阳光的照耀下，地上积雪渐渐变薄，水塘的冰面开始消解。看！去年被严冬逼走的白嘴老鸦竟然飞回来了。它们一定是从遥远和温暖的南方飞回来的。此时，它们一群群扑向树顶上去岁的老巢，站在秃枝上相互呼叫。有的白嘴鸦已经迫不及待修整起旧居来，画面左下角还有一只白嘴鸦正在拾取树枝呢。新的生活——大自然新的一轮竟然这样提前开始了。春天是在冬天的瓦解中开始的，寒冷的严冬是被春天硬挤走的。于是，我想起列夫·托尔斯泰在《复活》开篇所写的顽强的春草和肖洛霍夫在《一个人的遭遇》开篇所写的坚冰崩溃的顿河。我还记得肖洛霍夫开篇的第一句话："在顿河上游，战后第一个春天来得特别爽朗，特别蓬勃！"一开始就春潮澎湃，催动人心。这不是对春之描述，而是俄罗斯人对春天的渴望与激情。

这幅《白嘴鸦归来了》所选择的也是寒气犹存的早春。看似平静、空阔、柔和，它的背后却涌动着对春天的迫切期待。听一听，树上那些白嘴鸦的吵闹，那是俄罗斯大地对春天的呼唤！由此我们懂得了这幅画在俄罗斯绘画史上的位置，它的意义远远超出风景画本身。它把俄罗斯人对大自然独有的情感交给了我们。

萨弗拉索夫的另一幅名作《村道》对我同样也有着深刻的影响。记得二十世纪九十年代初，我写作陷入迷茫时，在我眼前出现一条泥泞的路，迂回曲折却通向远处。我把它画下来，以鼓励自己去与更艰难的道路较量。我把这幅画取名为《大道》。后来我翻阅一本俄罗斯风景画集时，却忽然明白，这是萨弗拉索夫对我的影响。

萨弗拉索夫与希什金是同时代人，同为风景画家，同时在俄罗斯盛行的巡回画展上展出作品。他们又几乎是同龄人，生卒年月前后只差一两年（萨弗拉索夫，1830—1897；希什金，1832—1898）。他们都是俄罗斯风景画的大师。然而他们的不同是：希什金完成的是俄罗斯大自然的形象，萨弗拉索夫则叫我们感受到他们对大自然的情感。但是，他们和我所寻求的似乎还差一步，那么是谁触摸到大自然的灵魂了呢？

列维坦：叫我们触到了大自然的灵魂

画家列维坦和作家契诃夫的气质惊人地相似。如果一边读契诃夫的《草原》，一边看列维坦的画集，就会发现他们的作品原是在相互印证。如果他俩交换手中的笔，所做的也会完全一样。那就变成了列维坦的《草原》和契诃夫的画。

他们都不去描述名山大川，只注意身边寻常的景象，乃至再普通不过的事物。比如契诃夫笔下的村民、医生、更夫、雨雪、邮差、犯人、马车、食客、老鼠和厨娘等，比如列维坦笔下的草地、水湾、村舍、洼地、河岸、围栏、麦垛、杂树、墓地和地平线，等等。而且他们全都不事声张，不着意渲染，更不故弄玄虚。他们喜欢用单纯的语调叙述内在的并不平凡的意蕴。他们都是由于被这意蕴感动了，才拿起笔来。这意蕴既是大自然一种动人的本质，其中也融入了他们共同的那种气质，那种情怀，那种伤感、博爱、克制、悲悯和忧郁及其美感。

他们有时连心绪也都十分相像。

列维坦简练的色彩，就像契诃夫那些白描的短句子；列维坦松散的结构，就像契诃夫那些散文式的叙述片断；列维坦很少运用对比的画面，就像契诃夫那些没有故事的小说。

然而，灵魂向来都在最真实和最朴素的地方——无论是人还是物。

所以，面对列维坦的作品，我们不是被优美的视觉感受所感染，而是被其内在的一种东西深深感动着。比如，阳光下林间那种绿色的优雅，秋月下白桦树的落寞与孤单，还有白夜里的村舍那片冷寂。我看着列维坦一幅画中那一片空荡又繁盛的草原，忽然想起契诃夫的呼喊：

"在你看见而听见的一切东西里，你开始感到美的胜利，青春的朝气，力量的壮大，求生的渴望；灵魂响应着可爱而庄严的故土的呼唤，一心想随着夜莺在草原上空翱翔。在美的胜利中，在幸福的洋溢中，透露着紧张与痛苦，仿佛草原知道自己的孤独，知道自己的财富和灵感在这世界上白白荒废了。没有人用歌曲称颂它，也没有人需要它；在这欢乐的闹声中，人听见草原悲凉地、无望地呼号着：歌人啊！歌人啊！"

如果不是画家和作家告诉我们，我们能从这寻常事物看到无言的大自然亘古以来这无边的苦痛吗？

他们听到了大自然灵魂的声音。

在特列季亚科夫画廊中，最有力打动我的还是那幅早已印入心中的《弗拉季米尔的路》。也许我读过太多关于俄罗斯历史苦难与政治苦难的书。这条通往西伯利亚、流放政治犯的漫长必经之路，几乎就是俄罗斯人追求真理之途的象征。几天前，我在图拉州一带，看过与此非常相像的一条路。在广阔的起伏不平的地势上，这条路曲折蜿蜒，纵向万里，渺无尽头。道路上轧着一条条车辙的凹痕，道旁还有一些断断续续的蚯蚓状的小道，那是步行的人走出来的。无数人把他们人生的故事与线索留在上边。所以《弗拉季米尔的路》是忧伤的。多云的天空阴影不定，浩瀚的大地茫茫无涯，兀自竖立的墓碑记录着往日的悲剧，伸向天际的粗粝的路包含着一种绝望。只有在俄罗斯的原野上，道路才会是一部历史与人生大书的浓缩和图像！

列维坦与契诃夫也是一对同龄人。

契诃夫卒于 1904 年，享年四十岁；列维坦在 1900 年辞世，死时三十九岁。他们生前是好友，死后他们留下的作品也常常叫人联想到一起。这二位英年早逝的俄罗斯巨人在一生中都完成了一个伟大的使命：契诃夫从他的小人物中找到了俄罗斯人的性灵，列维坦则从他的寻常景物中找到了俄罗斯大自然深在的灵魂。

大自然的灵魂不是大自然的特征，它包含着大自然与人类共同的历史经历。它们之间从来就是相互感应、相互依托、相互塑造的。因此，最深刻的大自然之魂乃是人的灵魂。从这一点上，我们便认识到列维坦在俄国风景画——乃至世界风景画中独特的意义。

我终于从三位画家的作品中一步步走进俄罗斯的大自然。希什金用刻画的手法，给我们展示俄罗斯大自然的形象；萨弗拉索夫用描述的方式，让我们感受到俄罗斯大自然迷人的情感；列维坦用发掘的手段，叫我们触到了俄罗斯大自然深刻的灵魂。

触到灵魂时无限美妙。这一瞬，我们整个心灵都感到震撼。当然，还是一种美的震撼。写到这里我忽想，我要用另一篇文章，专门探讨列维坦的色彩与笔触了。

2002.7

短命的天才

关于埃贡·席勒

　　从东方相学的角度来看，埃贡·席勒——这位奥地利表现主义绘画大师的相貌真是糟糕透顶。他天庭塌陷，下巴窄小，双颊似夹，两耳如鼠，嘴巴小且薄，眼珠淡又浊。果然他一生坎坷而短暂，只活了二十八个春秋。

　　单说这寿命，就是一个悲剧了。

　　在他的履历表上，一切都好像匆匆而过。既无常驻，也无停留。生命中每个阶段，厄运都从不同角度打击他，不叫他喘息，也不叫他躲避。他父亲死于精神病，保护人叔叔反对他学习艺术。他十七岁时（1907年）违抗家庭考入维也纳美术学院，结识了分离派首领——四十五岁的克里姆特和另一位新艺术运动的中坚柯柯席卡，接受了表现主义艺术思想。两三年内，画风急速成熟，并进入最佳创作时期。参加在奥地利与德国的国际性画展，显露逼人才气。但好景不长，1915年他应征入伍，穿上奥地利陆军的军服，在军旅生涯的紧张奔波中设法作画。三年后（1918年），维也纳分离派第四十九届画展为他专设展室，展出作品十九幅，获得极大成功。命运在他生命的天平一边放上光彩夺目的成功，在另一边便放上死亡。同年，他染上西班牙感冒，不治身亡。

短短一生，他如此迅速成熟，并闪耀出超凡绝世的才华，如同彗星，在灭绝前放射出夺目的光辉。这就使他充满神秘的色彩了。

他的才华突出地表现在对人类苦难心灵的彻底揭示。他的画，一看便触目惊心！所有形体都在挣扎般地扭动，色块破碎，笔触生涩，颜色阴冷；人物大多耸肩抽背，瑟缩着头，好像病痛折磨，似在抽搐；身体瘦骨嶙峋，面上从无笑容，目光浑浊困惑，表情或愤怒，或惊恐，或狰狞，或呆滞，或严峻，或麻木，或哀思。常常只画一部分肢体，宛如死树老根，狰狞万状。女性的裸体毫不优美，相反有种厌恶感。所画风景更是凄寒寥落，毫无生气，破败不堪。全然不是风景，处处都是他心灵痛苦泼洒般的宣泄，使我想起了中国的朱耷。

表现主义以"自我"宣泄为绘画目的。从这一理论上看，席勒最富于代表性。他的"自我"，赤裸裸地呈现，毫不遮掩与伪饰，个性表现达到极致。从他的画，完全可以看到他心灵的形态。

在百乐宫皇家画廊的席勒作品陈列室中，面对着一幅幅两米左右的油画原作。那博大悲凉的气息，那紧缩到痉挛般的物体所显示的强大的张力，那种对人类苦难浓重而逼真的表现，令我震栗！我感到他每一幅画都在憋闷与呼号，都要打雷！特别是画布上那些结实又紧张的短线。加上急促有力的皴擦，构成一种生动的岩石感，他总共才活了二十八岁，竟然达到这样的境界，简直难以置信！还有什么语言能够表述出这位天才画家令我震惊不已的感受?

他使我想起萨尔茨堡的诗人格奥尔格·特拉格。我参观过这位死后才渐为人知的诗人故居。特拉格与席勒是同时代人，他只活了二十七岁，比席勒的寿命还少一年。他与席勒同样终生不幸。恋人是自己的妹妹，孤寂中染上毒品，以自杀了结终生。他那充溢忧郁美的诗句极致地表达了灵魂的孤苦，这同席勒何等相像。他们表现自我，实则具体地表现了人类。上帝把再现人生苦难的使命交给他们，先要让他们尝尽人间的苦果。这使命未免残酷，但他们无愧于这天大的、庄严的责任。

席勒是克里姆特的学生，他早年学习老师的风格，近乎神似。但他走向成熟后，与克里姆特非但不同，甚至相反。克里姆特精致含蓄，他粗糙暴露；克里姆特恬静隽永，他焦躁不安；克里姆特柔软光滑，他坚硬生涩；克里姆特整体完美，他支离破碎；克里姆特优美感人，他丑恶不堪。从象征上区分，克里姆特仿佛用女神来象征，他则用自己的血肉和被撕碎的灵魂来象征。

但他们是奥地利声名并巨的两位画家。

艺术家在相同的道路上互有失败，在相反的道路上各自成功。艺术的秘诀大概只有这一个。

1993.9.26，《现代生活报》首发

平山郁夫的境界

平山郁夫是我最关注的具有世界性的日本画家。我对艺术家的评价向来十分"苛刻"，之所以使用"最关注"的词语，那就绝非指画面对我的吸引了。

尽管平山郁夫、东山魁夷和加山又造都是在当今日本画坛上并驾齐驱的大师，但比起加山又造的华美流畅、奇幻冷寂的装饰风格，比起东山魁夷的宁静隽永、空灵清远的文学境界，平山郁夫则有着更深长的人生况味和哲学思考。

每每翻开平山郁夫的画集，很像读一本哲人的书，必须用大脑咀嚼深藏在画中的那些意味。一幅画，不仅提供欣赏，也提供解读，这画才有更高的价值；画不仅要用眼睛看，还要用脑子看——这些都是东方的绘画观念。对于东方的画家来说，绘画有两个空间，一个是画面本身的空间，一个是画面与欣赏者共同形成的观赏空间。东方的画家更重视后一个空间，他们总把这空间的大部分"空"给你，不仅叫你看到的和他们一样多，也叫你想到的和他们一样多。一个好的画家，站在他每一幅画后边——你听得到他生命的呼吸，看得到他情绪涌动的光和影，触摸得到他灵魂的实体。你的精神穿过画面，一准能找到他。

所以，我在第一次见到平山郁夫时便说："我已经不止一次见过您了。"

他听了，惊愕地看了我一眼，我也不知道翻译是怎样把我的话译给他的。

这关系并不大。绘画不同于文学，绘画是不需要翻译的。

切莫把平山郁夫笔下的丝绸之路，看作一种异域的风情画，更不要把他看成"丝绸之路的画家"。他曾经数十次沿着这条看似早已死去千百年的东西文化通道走着，视野皆是荒沙腐木、乱石野丘，很难再寻到昔日道路的痕迹。只是偶尔会碰到一个几乎要从地面上失去的古城遗址，这样零落地被历史遗忘在地球上。

然而，平山郁夫很少描绘好山好水、娇花羞草。他喜欢独自沉思在这种具有"历史意义"的大地上。

他说："历史的长河实在源远流长。人类传宗接代地延续下来了，每个人都在为自己的一生竭力奋斗，一代代繁衍下去。我的生命是双亲给的，双亲之上还有双亲。人的一代按三十年计算，一直追溯到平安时代是三十代，计算一下与我的生命有关的该是多少人呢？三十的三十乘方是一百零六亿人，相当于日本目前人口的十倍。托世世代代的福，才有我的生命，如果缺少其中一个生命，也就没有今天的我。假如你用这种态度看待人类，那就不分种族和肤色，归根到底，无论是什么文化也绝不是突然凭空产生的了。"

于是，他以这份赤诚与虔敬，踏上沟通东方与西方、世界与日本的文明之途。

然而他寻找着什么呢？

你看，昔日的楼兰如今竟如同沙海上的一条即将朽掉的船，高昌故都几乎蜕变成史前的一堆砂石，波斯黄堂的遗址多么像外星人丢弃在地球上的一盘残棋！伊朗高原，禽鸟亦少，哪里还能寻觅到去之久远的人喧、犬吠、马嘶和驼铃？

平山郁夫默然站在这无人能识的荒寂的古道上。

"我一站在那里，就会感到幻梦似的古代大气在颤动。"他说。

他用足跟敲打地面，询问着这历史大地下埋藏的遥远的"物语"；以思索的目光从透明的空气里，识认出流散了的古老的画面；侧耳向山壁上倾听着茫茫岁月的回响……于是，他给我们描绘的画面，一概是静穆、单纯、旷远、模糊，一种漫长的时间感和凝固的历史感，一种人类源头的意象，一种褪了色却依然浓重的远古图景……他的画，从无灵巧的情趣、世间的感触、生活的苦乐，以及来自技术试验的绘画目的。那么他的画是一本本融解在画面上的历史专著么？也许吧！反正站在他的画前，透过那种闪动的光影、宁静的空气和沉默而如梦的意象，你分明能感到画家在和历史的精灵对话。

谁说历史是堆积着死去的生活？

历史是一条澎湃不已的时间江河，在一代代人精神浪花的淘洗下，终于淘出金子一般人类伟大的灵魂。这灵魂就是人类的文化精神。

找到这精神，才找到艺术生命的根本。

丝绸古道告诉平山郁夫什么？

人类是一个整体。

人类靠交流而生存。

文化是这一真理的结果。丝绸之路是这一真理的见证。

这样，我们再去看他的画——

《日本列岛诞生图》蒸腾上升的元气，《高高照耀的藤原京大殿》夺目而永在的辉煌，《佛教传来》美丽又祥瑞的灵光，《往沙漠去》的艰辛坚忍和《丝绸之路的天空》的浩大顽强……都使我们感到，平山郁夫画中最动人、最深厚、最优美的内涵，是他透过沉重的大地和逝去的时光，找回人类的灵魂。

人类往往在现实中迷失自己，在历史中找回自己。这便是历史的意义，也是他绘画的意义。

我读平山郁夫的自传《在历史的长河中》，被其中一段文字所震动。他是广岛原子弹爆炸的受难者，但战后二十年内，他避开各种回到广岛的机会，并一直没有画过广岛核爆炸题材的绘画——这件事之所以打动我，是因为我这个"文革"的受难者，至今也没有动笔写自己亲身经历的那段灾难的历程。不是不想动笔，而是担心自己承受不了。1979年我写过《啊！》之后，病了将近四年。我去过广岛，在"广岛和平纪念资料馆"里目睹过人类这场空前灾难的酷烈景象。我还知道原子射线曾经多年折磨着平山郁夫的身体。我敢肯定，在他心中有着一片永难抹去的核废墟的阴影。对于艺术家来说，内心太深刻的创痛是惧怕表达、也难于表达的……后来，我终于看到他所画的《广岛变生图》。整幅画铺满了漫天大火，下边是正在燃烧的广岛远景。这是多么强烈残酷的图景，任何一个生物放进去，立即就要毁灭！但画面左上角的熊熊火焰中，站立着佛教中的"不动明王"。他横眉怒目，岿然不动，似乎呼叫着受难的人民——活下去！

平山郁夫说，他作这幅画，是因为看到了今日美丽繁华而生机勃勃的广岛，受了感动，心中积沉的苦痛得到升华，是人类顽强不息的生存意志而不是一己悲欢，成了他这幅画的创作冲动的由来。

我想——是的，这就是平山郁夫。

他苦苦寻求的不正是人类存在的答案吗？这答案曾经在丝绸之路上，在玄奘取经的征途和鉴真东渡的航程中，如今在广岛，也在世界任何一个地方。

谁能发现，谁在寻找，为了谁？

我结识平山郁夫是在东京艺术大学两位教授铃木治平和平松保城的"退官纪念展"上。退官是退休。依照东京艺术大学的规矩，一位教授辛苦一生，告老还乡时，要为他举行庆祝会，同时还为他们举办一次总结性画展。参观者有同行同道，亦有受业多年的弟子们，场面甚是隆重。在庆祝会上，平山郁夫作为院长来讲话，他刚刚接受日本最高的文化奖"天皇文化赏"，却不露喜悦，在会场上端着斟满清酒的方形漆杯，与各位熟悉或陌生的宾客交谈。我初次与他相见，自然先是客气地致意。他说，一会儿要在他的办公室与我谈话。

按照日本国际文化交流基金会的安排，我们会面的时间为二十分钟。我不想用空洞的寒暄消耗掉这难得的一见，待走进他又大又空的办公室，坐下来，赠了书和画集，开口便说："我非常关注您在筹集基金，对敦煌进行大规模保护性修缮，能告诉我您为什么这样做吗？"

其实，我已经明白他的想法，但我还要听他亲口说。为了一种印证，也为了再认识。

我的问题似乎正问到他的兴奋点上。他几乎是接着我的话开口便滔滔不绝："人类历史上创造了三种文化。一是希腊罗马文化，距今已有两千五百年，它是后来欧洲文明的源泉。二是中国文化，汉代文化距今就有两千多年，唐代又融合了域外文化，建立了自己的文化体系。日本就是受了中国汉唐文化的影响，才创造出自己的文化。这两种是固定的文化。还有一种文化是移动的文化，处在东西方之间，同时接受着东西方两种文化，这便是中东的文化。今天的世界就是来源或依靠着这三种文化。这三种文化构成了人类文明的基础，但是……"他的声调忽然坠落下来，"本世纪的战争对这些文化不断地破坏。人类缺乏'人类的精神'，自相残害。我是原子弹受害者，原子弹爆炸时，我离爆炸中心二点五公里，侥幸活命，却害了十年的原子病。我亲身经历那场巨大灾难，一直担心整个人类会被原子弹毁灭。人们害怕原子弹。如果万一有一个政府控制不好，动用了原子弹，地球不就毁灭了？人类不也就毁灭了吗？……"

"人类到了自我拯救的时代，否则将来的人会认为我们这一代人愚蠢。因为他们的祖先差点使人类绝种。"我说。

我的观点与他的观点重合了。他兴奋地扬了扬眉毛，本来发红的面孔颜色更重。可是他的神情很快又落入忧虑重重中。他说："我们不仅为明天担忧，还要从今天做起，我正筹建一个组织，叫作'人类文化遗产基金会'。"

"这是怎样一个组织？"我插话问。我头一次听到这名称，但一听就充满兴趣。因为我对"文化的人类性"这一命题早就开始关注了。

"这是一种文化的红十字会机构。就是要在世界范围内，对被破坏或正在损坏的重大文化遗产进行保护。我到各国去，到处发表演说，劝他们的政府出资保护这些属于全人类的文化遗产。我这个机构还要在世界各地包括在日本募集资金，来做这些事。我要做的头三件事是：第一，把中国的敦煌保护起来；第二，支持柬埔寨修复被破坏的吴哥古庙；第三，帮助修缮海湾战争中被美国飞机炸坏的中东文化古迹……这些都是人类共有的财富，地球人类是一个整体，这些文化是全人类的光荣。我要这样一件一件做下去……"他说话时像在发誓。

我被他的精神点燃起来，全身发烫。我说：

"我们不仅要站在今天看过去，还要站在明天看现在。现在您做的这些事，都是为了明天做的。保护历史是最好地面对未来。人活着最有意义的事就是为了后代。"

这个话题包含得太多，说起来便无尽无休。听着他开展抢救"人类文化遗产"的宏大构想，目光无意碰到他远远的大书案上摆着的一个很小的地球仪。刚才还不明白这个办公室里为什么空荡荡，只有这个小小的地球模型。现在才懂得地球在他心里是怎样的沉重。

世上最沉重的是责任，责任是无法摒弃又是最累人的。最大的责任是把人类的事自动地扛在自己的肩上。这人类的责任从不托付给任何人，只有那些富于良知又博大的人引为己任。

这样的艺术家才称得上人类的艺术家。

他的秘书已是第三次催促，又有拜访者在门外等候多时。我们的话题好像是时间的加速器，不知不觉已经超过约会时间的两倍。我是怀着深深的感动与他告别的。只有深刻的理解才可能有深刻的感动。

自此后，再见他的画，与先前的感受更有不同。境界似乎更加阔大，意涵也愈加深远了。我想他之所以这样深挚地关怀着人类的文化，是因为他爱恋和坚信蕴藏在这文化中宝贵的人类的精神。这精神使人类从无到有，从荒芜到繁荣，从无数苦痛与危难中穿过而一直走到今天。人类要永存不灭，便要抓住这精神，反复温习，激励自己。也许为此，他才对唐僧玄奘西天取经的事迹抱有那么强烈的兴趣，并要把它画在奈良药师寺三藏院的墙壁上。

为此我也曾往奈良的药师寺拜观于 1991 年新建的玄奘三藏院。面对着这优美庄重、青瓦朱柱的重檐八角堂，我想，三藏取经的那条艰辛的路，不就是平山郁夫几十次反反复复、断断续续走过的丝绸古道吗？探求人生真谛的路从来是这样漫长寂寞的，谁与他为伴？

　　他说："我并不是只去画玄奘三藏一个人的故事。我肯定玄奘是在其坚忍不拔的意志和使命感的支配下，才完成他的征程……我本人曾几十次去试探着走那条路，总好像有一股无形的力量支持着我。所以我要把玄奘三藏的事迹传播下去。"

　　这幅长达二十余米巨型的壁画《大唐西域记》，他计划要在 1999 年 12 月 31 日晚 11 时 59 分——本世纪内完成。他要以这庄严的行为把人类的精神贯穿到世纪的终了。

　　他是为了表示本世纪人类将把这精神坚持到底，还是要启示下世纪的人们接过这人类的精神火炬辉煌地走下去？他是个现实主义者，还是个理想主义者？

　　去年 8 月，我从新华社的消息中得知平山郁夫先生到达敦煌，开始了历史上第一次对这光华灿烂的人类艺术宝库进行的大规模修缮。他实践着自己的理想。

　　理想是一种伟大的精神，更伟大的则是实践这理想的行动。我将更关注这个画家的作品，以及他背负着人类使命而迈出的每一步。

1995.1

神童·巨匠·上帝

一位伟人是一个永不终结的话题，一个真正的天才是一堆无法破解的问号，一段华彩的历史是一种愈久远愈强烈的诱惑。

我带着这些感受，面对着莫扎特时，心中却生出更多的话题与问题。

关于神童

我一直认为，神童不一定是天才。多数神童只是一种早熟。等到同时代的人都成熟之后，早熟的神童未必继续成长，最后成龙成凤，成为巨人。真正天才的童年常常是一片混沌，没有奇迹发生；早熟的闪闪发光的童子们，却在成年之后大都消失在苍茫的众生之中。然而，这之中莫扎特是不可思议的一个例外。因为他先是神童，后是巨匠。

几个与孩提时代的莫扎特接触过的人提到的一些事，对我们认识这位神童非常有价值——

一位是莫扎特父亲雷奥波尔德的朋友、宫廷乐师萨何特奈。他有一把小提琴，音色轻柔圆润，小莫扎特凭感觉给这把提琴一个爱称——"奶油小提琴"。一次小莫扎特要过这提琴，试拉几下，赞不绝口。但过几天，小莫扎特对萨何特奈说："你的小提琴的音调比我的低八分之一。"萨何特奈笑了。不大相信这个仅仅七岁的孩子有如此精准的听力。但他拿来提琴再试，果然是这样。这使得萨何特奈非常惊讶。

另一位是法国男爵格里姆。他谈及他对这位奇才的一些耳闻目见时说，一位贵妇人要唱一首意大利歌曲，请七岁的小莫扎特伴奏。莫扎特根本不知道这首歌曲。妇人歌唱时，他试着用低声部伴奏。一遍过去，再重唱时，他已经毫不费力地弹奏这支歌曲了。随后，贵妇人唱了十遍，每一次小莫扎特都即兴地改变伴奏的特色和方式，绝不重复。这使在场的人为之惊喜与心欢。

还有一位名叫巴林顿。他是英国的考古学家。在伦敦，他冷静地观察过这位轰动了整个欧洲的神童。他说八岁的小莫扎特在即兴创作上还"谈不到惊人"，但是他"经常有许多灵感，一有灵感便立即弹奏，在深夜里也是如此"，还说他一坐到钢琴前灵感就如同"泉涌"。巴林顿的关注点很重要。他不去看小莫扎特的技巧如何，而是看他的天赋。巴林顿说，他怀疑过莫扎特的父亲隐瞒了他的年龄，曾用苛刻和挑剔的目光审视小莫扎特的一举一动，但这位神童只要离开钢琴，就充满了孩子可爱的稚气和率真。一次演奏时，突然走来一只猫，他便停下来去追猫。欣赏他演奏的人等了半天，最后把他抱回到钢琴前，他才继续弹奏他的乐曲。

从中，我们认识到真正的神童绝不是早熟，不是超前地完成只有成人才能做到的事。早熟的孩童绝不会成为一个巨匠，早熟不是天才。真正的神童具有一种超凡绝俗的资质，一种悟性和灵性，一种可能成为卓越人才的天资。

然而，世人不会这样对待神童的。在莫扎特的父亲雷奥波尔德带着他周游欧洲时，各国的王公贵族像争看一只珍禽异兽那样，簇拥着小莫扎特。人们对这个精灵一般的小孩子，能把许多技术高难的乐曲轻快地演奏出来而惊叹不已。很少有人把他绝世的悟性、超人的音乐记忆力和对声音的神奇的敏感与想象，当作上苍对人类的恩赐，百般呵护，给予帮助。这往往就是莫扎特最终陷入悲剧中的根由。

为此，莫扎特告别了童年之后，便马上陷入困境。当神童的光环消失了，人们开始用一种对待成人的世俗的标准来要求他和衡量他，那就是看他名气、财富、地位和背景到底怎么样。社会绝不会轻易地承认一个人的。正像巴尔扎克所说："当树苗破土而出时，所有的脚都把它踩在下边；当树苗长成参天大树时，所有的脑袋又都想到树下乘凉。"

这是每一个神童都要碰到的问题。真正扼杀神童的是人间。而莫扎特碰到的问题要严峻得多呢！

走出大主教的阴影

在莫扎特故居的一面墙上，挂着两幅大主教的画像。一位是施拉坦巴赫大主教，一位是科罗莱多大主教。这两位主教都是莫扎特必须绝对服从的主人。

莫扎特的父亲雷奥波尔德是大主教的宫廷乐师，小莫扎特在十二岁也被任命为宫廷乐师。他们的工作除了为大主教演奏之外，还要为各种盛典作曲以及创作宗教音乐。他们不能随心所欲地写作，但大主教可以给予他们生活必需的薪水和额外的赏赐。

大主教对他们喜欢与否，就决定了他的一切。

然而，这两位主教对他的态度刚好相反，前者对他恩宠有加，几乎是他的资助者。后者心胸狭窄，刻板僵化，百般地刁难与折磨着莫扎特。而后一位主教上任时，他十五岁，正是告别"神童"而进入生存竞争的时候。

一生都在侍奉大主教的雷奥波尔德深知他这个"神童"儿子很可能在大主教的世界里被扼杀。他一直都在致力于两件事。一是带着小莫扎特周游天下，让世界认识他，也让他见识世界。二是设法在一个显要的地方为儿子谋求一个职位，让儿子走出大主教主宰的狭窄又沉闷的萨尔茨堡。

雷奥波尔德本人是一个缺少过人的才华却深谙艺术的琴师。他为儿子付出的努力，为莫扎特最终成为人类音乐巨匠奠定了牢固的基石。从六岁到十五岁，父亲带着他一次次地出游与巡演。从德国、法国、荷兰、比利时、英国到意大利，不仅让全欧洲都知道乐坛升起一颗奇异的晨星，也使小莫扎特听到全世界各种各样美妙的声音，结识到形形色色的艺术家与大师，并以他非凡的音乐感受力将德国、法国、意大利的不同流派的音乐生机勃勃融入自己的心灵。

一个天才的能力首先是吸收力。这种能力与生俱来，一切都在不知不觉之中。小莫扎特正是在这种世界性的音乐遨游中，拥有了一个大师必备的境界。

然而，雷奥波尔德为儿子在萨尔茨堡之外谋求职位的种种计划屡屡落空。在那个时代，还没有自由职业的音乐家，他们都要依附于宫廷或教会。从凡尔赛宫到白金汉宫，从玛丽亚女皇到罗马教皇，莫扎特得到的只是惊讶、掌声、亲吻，一个个充满珠光宝气的欢迎的场面，还有恩赐给他的贵重的宫廷礼服与金骑士勋章以及种种精美的小礼物。但官场上火红的场面从来都是转瞬即逝，或者只为了热闹一时。过后没人肯收留这个音乐天才。

雷奥波尔德为儿子谋职的努力，在科罗莱多大主教的时代更是难上加难。大主教不单给莫扎特各种限制，连雷奥波尔德打算外出为儿子想想办法，也遭到大主教一连三次的拒绝。

1776 年，进入了二十岁的莫扎特感到十分压抑。音乐需要自由的心灵，但他的心灵被锁着。他彷徨无措，不知道从哪里可以得到帮助。他曾寄希望在意大利认识的音乐大师马蒂尼拉他一把。马蒂尼对莫扎特十分赏识，但这一次马蒂尼的回信也有些冷淡。

莫扎特决定离开萨尔茨堡，但是去往哪里却是一片空茫。1777 年 8 月 1 日，忍无可忍的莫扎特把一份辞呈交给科罗莱多大主教。本来，这份辞呈对于大主教是含有"冒犯"意味的，没想到这位喜怒无常、刚愎自用的大主教马上表示同意，并说"根据《福音》的规定，准予别处谋生"。

一只鸟终于飞出牢笼，但不知飞向何处。

清贫与自由是天生的一对搭档

在莫扎特心中，巴黎是热烈的、激情的、友善的。他第一次去巴黎的印象一片辉煌。但再次来到巴黎，却受尽冷落与贫困，感受到人世间的炎凉多变。陪同他一起生活的母亲也病死他乡，埋葬在陌生的法兰西的土地上。1779 年他顺从父亲的愿望返回到萨尔茨堡，继续为大主教担任宫廷的管风琴师。权势强大的大主教在心理上得到了满足。因此，对待莫扎特的歧视愈加肆无忌惮。他不准莫扎特外出，不准私自演出，只能写大主教交给他的"奉命之作"。生活一如囚禁。这就迫使莫扎特在一次与大主教尖锐的冲突中愤然而去。

如果说上次莫扎特离开萨尔茨堡带有一些盲目性，这一次却是纯理性的选择。莫扎特在巴黎过了近两年的"自由"生活，他知道"自由"意味着什么，要付出怎样的代价！生活要从一无所有开始，全部事情都是孤立无助。而作曲家天生就是被动的。如果没有人来预约，写作很难开始；如果没有人来赏识，任何迷人的旋律都是无声的，一动不动地趴在手稿上。但实际生活的一切，却一样也不能回避，空着肚皮连一夜也熬不过去。

一边是煌煌闪耀的金丝笼子，里边有精美的食物，但终日被幽闭在这巴掌大的世界里，所有婉转鸣唱只是为了赐给你衣食的人去欣赏；一边是无边无际的天地可以自由飞翔，但空旷寂寥，有风有雨，饥寒交迫，生死未卜。然而，生活逼你选择的，都是难以选择的。温饱与平庸，清贫与自由，从来都是一对搭档。而自由不是毫无承担的随心所欲——对于莫扎特来说——是为了人格的独立、心灵的毫无羁绊与才华淋漓尽致的发挥。

从 1781 年他去到维也纳，到 1791 年病逝，这短短的十年里，他的生活在庸人的眼里一片缭乱不堪。一会儿作品获得成功，掌声如雷；一会儿演出遭到冷遇，万籁俱寂。莫扎特从小受宠，花钱随便，生活完全没有计划。他的爱妻康丝丹采根本不会理家，又体弱多病，还不断地生儿育女，家庭的经济频频告急。他只好不时地向周围的朋友们鞠躬求助，以至身后留下一些向友人借钱的信件，句句都带着再三的恳求与掩着笑脸的殷勤，令人读罢叹息不已。这就是历史上第一位自由职业音乐家最真实的生活了。

在熟悉莫扎特的一些人看，莫扎特太单纯、太直率和容易上当，绝无争名夺利的心机和手段，全然不知世道的艰辛与人间的险恶。为此，他在现实中常常陷入被动，茫然无措。

尽管他不喜欢教学生，为了生活他还是要耐着性子等待着那些有钱的太太小姐们慢吞吞地来上课。经济的拮据，使他的孩子们个个面黄肌瘦，六个孩子中活下来的只有两个。

但不管生活怎么艰辛，莫扎特总是快乐的，这是他的天性。

据说冬天里，屋中没有炉火，他经常跳舞来取暖。这些生活其实都在他的乐曲里——虽然有时也会掠过一些伤感，他却把心中所有的光明全部倾注到那些灿烂的乐曲中。他一边吞食着生活的苦果，一边写着爱之歌。他一生最重要的作品，那些协奏曲、室内乐和交响曲，还有歌剧《费加罗婚礼》《唐·璜》《魔笛》等，都是在这穷苦又自由的日子里写下来的。记得前年我在俄罗斯克林市柴可夫斯基的故居里，看见过莫扎特的作品全集。柴可夫斯基是莫扎特的崇拜者。面对着那样巨大的上百卷《莫扎特全集》，我震惊不已。一个只活了三十五岁的人，怎么可能写出如此浩瀚又如此精湛的作品！

正是这样，摘下了神童光环的莫扎特，却戴上了巨匠的花冠。在这之间，他付出的是全部青春与生命。

在他去世之前的三个月（1791年9月），已经感到精疲力竭，身体衰弱难支，黑色的死亡在前边等候他。他留下这样一段话：

"我还没有享尽我的才华，就要告别人世！生活那么美好，事业蒸蒸日上，前景一片灿烂。但人无法改变命运。谁也无法测定自己的日子有多长，那就听天由命吧！让上帝安排命运。这是我的挽歌。我要写完它！"

当年12月5日他在维也纳去世。死前没有人为他祈祷，他很平静。但有一个细节令人惊异。当时，他妻子的妹妹苏菲在他床边，她说："他在生命的最后一息，还在用嘴唇模仿《安魂曲》。我听见了。"

音乐与他同生，并伴他到了最后一刻。

莫扎特死后，只有几个亲友为他送行。死后放在一个公共墓地里群葬，连墓碑也没有。送葬的亲友默默流泪，祝他灵魂升入天国，见到上帝。

他是否到达天国没人知道，却知道他把天国之音留在了人间。

他是否见到上帝没人知道，今天的萨尔茨堡人已经把他当作了音乐的上帝。

他们为莫扎特做了什么？

在萨尔茨堡，我很关心的一个问题是，萨尔茨堡人为莫扎特做了什么？

莫扎特音乐学院院长哈斯博士给我的回答，把我引入一个崭新而深刻的认识境界中。

这位院长来自德国，是一位戏剧家兼教授。他个子不高，结实有力。穿一件黑色的长外衣，头戴窄檐的软帽。他带领我从盐河东岸的莫扎特音乐学院一直走到西岸的大教堂，然后再回到音乐学院，一路上全是莫扎特生活过的地方。连莫扎特常坐在那里喝咖啡的小店也依然还在。哈斯博士边看边讲。他用历史遗存作为见证来讲述一百五十年来萨尔茨堡为莫扎特所做的一切。

他说在莫扎特的时代，萨尔茨堡的大教堂一带就像北京的紫禁城。教堂神圣至上，每个人都想在教堂里拥有一个位置。然而，莫扎特只是效力于教堂的乐师。在那个时代，宗教可以决定甚至改变艺术家与艺术。所以教堂内外只有圣人和上帝的雕像，没有艺术家的雕像，萨尔茨堡城中也没有。

但是莫扎特改变了这一切。

他一生都与宗教斗争，要成为独立的艺术家。他要由自己决定自己的写作，而不是宗教。这种想法改变了自古以来的历史，使艺术改变了内涵。所以他是这座城市的英雄。

早在十九世纪中叶，人们就设想把莫扎特的雕像竖立在老城中央的一个广场上，本来雕像应在纪念莫扎特逝世五十周年时建成。由于在施工时发现了罗马时代遗留的马赛克地砖而暂停延误。转年（1842年9月5日）举行剪彩仪式。莫扎特的两个儿子卡尔和弗朗兹也参加了这个伟大的纪念活动。饶有深意的是，这个站立在白色大理石台座上的莫扎特青铜雕像的设计具有英雄的内涵。莫扎特面朝教堂，默默直视。他一手拿着谱纸，一手紧捏着笔——那是艺术家思想的武器。据说，同时期德国人所竖立的歌德与席勒的雕像也是如此。

这座雕像是一种历史的象征，更是一种历史转变的象征。以前音乐家为教堂为上帝服务，现在音乐家自己成为了乐神，成为了上帝。音乐和音乐家独立了，这便是莫扎特伟大的象征意义。

如今这个广场被称作莫扎特广场，也是世界各国的人们来到这座音乐之城做文化朝圣的中心。1997年联合国教科文组织授予萨尔茨堡为"世界文化遗产"的石牌，就被他们镶在雕像前的地面上，以显示莫扎特在这座城中精神的价值。

当一座城市认识到自己的英雄，这座城市的精神就升华了。

2003.7.28

看望老柴

对于身边的艺术界的朋友，我从不关心他们的隐私；但对于已故的艺术大师，我最关切的却是他们的私密。我知道那里埋藏着他的艺术之源，是他深刻的灵魂之所在。

从莫斯科到彼得堡有两条路。我放弃了从一条路去瞻仰普希金家族的领地米哈伊洛夫斯克村，甚至谢绝了那里为欢迎我而准备好的一些活动，是因为我要经过另一条路去到克林看望老柴。

老柴就是俄罗斯伟大的音乐家柴可夫斯基。中国人亲切地称他为"老柴"。

我读过英国人杰拉德·亚伯拉罕写的《柴可夫斯基传》。他说柴可夫斯基人生中最后一个居所——在克林的房子——二战中被德国人炸毁。但我到了俄罗斯却听说那座房子完好如故。我就一定要去。因为柴可夫斯基生命最后的一年半住在这座房子里。在这一年半中，他已经完全失去了资助人梅克夫人的支持，并且在感情上遭到惨重的打击。他到底是怎样生活的？是穷困潦倒、心灰意冷吗？

给人间留下无数绝妙之音的老柴，本人的人生并不幸福。首先他的精神超乎寻常的敏感，心情不定，心理异常，情感上似乎有些病态。他每次出国旅行，哪怕很短的时间，也会深深地陷入思乡之痛，无以自拔。他看到别人自杀，夜间自己会抱头痛哭。他几次患上严重的神经官能症，他惧怕听一切声音，有可怕的幻觉与濒死感。当然，每一次他都是在精神错乱的边缘上又奇迹般地恢复过来。

在常人的眼中，老柴个性孤僻。他喜欢独居，在三十七岁以前一直未婚。他害怕一个"未知的美人"闯进他的生活。他只和两个双胞胎的弟弟莫迪斯特和阿纳托里亲密地来往着。在世俗的人间，他被种种说三道四的闲话攻击着，甚至被形容为同性恋者。为了瓦解这种流言的包围，他几次想结婚，但似乎不知如何开始。

1877 年，他几乎同时碰到两个女人，但都是不可思议的。

第一位是安东尼娜。她比他小九岁。她是他的狂恋者，而且是突然闯进他的生活来的。在老柴决定与她订婚之前，任何人——包括他的两个弟弟都对这位年轻貌美的姑娘一无所知。据老柴自己说，如果他拒绝她就如同杀掉一条生命。到底是他被这个执着的追求者打动了，还是真的担心一旦回绝就会使她绝望致死？于是，他们婚姻的全过程如同一场飓风。订婚一个月后随即结婚。而结婚如同结束。脱掉婚纱的安东尼娜在老柴的眼里完全是陌生的、无法信任的，甚至是一个"妖魔"。她竟然对老柴的音乐一无所知。原来这个女子是一位精神病态的追求者，这比盲目的追求者还要可怕！老柴差一点自杀。他从家中逃走，还大病一场。他们的婚姻以悲剧告终。这个悲剧却成了他一生的阴影。他从此再没有结婚。

第二位是富有的寡妇娜捷日达·冯·梅克夫人。她比他大九岁。是老柴的一位铁杆崇拜者。梅克夫人写信给老柴说："你越使我着迷，我就越怕同你来往。我更喜欢在远处思念你，在你的音乐中听你谈话，并通过音乐分享你的感情。"老柴回信给她说："你不想同我来往，是因为你怕在我的人格中找不到那种理想化的品质，就此而言，你是对的。"于是他们保持着一种柏拉图式的纯精神的情感。互相不断地通信，信中的情感热切又真诚；梅克夫人慷慨地给老柴一笔又一笔丰厚的资助，并付给他每年六千卢布的年金。这个支持是老柴音乐殿堂一个必要的而实在的支柱。

然而过了十四年之后（1890年9月），梅克夫人突然以自己将要破产为理由中断了老柴的年金。后来，老柴获知梅克夫人根本没有破产，而且还拒绝给老柴回信。此中的原因至今谁也不知。但老柴本人却感受到极大的伤害。他觉得往日珍贵的人间情谊都变得庸俗不堪。好像自己不过靠着一个贵妇人的恩赐活着罢了，而且人家只要不想答理他，就会断然中止。他从哪里收回这失去的尊严？

正是在这样的背景下，老柴搬进了克林镇的这座房子。我对一百多年前老柴真正的状态一无所知，只能从这座故居求得回答。

进入柴可夫斯基故居纪念馆临街的办公小楼，便被工作人员引着出了后门，穿过一条布满树荫的小径，是一座带花园的两层木楼。楼梯很平缓也很宽大。老柴的工作室和卧室都在楼上。一走进去，就被一种静谧的、优雅、舒适的气氛所笼罩。老柴已经走了一百多年，室内的一切几乎没有人动过。只是在1941年11月德国人来到之前，苏联政府把老柴的遗物全部运走，保存起来，战后又按原先的样子摆好。完璧归赵，一样不缺——

工作室的中央摆着一架德国人在彼得堡制造的黑色的"白伊克尔"牌钢琴。一边是书桌，桌上的文房器具并不规正，好像等待老柴回来自己再收拾一番。高顶的礼帽、白皮手套、出国时提在手中的旅行箱、外衣等，有的挂在衣架上，有的搭在椅背上，有的摞在墙角，都很生活化。老柴喜欢抽烟斗，他的一位善于雕刻的男佣给他刻了很多烟斗，摆在房子的各个地方，随时都可以拿起来抽。书柜里有许多格林卡的作品和莫扎特整整一套七十二册的全集，这两位前辈音乐家是他的偶像。书柜里的叔本华、斯宾诺莎的著作都是他经常读的。精神过敏的老柴在思维上却有着严谨与认真的一面。他在读列夫·托尔斯泰、屠格涅夫和契诃夫等作家的作品时，几乎每一页都有批注。

老柴身高一米七二，所以他的床很小。他那双摆在床前的睡鞋很像中国的出品，绿色的绸面上绣着一双彩色小鸟。他每天清晨在楼上的小餐室里吃早点，看报纸；午餐在楼下；晚餐还在楼上，但只吃些小点心。小餐室位于工作室的东边。只有三平方米见方，三面有窗，外边的树影斑斑驳驳投照在屋中。现在，餐桌上摆着一台录音机，轻轻地播放着一首钢琴曲。这首曲子正是1893年他在这座房子里写的。这叫我们生动地感受到老柴的灵魂依然在这个空间里。所以我在这博物馆留言簿写道：

"在这里我感觉到柴可夫斯基的呼吸，还听到他音乐之外的一切响动。真是奇妙之极！"

在略带伤感的音乐中，我看着他挂满四壁的照片。这些照片是老柴亲手挂在这里的。这之中，有演出他各种作品的音乐会，有他的老师鲁宾斯基，以及他一生最亲密的伙伴——家人、父母、姐妹和弟弟，还有他最宠爱的外甥瓦洛佳。这些照片构成了他最珍爱的生活。他多么向往人生的美好与温馨！然而，如果我们去想一想此时的老柴，他破碎的人生、情感的挫折、生活的困窘，我们绝不会相信居住在这里的老柴的灵魂是安宁的！去听吧，老柴最后一部交响曲——《第六交响曲》正是在这里写成的。它的标题叫《悲怆》！那些又甜又苦的旋律、带着泪水的微笑、无边的绝境和无声的轰鸣！它才是真正的此时此地的老柴！

老柴的房子矮，窗子也矮，夕照在贴近地平线之时，把它最后的余晖射进窗来。屋内的事物一些变成黑影，一些金红夺目。我已经看不清它们到底是些什么了，只觉得在音乐的流动里，这些黑块与亮块来回转换。它们给我以感染与启发。忽然，我想到一句话：

"艺术家就像上帝那样，把个人的苦难变成世界的光明。"

我真想把这句话写在老柴的碑前。

2002.7

天上的摄影家

美国宇航员第一次登月时，通过电视向世界转播这个全过程。人们紧盯着荧屏，想看看月球的真面目。这时，荧屏上忽然出现一个巨大、发光和金色的球体。人们呼叫起来：月球、月球！

电视解说员好像预知此时人们要说什么。他说："这不是月球！是地球，是宇航员从太空看到的地球！"

人们第一次看到自己生活的地球，全惊呆了——我们真的生活在如此神奇的星球上吗？

今天，让我们同样感到惊讶的是法国摄影家白鹤唐。他所有的照片都是跑到天空上拍的。自从一百年前那达赫乘着热气球，把镜头对着大地而开创了"航拍摄影"之后，不少摄影家都拿着照相机登上云端。但这仅仅是偶然为之。白鹤唐却把航拍作为自己终生的事业。

他乘坐的是一架直升机。直升机比较灵便，机舱不密封，有敞开的窗口，可以探出身子俯拍。航拍飞机的高度最高不过一两千米，然而风仍然很大，拍摄起来相当困难。而且空中与地面的摄影刚好相反。地面摄影时，摄影者不动，拍摄对象常常是活动的；空中摄影时，拍摄对象不动，摄影者却在高速的运动中。白鹤唐必须稳稳地端着他那个炮筒一样的超长的镜头，去搜索大地的画面。只要取景器里好的画面一出现，立即要按快门，定格。否则，即使重飞一次也不可能再遇到同样的画面了。

正像美国宇航员眼中的地球是个发光而神奇的球体一样，白鹤唐由高空俯瞰的大地，超凡脱俗，美丽奇异，匪夷所思。由上而下，相距千米，一切景物都不再是我们在大地上所见到的那样。寻常化为奇观，现实变成梦幻。那北美大地上无边无际机械耕作的田野，南非野生的浩瀚的水鸟，太平洋雄赳赳的鲸鱼群，大雪覆盖的欧洲，只有从飞机上看才能感受到一种震荡，一种壮美，一种冲击；至于丘陵地带的地貌、反光的江河、狂风中的森林、大地上的云影等，在白鹤唐"空中的镜头"里全是无与伦比的抽象画了。

千古以来，人们的梦都在天空，但白鹤唐的梦却在大地。

然而，白鹤唐的空中摄影不同于一般的航拍。他不满足于航拍带来的视野的开阔与景象的宏大，而是执意从这一独特的视角，去发现地面摄影无法"看到"的美。同时白鹤唐又不仅仅沉溺在长天的漫游中，不仅仅做一个单纯的美的记录者，故而，他的一些航拍行动常常缘起于一些灾难性的事件。比如大地震、油田起火、森林火灾、暴雨、干旱、饥荒、沉船、战地、大型交通事故等，从他独有的视角所拍摄的这些事件与景象，具有强大和特殊的震撼力与警示性。比如他所拍取的中国北方的沙漠化——肆虐的黄沙铺盖万里，只有一条公路孤立无助地横在沙海之中。画面令人触目惊心。真实的图像胜过数万字的诉说，无声的照片强过冲天的呼喊。

它表现了一位大摄影家的社会良心。

白鹤唐的代表作是他在法国南部沿海航拍时，偶然发现的一个心形小岛。它浮在万顷碧涛之间，仿佛一颗永不沉没的心。这景象实在太奇特、太美妙、太浪漫了。白鹤唐这一发现，实际上是一种自我的发现——他长年冒着危险在空中摄影，不正是为了表达他对人间大地的爱心？

人在高空，心在大地。

如今白鹤唐已经跑了世界八十个国家，拍摄底片十万余帧。他的直升机常常顶风冒雨，穿山越谷，经历过不少险滩。但他却创造出一个全新又独特的审美世界来。去年秋天，他的近百件作品，被放大成巨幅，悬挂在巴黎卢森堡公园高大的铁栏内外，露天展出一个月，观者何止数万。不仅为其国人所深爱，也吸引和感动了全世界赴法的游人。人们从中获得一个全新的角度来观看自己的生活。一个新的角度必然带来新的发现、感受、感动，以及对生活的爱惜。

至于那帧《心之岛》的画面，早已被印成明信片和 T 恤衫，传布到世界各地。那可爱的大海中奇异的"心"，唤起了一种全球性的柔情。在当代的摄影家中，谁有这样巨大和广泛的影响？当然，这首先由于爱的力量，因为——

世上最能通行无阻的就是爱心。

2001.8

法国人肚子里的中国画家

有人说法国是个艺术的花园，来自异域他乡的画家都会在法国开花结果。最有力的证例便是荷兰的梵·高、美国的夏加尔、意大利的莫蒂里安尼及西班牙的毕加索与米罗。这些身在法兰西的"外国人"不仅为自己的国家赢得了荣耀，还成为法国绘画史上的一些出色的篇章。那么来到法国的中国人呢？

中国人就大大地不同了。上述那些"外国人"身上都流着欧罗巴的血。他们与法国在文化上有异也有同，而且往来已久，彼此本不陌生。但是在地球另一半的华夏中国则全然是另一个文化体系。中西文化上非但相异，甚至相反。相反的文化必然会本能地排他。而且由于人们总是不自觉地从自己的视角来判断别人。文化上出现的歧见往往就十分可笑。比如赵无极初到法国时（1948年），诗人米修想把他介绍给一个著名画廊的主人彼尔。彼尔一听是中国画家，马上摇头说："我不看中国人的画，中国人的画都是漂亮的、取巧的，靠着丝绸的感觉。"显然他对中国画及中国的绘画史一无所知。他的印象多半来自中国古代的商业画，比如"苏州片子"等。而中国画早在宋代以后就不再用丝绸，而改用纸了。看来这位彼尔连在宣纸上画的中国画都没见过，就对中国画妄加评判。显然他是站在"西方文化中心"的立场来看待东方的。

在这样一个背景下，中国画家在法国若要成功就难了。最实际的问题是必须有人接受他们的艺术。中国画家与西班牙、意大利、荷兰、德国的画家不同。西方画家之间使用的是同一种绘画材料和绘画语言。而东方中国——从绘画材料、表达方式、欣赏角度和审美目的，都与西方完全不同。地道而传统的中国画，在法国人的眼睛里更像是一种工艺品。我们又不可能给他们每个人都换一双眼睛！可更麻烦的是，中国的艺术家最大的梦想是"走向世界"，但如果抵达"世界"的最前沿的队伍就深陷泥淖，一筹莫展，那该怎么办？

于是，最早钻进西方人肚子里的中国画家，大都殚精竭虑地做"中西结合"的文章。不管是为了给中国画的创新引进"外援"，是为了与国际"接轨"，还是屈从于强势文化的"霸权"。反正他们都是改造自己以融入西方。这因为，身在西方的画家与人在本土的画家是截然不同的——在本土便追求本土公众的认同，在西方就必须面对西方的观众。不管自觉还是不自觉，否则无法生存。

在法国，最成功的中国画家是赵无极。但他早期的画也很浅露和生硬，有点笨手笨脚。他常用油画笔在画面上写一些碑文或篆字，用以象征东方。他选择汉字，是因为对于不懂得汉字的西方人来说，这种象形的文字符号具有一种神秘的美感。如今不少跑到欧美去的年轻画家也这么干。看上去，汉字似乎是中国画外销的一种卖点。然而这种画面，对于顽固的西方中心主义者来说，它仍然属于文化的"另类"。另类难以进入主流。所以赵无极渐渐把它抛弃了。

赵无极真正的成功是后期。他将西方的抽象融入了东方的意象。他从中国文化中找到博大、深远和空灵的意象，并让它在西方抽象艺术中无拘无束地发挥。这样，他在东西方两边获得了"双赢"。

他用笔的速度很快，好似中国文人画那样直抒胸臆，又达到大写意画那种一挥而就而意味无穷的效果。他的油色很稀很薄，有透明感，很像中国画的水墨。有时用干涩的笔触表现出一种辛辣与锐劲的气势，叫我们想起宋人大斧劈皴所特有的肌理美。然而，就在中国人从他的画中找到了一种亲切的文化联系的同时，西方人却认定这是属于他们的纯正的文化。这十分难得！在中西文化充满冲突的交界线上，赵无极成功地找到一个立足之地。

应该说，这个立足点已然定位在西方一边。他是站在西方的审美立场上，从自己的文化母体中取出所需的一切。

相比而言，朱德群的立足点就不那么牢靠了。这不仅仅因为他的画过于美丽和浮华，甚至相互重复，千画一面，关键在于他的画背后缺少文化的厚度，缺少大思维和大创造。赵无极说绘画最重要的不是"怎样画"，而是画家所执的观念与构思。显然，朱德群还是在"怎样画"这一层面上徘徊得太多。

在法国，对中西文化比较思考得最多的应是熊秉明。熊秉明对中法两方面的文化，都涉猎得又广又深。我从他远离巴黎市区的"乡间别墅"发现：他的"生活区"内更多的是精雅的中华文化，但他工作间里的雕塑作品却纯粹是西方的、抽象的。随后，我就从他用铁条制作的一些半抽象的人形雕塑中看出，这些姿态跳荡的铁条更像中国的书法。也许他太精于书法，在他动手弯曲这些铁条时，不自觉地将书法的顿挫与转折的意味放了进去。熊秉明属于学者型的艺术家。他的艺术感觉极好，同时又有广泛而深厚的学养。他为中国现代文学馆创作的《鲁迅》雕像，原是用纸板随手撕出来，叠贴一起的。这件颇具灵感的创作，却入木三分地表现出鲁迅先生精神的深度。

熊秉明在法半个多世纪，一直没有进入法国艺术家的圈子，而在大学倾力传授中国文化。他用汉语思考，用中文写作。这就是说，他心中的读者仍是中国人。他思考西方文化时，也是站在中华文化的基点上。应该说，在中西文化的交界处，他基本上还是站在中华文化的一边，或者说他是站在中华文化的最前沿的一员。因此，他的比较文化方面的著作最值得我们关注。

陈建中住在巴黎蒙马特山上那幢著名的木楼——"洗衣船"中。这幢公寓式的大房子曾住过毕加索和莫蒂里安尼。毕加索蓝色时期的名作《少女》就是在这幢房子里画的。但时过境迁之后，"洗衣船"已成了文物，属于国有的"画室"。一些享受巴黎政府支持的画家住在里边。蒙马特山的艺术气氛很浓，画家们来来往往，经常在这一带聚集。但陈建中却独守在他的画室里，日复一日地画着他那种很宁静的图画。他似乎只画两种题材。一种题材是局部受光的风景。他那种被斜射的夕阳照亮的树林十分动人。他使我们看到沉默地伫立着的树林原本是动情的。他还有一种题材是城市中一些最没有意义和微不足道的细节，比如铁栏、窗子、排水管、窗帘、锁、墙、楼梯等。他采用"超自然主义"的写实手法。然而，却十分奇妙地叫我们感到一种神秘感，一种诱惑，一种灵性。

陈建中对我说，他从这些景物里的确看到了一种神秘的东西。他说，不少法国人看过他的画之后，再去留意身边这些最平常的事物，这些无生命的、冰冷的、工业化的东西，果然含有一种美。这种美沉默、安详、寂寞。我却坚信这东西就是他自己。因为画家看中的事物，都带着他自己的气质。我追问他在画中是否有意放进去某些东方的东西，比方东方的观念、东方的角度、东方的审美等。他说他没有刻意这么做。如果非要说画中有什么东方的东西，那便是一种自己身上所固有的东方人的静观态度。

他对自己认识得很"到位"。在中西两种文化之间，他没有进行过太多思辨性的理性的选择，他只是无意表露了自己的文化本性。他作画的缘故是他太痴迷于自己神往的那些东西，一种缄默、静穆、内向和神秘的东西。他的画在法国比较容易被接受，大概缘于他遵从于人的性情而超越文化的限定。

在巴黎的中国艺术家中，最看不到文化胎记的是雕塑家王克平。八十年代到达巴黎的王克平，立即从布朗·古希的极简主义那里得到解放性的启发。这使他的作品极端地强化生命的本质而删除一切细枝末节。在他的雕塑中，生命的本体是第一位的，头比脸重要，没有手和脚，性的器具被作为生命之源而极大地夸张着。他的人物有姿态，却没有"形体"的概念，因为身体的姿态是一种生命的表情。至于反复出现在头部中心的那个巨大的洞——叫喊的嘴，则是他那些沉默的生命惟一的"话语"。

他使用的材料，一直都是木头。这大概惟有木头原本是有生命的。他说比如树杈，支撑着极大的树冠，在飓风中猛烈摇动而不摧折，生命的力量之大真是不可思议！于是他从木头看到了伟大的生命。当他把这木头中的生命人性化地表现出来时，它一定还会保留木头本身的一些原始的形态，一些原有的木纹、裂纹、疤痕和年轮，因为这些各不相同的自然状态正是他每件作品独有的生命形态。为此，王克平毫不在乎他的木雕出现干裂，因为一切自然现象都是生命现象。当他把这自然生命转化为艺术生命时，需要的第一种天才性质的创造，就是发现。这发现需要悟性、灵感、独特的审美，以及艺术的本质——从无到有。所以，他的作品的一半是发现，一半是制作。制作是为了完成发现。

那一次（1999年11月）我去巴黎，正赶上香榭丽舍大街举办一个街头雕塑展。巴黎市政府为了迎接二十一世纪到来，请了世界上五十名大雕塑家，把作品摆在街头。在那些流行而冰冷的装置性的作品中间，王克平的一组巨型木雕，产生了很大的震撼。

那几个怪模怪样的"木头人"，在巴黎的街头好像几个重磅的生命炸弹。

王克平是不和市场打交道的，他也从不屈就买方的口味。他甘守寂寞。工作室设在戴高乐机场不远的地方。因为他经常又锤又凿，还得使用声音刺耳的电锯，惟有飞机声咆哮的机场地带，邻人们才不会抱怨这位"大兴土木"的艺术家。他的院子种满茁壮的绿竹，几间工作室都像木工车间。他每天和这些巨大的木头"玩命"，很少进城在那些形形色色的艺术圈子里"周旋"。他的工作室里堆满尚未"售出"的作品。但他不急，他说比起画家，雕塑家的成功时间要更长一些。因为雕塑作品数量有限，又不易流通，何况他的作品动不动就是一吨。所以，他活得从容而又自信，因自信而自足。他说现在世界上像他这种实干的人不多了。他说他之所以叫王克平，是因为"王者，克木平生"。

在巴黎惟一绝对"不食人间烟火"的人是范曾。范曾家住艾菲尔铁塔附近。他用 Fax 传给我的一张地图上，在自己的家的旁边画一个铁塔以标明位置。好像艾菲尔铁塔的价值只是他的一个标志。他客寓巴黎多年，居住的家具全是巴洛克式的西洋货，还摆着不少精美的法国铜雕。但他在这里的所写所画，犹然丝毫不改华夏本色。法国的文化可以进入他的眼睛，但丝毫不可渗入他的笔管。他的书房高悬一匾，自书"关门即深山"。这一句遁世名言，使他看上去如同五台山上与世隔绝的高僧，然而他的后窗外却是站满游人的铁塔的影子。

在整个巴黎外来的艺术家中，惟有范曾是"以不变应万变"的。他拒绝"西餐中吃"，或"中餐西吃"；他坚持吃西餐画国画，不说法语也不学法语，绝对的国粹主义者。在众人口中，他难免被说是说非。但依我看，这却正是范曾！不管世界变得怎样，他总是惟我中华，惟我范曾。他是中国文化按在巴黎艺术版图上的一个死硬的钉子。要不锈死，要不发光，且看他最终会怎样。

写到此处，我忽想，上述这些钻进法国人肚子里的中国画家们，最终又会怎样呢？还是一人一样？

2001.7